U0948236

红色基因传承系列丛书

红色故事100篇

苏进 主编

山东城市出版传媒集团·济南出版社

图书在版编目(CIP)数据

红色故事100篇/苏进主编. —济南:济南出版社,
2019.3　　　　　　　　　　　　(2020.12重印)
(红色基因传承系列丛书)
ISBN 978-7-5488-3623-0

Ⅰ.①红…　Ⅱ.①苏…　Ⅲ.①革命故事—作品集—中国—当代　Ⅳ.①I247.81

中国版本图书馆CIP数据核字(2019)第041674号

责任编辑　胡长粤　许春茂
封面设计　胡大伟

红色基因传承系列丛书:红色故事100篇　苏　进　主编

出版发行　济南出版社
地　　址　山东省济南市二环南路1号(250002)
发行电话　(0531)86922073　67817923
　　　　　　86131701　86131704
经　　销　各地新华书店
印　　刷　济南乾丰印刷有限公司
版　　次　2019年3月第1版
印　　次　2020年12月第3次印刷
成品尺寸　170 mm×240 mm　16开
印　　张　14.5
字　　数　240千字
定　　价　49.00元

讲好红色故事　传承红色基因

（代序言）

习近平总书记在领导和推进新时代强国强军的伟大事业中，高度重视继承发扬我党我军光荣传统和优良作风，多次强调要把理想信念的火种、红色传统的基因一代代传下去，让革命事业薪火相传、血脉永续。2018 年 3 月 8 日，习近平总书记在参加十三届全国人大一次会议山东代表团审议时，对传承红色基因作出重要指示，提出明确要求，强调指出："红色基因就是要传承。中华民族从站起来、富起来到强起来，经历了多少坎坷，创造了多少奇迹，要让后代牢记。我们要不忘初心，永远不可迷失了方向和道路。"

信仰的种子、精神的谱系、制胜的密码，革命前辈走过的"路"、留下的"影"……这就是红色基因。它是我党我军性质宗旨本色的集中体现，蕴含着鲜明的政治立场、坚定的信仰信念、先进的制胜之道、崇高的革命精神、优良的作风纪律，是新时期加强思想道德建设的宝贵资源，是构建社会主义核心价值体系的精神源泉，是鼓舞党员干部、人民群众、部队官兵和广大青少年奋发图强、积极向上的精神动力，也是使我党我军从胜利走向胜利的传家法宝，它比金石还要坚硬，比枪炮更有力量。

一个人如果没有了血液就会生命枯竭。同样，我们党我们军队我们中华民族如果缺少了红色基因这个"精神血液"，就会失去党的本色、军队的战斗力和民族精神！在经济全球化、世界网络化、思想价值多元化的当今时代，各种文化思潮不断冲击着我们的思想领域，信仰缺失、精神迷失、免疫力下降致使很多人精神懈怠，甚至走上贪腐的不归路。精神缺"钙"就会得"软骨病"，基因缺"铁"就会得"贫血症"。"上工治未病"，高明的医生善于防病在先。

传承红色基因，赓续红色血脉，方能补充我们的精神之“钙”，方能“挺起共产党人的精神脊梁”，方可转化为强国强军的政治优势，谱写新时代强国强军的崭新篇章。

习近平总书记强调：“革命传统教育要从娃娃抓起，既注重知识灌输，又加强情感培育，使红色基因渗进血液、浸入心扉，引导广大青少年树立正确的世界观、人生观、价值观。”“对我们共产党人来说，中国革命历史是最好的营养剂。多重温我们党领导人民进行革命的伟大历史，心中就会增添很多正能量。”一寸山河一寸血，一抔热土一抔魂。中国共产党有着光荣的革命历史传统，革命文化波澜壮阔，红色故事、红色基因十分丰富。从中国建立共产党到抗日战争、解放战争，中国人民在我们党的带领下，在艰苦卓绝的革命斗争中，将“小我”融入“大我”，抛头颅、洒热血，涌现出无数可歌可泣的英雄事迹。伟大的战斗精神作为红色基因，已经沉淀为新时代中国特色社会主义先进文化的重要特质。在新的历史条件下，传承红色基因，对于大力弘扬爱国主义、革命英雄主义和集体主义，培育社会主义核心价值观，已经并将继续发挥无可替代的作用。

传承红色基因，必须紧跟时代发展步伐，注重瞄准共鸣点、找到结合点。红色故事是红色基因的有效载体，讲好红色故事是传承红色基因的有效形式。《红色故事100篇》一书，有革命先烈的浴血奋战、有人民战士的忠贞坚韧、有“沂蒙母亲”的大爱情怀、有“山东红嫂”的无私奉献……这些故事短小精彩，形式新颖，可歌可泣，催人奋进，引人入胜，让人爱不释手，增强了红色基因一代一代传下去的感染力、影响力和渗透力。

红色基因的传承，代表着中国坚定的文化自信。人民有信仰，国家有力量，民族有希望。只要不忘初心，就永远迷失不了前进的方向和道路。传承红色基因，需要我们接过前辈的旗帜，捍卫英雄的荣光，赓续英模的血脉，激发对信仰信念的认同感、归属感、忠实度、向心力，满怀信心紧跟习近平总书记走好新时代的长征路，不辜负我们这个伟大的新时代，为实现中华民族伟大复兴的中国梦而不懈奋斗。

编　者

2019 年 3 月

目 录

《沂蒙山小调》诞生记

在沂蒙山腹地，望海楼山下，有一个风景如画的小山村。村子不大，只有十几户人家，白石红瓦掩映在浓郁的绿荫下，一条清澈的小溪在村前打了几个转儿，稍一停顿，便汇成一湾碧水，一路欢唱着奔向远方。一块白色的巨石安睡在溪流中，上书三个遒劲的大字：白石屋。这里便是《沂蒙山小调》的诞生地——费县薛庄镇白石屋村。

1940 年沂蒙抗日根据地建立，日寇疯狂“扫荡”，国民党顽固派利用当地反动道会门组织黄沙会与我抗日军民对抗，以封建迷信阻挠群众参军参战。我党和抗日民主政府对黄沙会会首和会众做了大量艰苦细致的工作，但由于顽固派的严密控制，均未奏效，迫不得已，决定以武力解决。

为配合这一行动，抗大一分校文工团以文艺宣传为武器，一面到前线开展政治攻势，一面深入到黄沙会最盛行的沙沟峪、马头崖一带召开干部群众座谈会，进行调查研究和宣传教育。为了揭露国民党顽固派的阴谋和黄沙会的罪行，校文工团编审股长李林和团员阮若珊受团长袁成隆之命，在当地搜集创作素材。经过精心构思，在费县白石屋村的一间乱石砌墙、茅草盖顶的民房里，他们创作了歌曲《反对黄沙会》。歌词共 8 段，内容主要是描绘沂蒙山的自然风光，揭露国民党反动派的阴谋和黄沙会的罪行，激励人们向往未来。由于歌曲曲调优美舒缓，歌词朴实生动，充满诗情画意，一经传出，很快便传遍了抗日根据地，受到广大军民的喜爱，在反顽战役的政治攻势阶段，出色地发挥了瓦解敌人、教育群众、鼓舞我军斗志的重大作用。

这支凝聚着沂蒙人民对祖国、对家乡无限热爱的优美小调经过战火的洗礼，深深地印在了人们的心里。1953 年秋，山东军区政治部文工团的李锐云、李广宗、王印泉，应本团演出工作需要，在前两段歌词后面，续写了两段歌词，重新记谱，定名为《沂蒙山小调》。即："高粱那个红来哎豆花香，万担那个谷子哎堆满仓。咱们的共产党领导好，沂蒙山的人民哎喜洋洋。"歌曲经重新记谱续词后，与沂蒙山的名字紧紧地联系在一起，歌颂共产党的领导，歌颂沂蒙山的秀丽风光和沂蒙人民的幸福生活，具有了更强的生命力和艺术感染力，每每唱起使人倍感亲切自然，令人对美好的未来充满无限的信心和力量。

1964 年，华东地区举行民歌会演，韦友琴用她那甜润的歌喉演唱了《沂蒙山小调》，受到陈毅和其他中央首长的称赞。20 世纪 80 年代，山东歌手王世慧三进中南海怀仁堂向中央领导汇报演出，赢得国家领导人的赞誉。2003 年 2 月，中共临沂市委、临沂市人民政府将《沂蒙山小调》定为临沂市市歌。2006 年 3 月 5 日，以大型民族管弦乐的形式搬上舞台的《沂蒙山小调》首次在北京音乐厅奏响并获巨大成功。2009 年，临沂市精心打造的大型水上实景演出《蒙山沂水》，在济南举行的第十一届全运会开幕式上，以多种方式演绎《沂蒙山小调》的旋律。

如今，这首《沂蒙山小调》已唱红沂蒙山区，风靡齐鲁大地，响彻大江南北、长城内外，被联合国亚太地区教科文组织收录进世界名歌赏析。

（黄永仓）

常大娘智救萧华

话说 1938 年的一天，萧华和参谋长邓克明、秘书杨洪跃等人又聚集在常大娘家，一起讨论今后的抗日斗争形势。常大娘则搬了个马扎坐在大门外，一边飞针走线，一边注视着大街上的动静。

就在这时，大街上忽然传来一阵叮叮当当的货郎鼓声。常大娘抬头一看，只见从村东头走来一个挑着担子的货郎，一边走一边吆喝："姑娘扎的红头绳，孩子穿的虎头鞋，老太太用的针线脑，老爷子用的烟袋锅，还有老多新鲜货，买不买的都来瞧瞧咧！"

麻脸货郎这一开口，常大娘忽地想起来了：这人是邻庄外号叫麻二的孙殿运，鬼子一来乐陵他就跑进城里当了汉奸，现在怎么又成了货郎？看来是夜猫子进宅——凶多吉少啊。

屋内，萧华正和战友们谈论着当前的抗日形势，常大娘匆匆进了屋，神色紧张地说："有情况！"

萧华一听，马上对邓克明和杨洪跃说："今天咱们就到这儿，你们两人先离开去枣林通知战友们隐蔽起来，以防不测。"

"萧司令，你呢？"邓克明问。

萧华沉着地说："我先在这里躲一会，下午宣传部长关锋同志要来找我汇报情况，我在这里等他。"

常大娘对邓克明和杨洪跃说："你们就放心吧，有俺在，就不会让萧司令出事。"

就在这时，村子里传来一阵狗叫声，大街上人声嘈杂，好像有很多人往这边来。常大娘打了个激灵，迅速在院子里的枣铺上扒拉出一片空地，对萧华说：

“萧司令，你赶快躺上去。”

萧华来不及多想，跳上枣铺躺在了上面。常大娘忙把周围的枣子往他身边堆，最后，用枣子把萧华的整个身体埋了起来，只在鼻孔处留了个洞。做完这些，常大娘直起腰，伸手叫过儿子常树芬，嘱咐道：“你先躲到后院的院墙边，听见我勺子敲缸沿儿，就翻过院墙往村外的枣林里跑，弄出点动静，跑得越快越好。”

常大娘刚布置完毕，一群端着枪的汉奸和鬼子呼啦啦闯进了院子里，领头的正是那个货郎麻二。

麻二冷笑着来到常大娘跟前，阴阳怪气地说：“你不是不让我进院吗？现在我领着弟兄们和太君过来了，你倒是挡着我啊？”

常大娘把脸扭向一边，不屑一顾。

麻二继续威胁道：“要是识相呢，就赶快把萧华交出来，否则就杀你的头，烧你的房子！”

常大娘昂起头，不卑不亢地说：“萧华是谁？俺还不知道他长得三头还是六臂呢，你凭啥管俺要萧华？你这不是无中生有，满嘴喷粪吗？”

麻二恶狠狠地说：“你甭嘴硬，我早打听清楚了，萧华经常在你家落脚，不说是吧，给我搜！”

汉奸和鬼子兵开始在常大娘家里翻腾，屋里屋外，翻箱倒柜，什么猪圈、茅房、柴禾垛都找了个遍，连个人影也没有。

领头的鬼子官气得将头上的钢盔一摘，怒气冲冲地扇了麻二一个嘴巴：“你的，撒谎的干活，死了死了的有！”

麻二捂着腮帮子申辩：“太君，我没撒谎，我亲眼看见有几个人进了大常家村，其中就有那个萧华，他们在常培仁家门口一闪就不见了，不是在她家能去了哪里？”

鬼子官用手摸着下巴沉思，尔后瞪着一对母狗眼在院子里来回扫视，忽然，他的目光停在了晒枣的铺子上……

常大娘一看这情况，心都提到嗓子眼了，她抄起一把勺子，走到咸菜缸跟前，随时准备敲下去。

鬼子官走到枣铺子跟前，拿了一颗枣子扔到嘴里嚼着：“好甜的枣子啊！来人，全部给我带回据点去！”

他话音一落，汉奸和鬼子兵就围过来要收枣子，常大娘一看急了，一边用勺子使劲敲打着缸沿儿，一边大声冲后院喊："鬼子来了，你还不快跑，等死啊！"

早已等在后院的常树芬，听见母亲发出的信号，故意弄出很大的动静翻过墙头，向村外的枣林跑去。

鬼子军官听见后院有动静，跑过去一看，见一个人影翻墙而去，忙一挥手，率领鬼子、汉奸追了出去。常大娘家后院不远处就是枣林，等鬼子们爬过墙头追出去时，常树芬早已钻进了枣林。

常大娘见鬼子、汉奸跑远了，忙从枣堆里把萧华拽出来，高兴地说："萧司令，那群坏蛋被俺儿子引开了，你快从前门离开吧，他们一会儿折回来就麻烦了。"

这时，枣林那边传来叭叭的枪声。萧华担心地说："也不知树芬兄弟怎样脱险？"

常大娘说："你放心萧司令，枣林里是咱们的天下，敌人地形不熟，在里面昏头转向的讨不到便宜。"

萧华最后嘱咐常大娘，让她下午去村口迎着关锋，不要让他来这里见面了。然后，急匆匆地告别了常大娘……

岁月如烟，转眼 80 多年过去了，萧司令和常大娘虽然早已不在了，但这段故事却依然在枣乡大地上传颂着。

（于斌）

寻找杨子荣

牟平县城南十里处的嵎峡河村头的三间草房里，住着一户祖祖辈辈靠种田为生的老实人家。母亲宋学芝，膝下三个儿子，老大老二都老实憨厚，唯有老三杨宗贵机灵过人。1945 年初，杨宗贵跟随八路军当了兵。杨宗贵家被村里定为“抗属”，公粮减免，土地代耕。哪料到，没过几个月，一个闯关东的人带回一个口信，说杨宗贵当了土匪。村里听说后，就将宋学芝和杨宗贵的妻子许万亮叫了去，教训一顿不说，还把“抗属”待遇取消了。

说儿子当了土匪，宋学芝不相信。杨宗贵 13 岁闯关东，一待就是 8 年，当学徒，当纤夫，下煤矿，什么苦没吃过？什么罪没受过？要当土匪，不早就当了？

说丈夫当了土匪，许万亮也不相信。直到 1952 年秋天，许万亮因病去世，也没等到丈夫回来。

1957 年冬末，卧病在床的宋学芝老人得到了儿子的音讯：一张盖着牟平县人民委员会印章的“失踪军人通知书”被送到了她的炕头前，那上面确认杨宗贵为失踪军人，家属享受军属待遇。

又过了一年，一张盖着“中华人民共和国中央人民政府”大印的“革命牺牲军人家属光荣纪念证”被送到她的手中，证上确认杨宗贵为烈士，并给家属以抚恤金，证的落款写着“主席毛泽东”。

宋学芝老人用红布包着两份证书，让儿子杨宗福搀扶着，来到村外儿媳的坟前。她将证书端端正正地摆在供台上，流下了滚滚热泪。

1966 年的一天夜里，70 岁的宋学芝老人安详地去世了，她被安葬在山清水秀的嵎峡河边。应该说，老人是无憾离去的，儿子终于以自己的忠贞和赤诚书写了肝胆相照的人生句号。

当根据《林海雪原》改编的革命现代京剧《智取威虎山》公演之后，当孤胆英雄杨子荣的形象在千千万万观众心目中树立起来之后，在中国大地上所发生的一系列围绕杨子荣的老家究竟在何方的戏剧性寻找，又给长眠在嵎峡河边的老人带来更大的慰藉。

党和政府、军队成立了杨子荣事迹、籍贯调查组。调查组曾几次给《林海雪原》的作者曲波发去电报，让他回忆有关杨子荣的一些日常情况。曲波给调查组回过信，除了对杨子荣的身高、习好、面貌做了回忆外，还特意提道："杨子荣曾对我的警卫员刘希茂说过，他参军前好像叫杨宗贵，杨子荣是他后来改的名字。"

调查人员将杨子荣的材料印发出来，寄给胶东的几个县区。材料发下不久，牟平县城关公社的一位民政干部向上级反映：嵎峡河村一位名叫杨宗贵的烈士，情况与材料上讲的基本相符。

与此同时，曲波找到了1945年6月杨子荣被评为团战斗模范时的一张合影照。鉴于当时国内翻拍技术不高，他特地托一位朋友将照片带到日本翻拍放大。照片由调查组拿到嵎峡河村让村里老人辨认，几位老人指着照片中的杨子荣，不约而同地说："这就是俺村的杨宗贵！"

杨宗贵的哥哥杨宗福闻讯跑来，望着照片上的杨宗贵不禁失声大哭："兄弟，哥哥可看到你了！"

调查组的同志告诉他："你弟弟就是电影《智取威虎山》里的英雄杨子荣！"

杨宗福愣住了，这位一辈子没出过山套子、老实巴交的庄稼汉，面对这突如其来的巨大荣誉，高举起照片，不停地大声喊起来："娘，娘，俺兄弟是戏里的杨子荣……"他边喊边哭着往外跑，一口气跑到嵎峡河边娘的坟前，把这天大的喜讯告诉了娘！

（林琳　周振彦）

新媳妇智擒鬼子兵

1944年4月，正值春忙。一天，盘踞在单县城东据点的一小队日寇，突然出现在黄堆区齐楼村南边，凶神恶煞般闯进村里“扫荡”。

听说鬼子进村了，正在田间耕作的村民哪敢回村，丢下手中农具四散逃命。刚结婚没几天的新媳妇宋胜英，正独自一人在家里准备生火做饭。此时，村里不时传来鸡鸣狗叫声、咣咣砸门声和老人小孩的哭喊声。听到声音，宋胜英走出厨房来到院墙根前四处张望，顿感情况不妙：肯定是小鬼子又进村了。她急忙跑去关院门，可为时已晚。她刚跑到院中，忽然从院门外闯进来一个头戴钢盔、手持步枪、面相猥琐的矮个鬼子兵。这个鬼子兵见新媳妇年轻貌美，垂涎欲滴，顿生歹念，满脸淫笑着凑上前来，嘴里还不停地哇哇怪叫：“花姑娘！花姑娘！”

宋胜英见此情景，急忙撒腿就往屋里跑，还没跑到屋门口，就被小鬼子追上了。他把枪往屋门口一放，就去搂抱宋胜英。宋胜英一看情况不妙，又想转身往外跑，但她的肩膀已被小鬼子像铁钳般牢牢抓住，无力挣脱。见挣脱不了，机智勇敢的她一边用力往外推搡鬼子，一边不停地拍打着鬼子，鬼子不但没恼反而还大声淫笑起来。好在进院的只有这么一个鬼子，而且这鬼子五短身材，只是起了淫心，暂无杀她之意。宋胜英心里有了底，也不再那么惊慌了，她鼓了鼓勇气，凭着身高且有一股子力气的优势，在院子里与鬼子推搡着僵持下去。

怎样才能摆脱鬼子的纠缠并制服他呢？万一再进来几个鬼子咋办？左右为难之际，她看到院子右侧有一个用草苫子掩盖着的地瓜窖，灵机一动，心里有了主意。宋胜英用力往窖口方向推搡鬼子，那鬼子不知是计，也没加防范，顺势后退了几步。当把鬼子推到离窖口一步之遥时，宋胜英猛一使劲，鬼子一个趔趄，双脚踩空，只听扑通一声，连人带草苫子瞬间跌进足有 3 米多深的地瓜窖里。掉下去的小鬼子疼得在窖里叽里哇啦哀嚎着，宋胜英眼疾手快，用力挪动旁边一块平时用来掩盖窖口的磨盘石，牢牢地将窖口盖上，接着又抱来一些柴禾堆在上面，以防鬼子的叫声从窖里传出来让别的鬼子听到。收拾完这一切，宋胜英猛然发现，鬼子的那杆大枪还在屋门旁竖放着，她疾步上前，顺手把枪也藏在了柴禾垛下。收拾完一切后，胆大心细的宋胜英自个也隐藏了起来。约莫几分钟后，她透过缝隙看到有两个手提几只鸡、肩扛粮食的鬼子又说又笑地从门前走过。

几个小时后，村子里渐渐恢复了平静。估计鬼子可能出村走远了，宋胜英这才悄悄出院察看动静。这个时候，外逃的村民陆续回村，地方武工队的人也闻讯赶来，一来查看群众伤亡情况，二来部署下一步的反“扫荡”工作。

3 天后，在黄堆区张庄寨东头场院里，区委、区政府组织召开了全区群众代表大会，隆重表彰了新媳妇宋胜英临危不惧、机智果敢生擒鬼子兵，缴获三八大盖步枪的英勇事迹，并号召全区人民向她学习。不久，宋胜英在区武工队人员的帮助和指引下，参加了当地的革命活动，并光荣地加入中国共产党。她还担任了村里的抗日妇救会主任，积极组织妇女儿童站岗、放哨、磨军粮，抗日支前。

时光荏苒，岁月流转。而今，当年的新媳妇已经作古，可她机智勇敢生擒鬼子兵的故事流传至今，影响着一代又一代人。

（孟路　谷吉灿）

智捉王耀武

雨接连下了三天三夜。

济南战役打响，经过八昼夜的激战，解放军已经突破了城墙外围，守军头目王耀武感到心力交瘁。他是国民党第二绥靖区司令官、山东省政府主席兼保安司令，也是蒋介石的黄埔嫡系。老蒋死令固守，他不敢违抗，可是十万解放军兵临城下，空投援军化为泡影。

秋雨连绵不断，他在月下亭司令官指挥部躲避了3天。炮声隆隆，硝烟弥漫，“打进济南府，活捉王耀武”的口号不绝于耳，古城济南抵挡不住华东野战军的强大攻势。解放军从郎茂山、千佛山、白马山、飞机场四个方向，冲破道道封锁线、层层火力网，潮水般地杀进了城郊，将红旗插上了小东门的老城墙上。

大明湖南门是他的最后一道防线。解放军的枪声越来越近，回想这么多年受老蒋的栽培，他不能坐以待毙。怎么办？三十六计走为上，留得青山就有东山再起的希望！往哪走？北是黄河，南是山峦，西有解放军的一个纵队阻击打援，东城墙外被解放军围得铁桶一般，哪里走得了啊！

这时的王耀武，忽然想出了一个主意。他让副官找来几套老百姓的衣服给家眷换上，令副官带着他的家眷从大明湖东门出城，而他和随身卫士，以巡视大明湖“前沿阵地”为名，也离开了官邸。天气阴暗，王耀武走过大明湖畔，秋风萧瑟，昔日的幽雅栈道，而今已是残荷败叶，不免多了几分伤感。枪炮声仍在响着，弟兄们还在拼命抵抗，但他顾不得那么多了。

他从北极阁东北角悄悄地下了铁公祠暗道，见到了早已等候在那里的副官和家眷。此时是24日夜里12点半，王耀武看了看怀表，说：“此地不可久留！”

他和卫士都换掉军装，化装成商人模样，混过了守城的哨兵，逃往还有美军驻扎的青岛方向。

王耀武一行五男二女，因为大雨，步履缓慢。他们在章丘住了一夜，25 日到了周村城外。街上的人络绎不绝，他们雇了一辆马车，马蹄哒哒，行走如飞。27 日到了益都，马不停蹄，昼夜兼行。28 日晨露微曦，到了寿光。禾收土黄，一打听此地名叫屯田。

王耀武和他的随从们如释重负，这下子可走出危险境地了。8 点左右，寿光县公安局政卫队的 3 名战士出勤巡逻，班长刘金光、大个儿刘玉民和新兵张宗学站立在屯田村西北角大桥上，警惕地注视着过往行人。此时，济南战役已胜利结束，潜逃漏网的国民党溃军正四处逃散。上级指示，近一段时期内全省各交通要道、渡口码头、车站等都要增设岗哨，严密盘查可疑行人。

大桥是沧潍公路的必经之地。远远驶来的两辆胶轮大车，引起了他们的注意。车上拉着五男二女，其中一人白毛巾蒙头，棉被盖身，病恹恹地躺在车上。车被拦下后，一男子自称乔玉龙，是从济南逃难出来的商人，可从他们的口音里听出都不像是济南人，而那个躺着的中年男子却始终不说话。这些人形迹可疑，战士们毫不犹豫地连人带车送到了县里。

公安干事王洪涛履行公务，从他们身上查出了金元宝、银币、纸币和通行证。在盘问中，这几个人支支吾吾，回答也是前后矛盾。那个名叫乔玉龙的男子，说他们是去青岛投奔那里开车行的朋友。车上那个病人是他的叔父乔堃，在济南被炮声震聋了，吓出了急病，他送乔堃到青岛治病。

躺在车上的叔父乔堃，哼哼叽叽，一看就知道是装的。他装作不能说话，好像病得很重的样子。战士们掀开盖在他头上的白毛巾，细看额头有一圈白印——这是戴过军帽的痕迹。医生检查他的脉象，跳动正常，不像有病。

战士们威严地站在乔堃面前，命令他下车谈话。乔堃的脸色顿时煞白，情绪也变得惊恐不安起来，无奈之下从车上坐起来，乔玉龙见状马上跑过去把他背了下来。乔堃又要求解手，乔玉龙便从口袋里掏出了一沓白色手纸。这时战士们看出了破绽，一般商人是不会用这种卫生纸的。王洪涛看着通行证说，这个乔堃绝对不是什么商人，应该是个大官。他当即去到局长办公室汇报了情况。局长召集大家分析研究后决定释放另外的三男二女，对二乔进行羁押审讯。

下午3点半，乔堃站到审讯股长王登仁面前，垂头丧气地说："我已经到了这个地步，干脆说实话吧！我是王耀武！那几个人是我的卫士和家眷……"

王耀武被活捉，济南战役完美收官。

（桂恒彬）

青纱帐里的愤怒

1939年8月20日中午，烈日似火，在田间做活儿的人们陆续收工。菏泽城东北两里只有百户人家的康庄村，忽然响起了一阵汪汪的狗叫声。3个日本鬼子趾高气扬地闯进村里。

日本侵略者第二次占领菏泽城后，经常三五成群地到附近村庄烧杀抢掠，无恶不作。眼下，人们看到3个头顶乌龟帽、脚穿黄皮鞋、扛着刺刀的日本兵进了村，心里都惶惶不安。特别是青年妇女，为了免受鬼子的凌辱，都急急忙忙往村外跑，一边跑一边喊："日本鬼子来了！日本鬼子来了！"

在康庄东头，靠近护城堤处，几个年轻的妇女惊慌地往高粱地跑去。其中一个日本兵，紧盯着往高粱地里跑的几个年轻妇女，等她们跑进高粱地，他也跟着追了进去。

"日本鬼子进高粱地了！"人们看到这种情景，非常着急。怎么办？气愤、忧虑、担心，但是一时谁也想不出办法来。

这时，康建明锄地收工归来，看到发愁的人们，就知道村里又出事了，忙问："日本鬼子又来了？""来一小会儿了。""在哪里？""进高粱地了。"一位60多岁的老大娘随即告诉康建明有几个年轻妇女正在这块高粱地里躲着。

康建明一听日本兵进了高粱地，怒火万丈，开口大骂："我操他奶奶的！"连骂几声，一跺脚，提着锄头向高粱地闯去。

这一年，康建明58岁。他身体魁梧，面孔黑红，高鼻梁，深眼窝，苍白胡。老人秉性刚强，心地正直，平时乐于见义勇为。

他强压着满腔怒火，大步闯进了高粱地。走到高粱地中间，就见那个日本兵正拦着一名青年妇女不让走。老人大喊一声："住手！"并摆手示意让这位青年妇女快跑。日本兵回头一看是一个老头，自认为中国人对他不敢怎么样，更何况来的又是一个老头子，便露出一副很傲慢的样子，满不在乎。

康建明一看日本鬼子这副傲慢相就恼火，气得咬牙切齿。他一个箭步冲上前去，奋力举起锄头，朝鬼子的头上狠狠地砸去。当啷一声，锄板断了，鬼子的头被砍了一个大口子，鲜血飞溅。鬼子像受伤的恶狼一样，向康建明猛扑过来。康建明向左一躲，鬼子扑了个空。这时，康建明转身搂着鬼子的后腰，往上一携，朝下一蹲，把这个鬼子按倒在地。这下，鬼子急坏了，和康建明滚打在一起。康建明急中生智，抽出鬼子随身携带的刺刀猛向鬼子身上刺去，不一会儿，这个鬼子就不动了，像死狗一样躺在血泊里。

杀了日本鬼子，康建明为村民们出了一口气。这个鬼子的鲜血沾满了康建明的新棉布汗褂。老人出了高粱地，爬上大堤，顶着过午的骄阳向自己的家走去。

康建明打死了鬼子兵，全村为之轰动。他的勇敢行为，受到人们的称赞。为此，群众还专门为他编了一首歌谣：

大王营、小王营，
营营都没康庄能；
康庄打死个鬼子兵，
谁打死？康建明。

（桑圣耀　谷吉灿）

扈大娘计赚酒肉兵

提起神仙沟扈大娘，20 世纪 40 年代的河口人有口皆碑，都称她是巾帼抗日英雄。

抗战时期，神仙沟入海处有一高埠。高埠下的入海口，是船家避风浪的天然港口。高埠上有一个座北朝南的四合小院，大门上高悬着杏黄酒幌儿，上书“扈家酒馆”四个龙飞凤舞的草字，赫然醒目。这就是蜚声百里海滩河沿的扈大娘酒馆，也是八路军清河军区的地下中转站。

扈大娘，原名赵福，与扈延田结婚后，开了一间小酒馆。她本是一个普通的妇道人家，却善于与日伪军周旋，成功地把一批批枪支、弹药、布匹、药品安全准确地转运出去，完成常人难以完成的艰巨任务。

1943 年 11 月 1 日，适逢当地渔民最忌讳的“十月五逢九月九，神仙不敢江边走”的节令，一艘双桅船——“大炕头”满载一批“货”从天津驶进神仙沟。“大炕头”这一次夹带了一百箱枪支、药品，准备运往清河抗日根据地。船就停泊在扈大娘酒馆附近，伺机卸“货”。

在这里检查进出船只的日本小头目叫山本纠田。此人五短身材，尚武功、善拼杀，嗜酒如命，是一个吃顺不吃戗的家伙，人们都叫他日本酒坛。日伪谍报组长刘俊峰则是个心狠手辣、诡计多端的铁杆汉奸，在神仙沟横行霸道、敲诈勒索，是一个雁过拔毛的坏家伙。“大炕头”一进河门就被他盯上了，他派来的十几个谍报员像十几只猎狗一样绕着“大炕头”团团乱转，准备采取行动。

此时的扈大娘心急如焚。她思来想去，暗下决心，拼了命也要把“货”送到根据地。她派人找来船老大韩老六密商，决定计赚酒肉兵，将“货”潜送到根据地。

第二天日上三竿时分，扈家酒馆的客厅中一字儿摆开三张八仙桌，小灶上煎炒熘烹炸，大师傅忙得满头大汗。桌子上一碗碗、一盘盘摆得满满的。韩老六等十几个船工吆五喝六，大碗豪饮。扈大娘室内室外张罗应酬，稳坐钓鱼台，单等鱼儿来上钩。

接到谍报员的报告，刘俊峰感到事有蹊跷，按说这时令，渔民原本犯忌，难得悠闲，凑在一起喝两盅实属常情。可“大炕头”上的韩老六是可疑人物，而那个扈老太婆，不卑不亢，八面玲珑，黑白二道通吃，官匪两家通好，真叫人估不透她葫芦里到底装的什么“药”！不能大意失荆州，不如叫上山本纠田一块去，见机行事，有功，让他一份；有过，拉个替身。

山本纠田听说去扈家酒馆，犹如苍蝇见了血，大烟鬼见了鸦片，咧开大嘴：“开路，开路！扈的酒的米西！”鱼儿终于上了钩。刘俊峰和山本纠田一行人刚进大院，扈大娘满面春风迎出门来：“呦，什么风把太君和刘长官吹来啦？老六啊，你们看谁来了。”

韩老六等闻声走出屋，躬身相迎。上桌后，韩老六赶忙斟满酒，双手端给山本和刘俊峰，自己也端起一碗：“俺敬二位一杯。”一扬脖，咕嘟嘟一气喝干。山本纠田早就沉不住气了，随之一饮而尽。刘俊峰手捧酒碗傻了眼。他知道自己酒量不行，喝多了可能要误事；不喝吧，怎能套出真情，达到目的？他暗想，反正外面安排了三个流动哨，一有动静，他们就会照计行事。于是，众人开始大喝起来，一会儿工夫，山本纠田和刘俊峰就喝得晕晕乎乎了。绕着“大炕头”转的那三个流动哨早就被韩老六请到东厢房，灌得四仰八叉了。

“时辰已到。”扈大娘发出了信号——对面“大炕头”的那盏风灯点着了。季队长早已把十几辆马车靠拢船边，几十名武工队员和车把式早憋足了劲，工夫不大，上百箱“货”物就被装上了马车。鞭儿一扬，马蹄生风，犹如鱼归大海鸟入林，很快湮没在无边无际的芦苇荡中了。

（盖宁　尤元飞　刘青）

誓死守护《共产党宣言》

1920 年，中国著名语言学家陈望道将《共产党宣言》首次译成中文。正是这本油印册子点燃了中国革命的火炬。很多人不会想到，作为存世不多的《共产党宣言》中文首译本中的一本，历经无数炮火硝烟依然得以留存，竟与一个普普通通的小村庄紧紧相连。

广饶县大王镇刘集村，是鲁北平原一个普通的村落。20 世纪 20 年代，王尽美、邓恩铭等共产党人在这里秘密开展活动，王尽美介绍刘子久入党。1925 年春，刘子久受组织委派，回到刘集建立起中共刘集支部。

1926 年农历正月十五，回家省亲的济南女子职业学校教员、共产党员刘明辉来到村党支部书记刘良才家中，掏出自己珍藏的《共产党宣言》第一版中文译本，交给了刘良才。她神情凝重地说："党员都应该学一学，它会让我们明白革命的目的，知道今后要走的路。"

刘良才接过书，揣进怀里。他明白，他接过的不仅是一本书，也是神圣的使命。刘良才常在夜深人静时召集党员和进步农民一字一句地学习《共产党宣言》。

在血雨腥风的日子里，白色恐怖笼罩全国，676 种书刊被国民党列为"非法禁书"，《共产党宣言》名列榜首。刘良才冒着生命危险，在住宅墙角外挖了一个隐蔽地窖，把书藏起来，躲过了敌人无数次搜查。

1931 年 2 月，刘良才接到省委命令，赴潍县任县委书记。临行前，他把《共产党宣言》郑重地转交给村党支部委员刘考文，叮嘱他千万要把书保存好。刘考文深知责任重大，把书看得像命一样珍贵。形势稍一宽松，他就组织党员和群众学习。一遇紧急情况，他就把书藏进粮食囤底、灶头、房顶瓦下、鸟窝，使敌人的搜查多次落空。

1932年8月，博兴暴动失败，广饶县党组织遭到严重破坏。刘考文意识到，自己随时都可能被捕。死，他并不害怕，但决不能让《共产党宣言》落在敌人手里。他想到，共产党员刘世厚憨厚老实，平时不太引人注目。于是，他悄悄来到刘世厚家，把《共产党宣言》交到刘世厚手里。刘世厚接过书，重重地点头。

不出所料，没过多久，刘考文被捕，刘良才也在潍县英勇就义。为了躲避敌人的搜捕，1933年，刘世厚毅然携带《共产党宣言》离开故土，沿路乞讨为生，辗转胶东半岛，一去就是4年零8个月，直到抗战全面爆发，他才回到刘集。

1941年1月，日伪军对刘集村进行血腥屠杀。万幸的是，刘世厚事先把《共产党宣言》埋在床底，躲过劫难。

1945年1月，日军再次对刘集村进行“扫荡”，惨无人道地放火屠村。已逃出村的刘世厚见状，冒着熊熊烈火，冲回村里，爬上房顶，从墙缝里取出装着《共产党宣言》的竹筒，使《共产党宣言》免于被焚。

后来，刘世厚精心制作了一个木匣子，把《共产党宣言》装起来，埋在地窖里。新中国成立后，刘世厚取出木匣，把快散架的书用线缝好，再用一块粗蓝布包起来，重新装进木匣，外面又套了个木箱。

其实，刘世厚不知道，他用心血甚至生命保护下来的《共产党宣言》，一直牵动着周恩来总理的心。1975年1月，第四届全国人大召开期间，已重病在身的周恩来见到《共产党宣言》最初译者、时任复旦大学校长陈望道，紧握着他的手问道:“《共产党宣言》最早的译本找到没有？那是马列老祖宗在我们中国的第一本经典著作，找不到它，是中国共产党人的心病啊！”陈望道看着总理期待的目光，遗憾地摇了摇头。

1975年5月，刘世厚把《共产党宣言》交给了政府。

如今，这本《共产党宣言》被陈列在东营市博物馆，是国家一级文物。这本书系平装本，长18厘米，宽12厘米，书面印有水红色马克思半身像，书名从右至左排列，只是“共产党宣言”被错排成“共党产宣言”。由于经世流年，书的纸张焦脆了，装订开裂了，边角也破损了，但《共产党宣言》不老，精神长青。

（孔庆珊　盖宁　孙洪明）

沂蒙母亲王换于

1939 年 6 月 29 日，中共山东分局和八路军第一纵队司令员徐向前、政委朱瑞等率领机关人员，转战来到沂南县马牧池乡东辛庄，住在了王换于家。

王换于 1888 年出生在沂南县岸堤镇圈里村一个贫苦家庭，19 岁时嫁到马牧池乡东辛庄于家。王换于入党时连个名字也没有。一名干部说："你是用两斗米换到于家的，干脆就叫王换于吧。"于是，王换于第一次有了自己的名字。入党后的王换于更加积极，不久被选举为村妇救会会长和艾山乡副乡长，负责 13 个村的抗日宣传和发展党员工作。在她的影响下，儿子儿媳也先后入了党。

东辛庄"三面环水水连山"，日军三番五次经过这里，却都不敢在村子里驻扎。徐向前说："我们共产党人只要依靠群众，绝处也能求生。"

随同部队来的还有一群干部的孩子，这些孩子长期跟随部队转战奔波，吃了不少苦，许多孩子的体质很差，一个个黑瘦黑瘦的。看到这些，王换于心里酸酸的。她向徐向前建议："这样下去不行，得给孩子找奶娘，这样既能很好地照料孩子，打起仗来也好掩护。"

徐向前说："来这里已经够拖累你们的了，不能再给你们添麻烦了。"但在王换于的坚持下，徐向前接受了这个建议，并安排她创办战时托儿所。

1939 年 10 月，东辛庄抗日战时托儿所正式成立。第一批转来了 27 个孩子，最大的七八岁，最小的出生才 3 天，其中有罗荣桓的儿子罗东进，徐向前的女儿小何（乳名），胡奇才的儿子胡鲁克，陈沂、马楠夫妇的女儿陈小聪，赵志刚的儿子赵国桥，艾楚南的女儿艾鲁琳，白备武女儿白效曼等。

那时，山村里穷，王换于就想法四处弄些好吃的，大的孩子吃米粥、面饼，小的孩子只能靠奶水。为了安排好这些孩子，王换于挨村挨户打听，谁家刚生了孩子，动员人家帮着喂养部队的孩子；谁家的孩子夭折了，就动员做母亲的不要把奶水退回去，把需要哺乳的孩子们给她抚养；稍大一点的孩子则送到可靠的人家照料。她还安排长媳张淑贞和次媳陈洪良承担抚养罗荣桓的女儿罗琳，徐向前的女儿小何，胡奇才的儿子胡鲁克、胡鲁生，陈沂、马楠夫妇的女儿陈小聪等7个孩子。就这样，五天不到，机关27个孩子就全被她安排好了。看到孩子们都有了着落，王换于终于舒了一口气。

然而，随着日军“扫荡”，王换于又担心起孩子们的安全。为此，王换于一家出生入死，帮助孩子们度过一个个“鬼门关”。

一次，日军“扫荡”大梨峪，那里有个战时托儿所寄养的孩子。王换于闻讯后非常着急，顾不上多想，立即抄近路跑到大梨峪，让孩子的奶娘带着孩子迅速转移。奶娘和孩子刚走，敌人就来了。王换于经过巧妙周旋，终于摆脱了险境。

敌人常来“扫荡”，王换于和儿子秘密在南山和北岭挖了两个较大的山洞，遇到敌人来时，就将孩子们藏在里面。每次，王换于在外面站岗，儿媳张淑贞和陈洪良在里面哄孩子，丈夫利用夜间出去弄粮食，最多的一次在洞里住了两个多月。

1942年的一个夏夜，大雨倾盆，有两个孩子发高烧。王换于让丈夫于学翠冒雨去请医生，于学翠冒险游过发着洪水的汶河，经过一番波折，终于请来了医生。孩子的病治好了，但丈夫却大病一场。

一次，王换于去西辛庄看望一个寄养在那里的半岁婴儿，发现孩子瘦得不像样，非常心疼，就将孩子抱回了家。当时，王换于的二儿媳陈洪良正值哺乳期，因当时生活条件差，奶水哺育一个孩子还不够。王换于对陈洪良说：“这个孩子是烈士的后代，让咱的孩子在家吃粗的，把奶给这个孩子喝吧，咱的孩子没了，还可以再生，咱可不能让烈士断了根呀。”于是，陈洪良就接过了这个孩子。

就这样，王换于的两个儿媳尽心尽力呵护着这些革命后代。由于舍不得用奶水喂自己的孩子，再加上长期疏于照顾，王换于的两个孙子、两个孙女先后夭折。

王换于用自家巨大的牺牲，换来了革命后代的安然无恙。从1939年秋到1942年年底的3年多时间里，战时托儿所的41名孩子均健康成长，并陆续被父母和组织领走。1943 年后，又陆续有革命将士的 45 名孩子由王换于抚养长大，最晚的到 1948 年才离开。抗战胜利后，山东保育小学 600 多名学生又安置在东辛庄，王换于全家受组织委托，竭尽全力为保育小学服务。

1947 年，中国妇女运动的先驱者蔡畅在第一次世界妇女代表大会上，代表中国妇女作了王换于事迹专题报告。王换于被誉为沂蒙母亲，从此名扬中外。

（徐兴春　黄永仓）

“革命母亲”常大娘

常大娘，姓刘，名相会，乐陵市朱集镇刘玉亭村人，因家境贫寒，9 岁就到大常村做了常培仁的童养媳。常培仁祖上曾广置田产，富甲一方，可是到了常培仁的爷爷这一辈，就只剩下了三间破瓦房，全家靠种菜卖菜度日。常培仁是家里的独子并且是个聋哑人，这使得刘相会从小就肩负起家庭的重担。

1938 年，日本鬼子占领了乐陵一带，到处建据点修炮楼。这年秋天，“娃娃司令”萧华率八路军东进插入冀鲁边区，开辟了以乐陵为中心的抗日根据地。那年，刘相会 47 岁，已是 6 个孩子的母亲，人们都叫她“常大娘”。

萧华率部进入乐陵后，广泛发动群众，常大娘有好几个儿女参加了抗日组织。她的二儿子常树芬化名丁文魁，带领民兵配合八路军挖壕沟，扒鬼子的公路铁路。鬼子白天填，他们夜里挖，三年没睡过一个囫囵觉。小女儿化名丁秀文展开了地下斗争。

常大娘生前经常对她的孙辈说，那时鬼子“一个月‘扫荡’29 回，还碰上个小尽（指小月）”，部队打散了，同志们首先想到的是到“老槐树底下”集合。老槐树底下，指的就是常大娘家，是八路军的一个秘密活动点。

一天拂晓，腿部受伤的独立营副营长张子斌刚被送到常大娘家，在东墙外放哨的丁秀文就发出了敌人进村的信号。不由分说，常大娘把张副营长摁到炕上，顺手拉过一条被子，连头带脸蒙了个严实。伪军闯进来后，她谎称是自己的孩子发高烧捂汗，骗过了追查。在常大娘的精心照顾下，十多天后张副营长伤愈归队。

张副营长走后，八区的组织干事袁宝贵又被送到了常大娘家。袁干事身上长满了疥疮，手烂得拿不住筷子，腿烂得不能走路。常大娘每天给他喂水喂饭、端屎端尿。听说用硫黄熏能治疥疮，常大娘就找来硫黄，放在盆内燃着，让袁干事蹲在上面熏。半个多月后，袁干事疥疮康复。临别前，他含着热泪说：“大娘，您就是我的亲娘！”

渐渐的，凡是来常大娘家养伤、开会、住宿的八路军，都亲切地叫她一声“娘”。

乐陵市档案馆珍藏着一张手绘地图，那是常大娘一家所挖地道的示意图。

这些地道是 1942 年秋天奉上级指示挖成的，除了挖开会用的大洞时有组织上的人帮忙，其余的只能靠常大娘一家人动手挖。当时，树芬和秀文在地下挖，常大爷在上边倒土，小儿子树春在村里一边玩，一边放哨。常大爷耳朵聋，常大娘就在他腰上拴条绳子，洞下装满土，拉一下绳子，他就把土车拽上来。为了不引起村里人的怀疑，他们把挖出来的土一部分填了沟，一部分运到村头湾边，再用稀泥封起来，泥成粪堆的样子。

地委书记李广文办公用的洞，在西屋的地下，洞口设在喂牲口的石槽下面。洞里放着饭桌和小凳子，洞的西边直通到西墙外的沟边，但没有打通，仅留有半尺厚的土层作为预备出口，如有不测，用脚踢开土层，即可沿沟跑出村外。其他几个洞大致相仿，都备有紧急出口。地委、县委、区委领导的地下办公室互不相通，据说这也是迫于当时严酷的形势。

从此，常大娘家便成了冀鲁边区三地委和县委机关驻地，常大娘全家也就成了“机关工作人员”。

抗日战争胜利后的 1945 年秋，中共渤海区第一地委奖给常大娘一面锦旗，上书“向在抗战中立下不朽功勋的革命妈妈常大娘致敬”。锦旗挂在一根八九米高的杆子上，竖在大娘的院子里迎风招展。

1946 年，毛主席听说常大娘的事迹后，为她亲笔题写了“大爱为国、革命母亲”。

常大娘是乐陵县第一至三届人大代表，出席过山东省优抚代表大会。对常大娘来说，她晚年最重要的事，是在 1970 年 10 月以 79 岁高龄加入了中国共产党。如今，常大娘长眠在村南浓密翠绿的枣林里。常大娘有 16 个孙辈，其中 10 个党员，6 个当过兵。

（于斌）

乳汁救亲人

在临沂市依汶镇鲁中革命烈士陵园内，矗立着一座石碑，记载着明德英救护八路军伤员的经过：1941 年冬，日寇举五万虎狼之师犯我沂蒙，我军民协力同心，奋勇抗战……一八路战士身伤数处，至横河村外，被哑妇明德英撞救。是时，日寇追逐在前，搜捕于后，而战士失血过多，生命垂危，明德英悉力照顾，喂其乳汁，继而得救……伟哉，明德英之所举可谓惊天地泣鬼神……

这块静静矗立的石碑，向人们诉说着沂蒙这片热土的往事。

明德英出生于 1911 年，两岁时因一场大病导致听力丧失，加之不会说话，在很多人眼里她既聋又哑。罹患重疾、母亲去世、继母寡情、战乱频仍……明德英经历了太多的苦难，无依无靠的她只能四处讨饭为生。

21 岁那年，明德英讨饭到沂南县马牧池乡横河村。村里人看她实在可怜，就把她介绍给单身汉李开田。他俩结婚后，既没有田地种，也没有房子住，村里就安排他们去王家河西岸看护全村的坟场。

随后，这对夫妻住进了王家河边的团瓢，所谓团瓢就是在沂蒙山区常见的茅屋建筑，因外形像葫芦瓢得名。他们精心打理坟场，学着垦荒种田，勉强能够维持生计。随着家里陆续添丁，几个孩子嗷嗷待哺，他们的日子变得艰难起来。

同样艰难的，还有当时整个沂蒙山区的抗日斗争形势。1941 年 11 月 2 日，日军 5 万余人采取“铁壁合围”战术，大举“扫荡”以沂南县为中心的沂蒙山区抗日革命根据地。11 月 4 日拂晓，驻扎在马牧池乡的八路军山东纵队司令部被日军包围，指挥机关陷入困境。前来接应的部队在田家北村与日军遭遇，双方展开激战。我方机关工作人员趁机从马牧池乡突出重围，却又被凶狠的日军打散，损失惨重。

这天一大早，李开田就和村里民兵翻过大山送伤员去了。中午，明德英正抱着不到一岁的小儿子在团瓢门前晒太阳。突然间，明德英看见坟场出现一个踉踉跄跄的人影。她很快镇静了下来，然后若无其事地撩起粗布棉袄给儿子喂奶，同时偷偷向林场那里看，时刻观察着动静。

原来，那是一个八路军小战士。当时，他正被四五个鬼子追赶。几小时前，这个小战士刚冲出包围圈就被盯上了。小战士跑到王家河沿，看到坟场里葱郁的松树、柏树一棵挨着一棵，十分利于隐藏，就躲进坟场继续与鬼子周旋，不料却肩膀中枪。他强忍着伤痛准备向北跑，一眼就看见正在团瓢门口喂奶的明德英。

明德英也发现了他，放下孩子就迎了上去。小战士手捂着肩膀叫了声“大嫂”。明德英指指自己的嘴巴、耳朵，不断摆手，表示自己是聋哑人。小战士焦急地用手比画，明德英很快明白了，赶紧把他拉进了团瓢。

小战士看着破陋的团瓢，觉得不好藏身，又担心连累他人，转身要走。明德英看出端倪，一把将小战士摁在床下藏了起来，并示意他不要出声。然后，明德英装作若无其事，抱起啼哭的孩子，坐在团瓢门前继续晒太阳。

很快，鬼子就追了来。他们根本没理会明德英，直接钻进团瓢准备搜查。可能是因为团瓢太破陋了，他们看了一眼就准备离开。鬼子回头发现明德英是个聋哑人，打手势问她有没有看见一个受伤的人，机智的明德英朝西山方向指了指。几个鬼子信以为真，扭头就向西山追去。

鬼子走了以后，明德英钻进团瓢，才发现那个小战士由于失血过多已经昏迷，手脚开始抽搐。他嘴唇干裂，喊着要水。明德英赶忙跑到水缸一看，水缸见底了，她急得团团转。

此时，床上的儿子突然哭了起来。儿子的哭声一下子提醒了明德英，实在不行就给他喂点奶水吧。明德英虽然脸上一阵发烫，还是毅然做了决定。她迅速解开衣襟，把奶水一滴滴地挤进小战士嘴里。因为营养跟不上，明德英的奶水并不多，她就一直双膝跪着，一滴……两滴……直到小战士逐渐清醒过来。小战士看到眼前的一幕，不好意思地推开了她，含着泪说了声：“谢谢大嫂……”

天擦黑的时候，李开田回来了。他们一天向北大山医院转移了十几名八路军伤员，回来的路上又遇见鬼子盘查，只好躲到天黑才回来。看到受伤的八路军小战士，李开田一阵诧异。明德英比画了半天，小战士也在一旁解释，他才明白过来。

李开田接着说了村子外面的情况，明德英感觉形势紧张，就比画着和丈夫商量，想把小战士转移到坟场的一座空坟中。小战士也觉得这个方法可行，提议马上转移，以免连累他们。

趁着天黑，明德英和丈夫在那座空坟里铺了厚厚的干草，并用杂草做了伪装，然后把小战士扶进去躺好，叮嘱他千万不要出来。当时正值冬季，明德英把家里唯一的破棉被给小战士送了过去，他却死活不要。

为了让小战士尽快痊愈，明德英杀掉家里仅有的两只老母鸡，给他补身子。后来，家里实在没什么吃的了，明德英就跑到村里找老乡借来高粱、小米，给他熬粥喝。

半个多月过去了，在明德英的悉心照料下，小战士的伤好了很多。之后，沂蒙山区的反“扫荡”斗争进展顺利，增援的八路军部队接连拔掉了跺庄、青驼等多个敌人据点。受伤小战士急着返回部队，明德英和丈夫拦不住，只好送他离去。

关于这位八路军战士的情况，明德英和丈夫了解的并不多，只知道他是当时驻扎在马牧池乡的八路军山东纵队司令部机关炊事班的一名战士，姓徐。

（胡乃山　黄永仓）

沂蒙六姐妹

1947年5月初，孟良崮战役即将打响，150多户人家的蒙阴县野店镇烟庄村，成年男子都随部队到前线了，就连六七十岁的老人，也给解放军当向导去了，这个小小的山村便成了“女儿国”。

生活在这里的“沂蒙六姐妹”看在眼里，急在心里。她们一商量：眼下前方战事正紧，村里人手少、任务重，我们都是党员，为了前线的胜利，村里的工作咱应当担起来。大家经过合计，张玉梅当村长，伊廷珍当副村长，其他人分别担任文书、财粮员、公安员等职务，共同挑起了领导全村的担子。

大军到了庄头，她们主动迎上前去，部队的管理员和司务长给她们敬了个礼，说：“请问你们的村长在哪儿？”

六姐妹六张笑脸儿咯咯地笑出了声，齐刷刷地回答：“我们都是村长。”

管理员和司务长带着惊疑，尴尬地看着这群姑娘媳妇。

“同志们辛苦了！”张玉梅代表姐妹们说：“有多少人，快说吧！”于是500、1000、2000地报出数来。支锅做饭、添米购菜、歇脚住宿……她们都办理得顺顺当当、妥妥贴贴，指战员们对此敬佩不已，“沂蒙六姐妹”的名字渐渐地在解放军队伍中传开了。

一天，区上的通信员送来了一份紧急通知，要她们村给解放军的骑兵战马筹措草料5000斤，火速送往指定地点。

全村百户人家，平时不用10分钟就可集合，可眼下都潜伏在山沟里，村里冷清寂静，筹措草料就得翻山越岭。那时，虽然她们正当年轻力壮，但毕竟都是缠过脚的，爬山越岭实在不便。尤其是伊淑英，身怀六甲，行动更是困难，过思孩岭的时候，她只觉得两腿像灌了铅似的，怎么也抬不起来了，就坐下来，想歇息一会儿。张玉梅了解她的难处，让她返回村里干些别的工作。伊淑英刚往回走了几步，听到远处战马嘶鸣，放眼一看，大路上正开过来一队骑兵。她立刻又折回头，继续往山上爬。

她们刚完成筹措草料任务，又接到紧急通知，要她们在两天之内将5000斤粮食加工成煎饼运往前线。

看罢通知，“沂蒙六姐妹”都凝神静思：全村除了军属和老弱病残，能烙煎饼的不过70人。两天内每人要烙70多斤粮食的煎饼，其中要经过运输、分配、碾磨、烙成等七八道工序，能完成吗？可是，又转念一想：前方战士正在冲锋陷阵、流血牺牲，为的谁？决不能让亲人饿着肚子打仗！于是她们分头到四处山沟里发动。

妇女们都从山沟里赶回家来，入夜时分，烟庄村人气陡增。碾滚磨转，各家各户的屋里又亮起了灯，六姐妹除了完成自己应摊的一份外，还主动把十几户军属所摊的任务也包了下来。在六姐妹的带动下，大家齐心协力，硬是想方设法把煎饼按时运到前线。

5月15日，村里开进一队解放军，接着担架队、伤员也纷纷到来。一时间又忙坏了六姐妹和妇女们。正当她们为伤员包扎伤口、给战士们发慰劳品时，区上又连续下达了3批军鞋任务，总计245双，要求5天完成。烟庄村妇女们毫无怨言，又默默地拿起了针线。

眼明心细的冀贞兰，做得一手好针线活。她忙活了一整天，帮着姐妹们打鞋壳、弄鞋帮、纺线捻绳。夜深了，她又坐在昏暗的油灯下纳鞋底。纳好了鞋底，要纳鞋帮，冀贞兰犯了难。鞋面布不够了，她翻了针线筐，找了橱子柜，旮旮旯旯摆弄了遍，就是没有找到合适的布料。她想了想，便把自己正穿的上衣大襟撕下来做了鞋面布。这时，冀贞兰又想起了村里最穷的杨化彩。杨化彩家里只有她和刚满4岁的儿子，生活拮据。今天到她家分派做军鞋任务时，虽然杨化彩没有吱声，但看她紧锁的眉头和那空徒四壁的破房子，怎么能不作难呢？于是，冀贞兰就拿起剩下的一块衣襟直奔杨家。

杨家的灯亮着，冀贞兰悄悄地扒着窗棂向里一看，只见杨化彩也正用牙咬着撕自己的衣服大襟。冀贞兰知道杨化彩没有替换的褂子，感动得热泪止不住地流，赶忙推门进屋，制止了杨化彩，把自己的大襟布给她做鞋面布。

第二天下午凑鞋时，杨化彩第一个交出来4双军鞋，她的儿子抱着军鞋，穿着盖不过肚脐的小褂，依偎在妈妈的身旁，许久不愿把鞋放下。村里的人谁不知道，这孩子长这么大，还没穿过一双鞋哩！

孟良崮战役打得最激烈的时刻，“沂蒙六姐妹”又接到往前线运送弹药的任务。她们联络了几个骨干，翻越 20 多里的羊肠小道，将弹药送到前沿阵地。

在莱芜战役和孟良崮战役期间，她们带领全村为部队烙煎饼 15 万斤、筹集军马草料 3 万斤、洗军衣 8000 多件、做军鞋 500 多双。

“沂蒙六姐妹”是革命战争年代沂蒙老区涌现出的一个女英雄群体，她们的名字是张玉梅、伊廷珍、公方莲、杨桂英、伊淑英、冀贞兰。原中共中央政治局委员、中央军委副主席、国务委员、国防部长迟浩田上将高度评价“沂蒙六姐妹”在革命战争年代和社会主义建设中做出的突出贡献，为她们欣然题词“沂蒙六姐妹，拥军情永不忘”。

（沈文军　傅家德）

胶东乳娘

1942 年，胶东抗战进入最艰难的时刻，八路军主力和党政军机关在突破日寇层层包围封锁中面临生死考验，被迫频繁转移，不得不为民族大义抛舍下刚入人世的亲生骨肉。是年 7 月，中共胶东区委在牟海县（今乳山市）组建胶东育儿所，选取乳娘哺育党政军干部子女和烈士遗孤。

在极端艰苦的条件下，300 多名乳娘和保育员养育了 1223 名革命后代，在日军“扫荡”和迁徙中，胶东育儿所的孩子无一伤亡。在血雨腥风的革命战争年代，乳娘们用大爱书写了一段人间奇迹。

1942 年 9 月，东凤凰崖村姜明真从育儿所接回刚满月的婴儿福星。为了让福星吃饱，她只好给自己刚满 8 个月的孩子断了奶。有人见了问她：“这都是谁的孩子?”“都是我的。”她总是千方百计保守福星的身份秘密。

两个月后，鬼子来根据地“扫荡”，姜明真和婆婆带着福星和自己的孩子藏在山洞里。可是，这两个孩子在一起，她只要喂一个，另一个见了就会哭闹。

为了避免因孩子的哭声暴露目标，她一狠心，把自己 10 个月大的儿子送到了另一个无人的山洞里。刚返身回来，敌机就开始轰炸，她紧紧地把福星搂在怀里。敌机轰炸的间隙，可以清晰地听到自己孩子撕心裂肺的哭声；婆婆急得马上要冲过去看看，她忍痛劝阻婆婆说：“娘，千万别出去。要是被搜山的鬼子发现了，福星的命就难保了。”婆婆只好流着眼泪在山洞里咬牙坚持着，福星一直安全地躺在姜明真的怀里。

鬼子撤走后，婆婆跑过去扒开被敌机炸塌的洞口。只见孙子在山洞里乱爬，手脚被石头磨得鲜血淋漓，嘴上沾满了泥土和鲜血，肚子胀鼓鼓不停地咳嗽。回家不几天，惊吓过度的孩子就死去了。

每次鬼子窜到村里，姜明真都带着几个孩子跑到山上。有一次，鬼子搜到她们躲藏的山洞附近，自己的一个儿子突然哭起来。为了不让鬼子发现，她用力捂住儿子的嘴，不让他发出一点声音。因为惊吓过度，几天后这个孩子也不幸夭折了。

每一次失去孩子，都像割掉自己的肉。姜明真强忍着悲痛告诫自己："这是日本鬼子欠下的血债。为了福星，我必须坚强地活下去。"从此，她更加疼爱福星，一直把福星喂养到 4 岁。那几年，姜明真先后收养了 4 个八路军子女，没有一个伤亡。而她自己的 6 个孩子，却因战乱、饥荒和疏于照顾夭折了 4 个。

东凤凰崖村肖国英 23 岁时，自己的第二个孩子出生不久就夭折了。正在忍受丧子之痛时，妇救会主任将刚出生 12 天的八路军孩子远落送到她手里。远落出生后母亲没有奶水，瘦得皮包骨头，病怏怏的。肖国英心疼地说："孩啊，今后俺就是你的亲娘。"

由于生活贫困，肖国英奶水很少。为了有足够的奶水哺育远落，一家人将不多的口粮基本给了肖国英，其他人都是勉强维持。有一次，女儿饿得直嚷嚷："娘，我饿，我快饿死了，给我吃一口吧，就一口。"要是在以前，自己就是三天不吃也会给孩子的，但是此刻，肖国英看看仅剩下的那点口粮，看看瘦弱的小远落，没舍得让女儿吃一口，转过身去假装不理女儿，眼泪却止不住地往下流。她含泪把窝窝头塞进自己嘴里，保证有足够的奶水喂远落。在肖国英的悉心照料下，小远落身体渐渐好起来。

肖国英说："八路军帮大伙打鬼子，把孩子交给俺是信得过俺，待孩子必须比自己的更金贵。"

李秀珍是吕剧《乳娘》女主角的原型。她是胶东育儿所的一名脱产乳娘，招远人，育儿所第一个孩子东海就是她哺育的。

东海刚来时身体虚弱，坐都坐不稳。李秀珍非常心疼，在她的精心照顾下，东海被喂养得白白胖胖，还能开口喊"娘"，这让李秀珍倍感幸福。

在反"扫荡"的寒冷夜晚，她把孩子整夜抱在怀里，一刻也不让孩子离开自己，心中只有一个念头："孩子爹妈为革命，我们不能让孩子受损伤！"日寇"扫荡"时，飞机的呼啸声掠过育儿所的上空，李秀珍立刻抱起东海往山上撤。途中，日军的飞机投下了炸弹，李秀珍赶紧将身体弯成拱形，把小东海牢牢抱在怀中，用胳膊肘着地向前卧倒。孩子毫发无损，可她的胳膊却被乱石划出道道口子，鲜血直淌。

……

最后一滴奶留给乳儿吮，最后一口粮留给乳儿吃，最后一件衣留给乳儿穿，最后一丝生机留给乳儿，生死关头甚至舍弃亲生骨肉……胶东乳娘用超越传统的血脉亲情与超越本能的母爱，让革命的火种生生不息，让革命的力量不断壮大。

（孔庆珊　于安丰　管水锁）

断幼女奶　养八路娃

抗日战争时期，莱芜茶业口镇船厂村有这样一位母亲，她给四个月的女儿断了奶，去喂养一位八路军的孩子，而且一养就是两年多。这位伟大母亲就是红嫂刘福英，八路娃就是廖容标的儿子廖鲁新。

1942 年 12 月，廖容标司令员正带着泰山军分区的主力战斗在淄博的淄河一带，他的夫人汪瑜在章丘垛庄生下长子廖鲁新，为了不耽误行军打仗，夫妻二人商议将孩子交给当地老乡抚养。时任雪野区东栾宫村党支部书记刘福禄接受了这项任务。为安全起见，刘福禄找到家住船厂村的妹妹刘福英，此时的刘福英刚生下三女儿不到四个月，正值哺乳期。船厂村山高林密，交通不便，又加上八路军的一个兵工厂隐藏在那里，群众基础较好。

刘福禄说明来意，妹夫陈业成、妹妹刘福英一口答应。当天下午，陈业成跟着刘福禄来到章丘垛庄的一个小山村里，见到了刚出生三天的小鲁新和他的父母。汪瑜给孩子喂完最后一次奶，依依不舍地交到刘福禄手里："孩子托付给你们，让你们受苦受累了。"说着翻身下炕，跪在地上磕了个头。陈业成连忙上前扶起汪瑜："妹子，大月子里可不是闹着玩的，快上炕歇着吧。"廖容标说："情况紧急，部队要马上转移，一切拜托你们了。"临走，陈业成问："孩子起名了吗?"廖司令说："我想好了，就叫他鲁新吧，我在山东打仗五年了，朴实勇敢的山东老乡供养着我们，付出了一切。孩子又是在这里出生，鲁新，寓意山东父老早一天过上新生活。"

夜幕降临，刘福禄、陈业成轮流抱着小鲁新摸黑赶路，好不容易回到家。刘福英一直等着没睡，借着昏暗的豆油灯光，看清了小鲁新干巴巴的脸，一个又黑又瘦的小家伙，心中一阵酸楚，她赶忙给孩子喂奶。小家伙也是饿极了，一顿吮吸。

刘福英一家五口，生活非常拮据，现在又添了小鲁新，更是难上加难。刘福英的奶水喂三妮本来就不够，现在同时喂两个孩子根本不可能，于是二人商量把小三妮的奶水断掉，只喂小鲁新一个。小三妮刚刚四个月大，刘福英就喂她喝起了小米粥。

一天晚上，天气闷热，陈业成夫妇安顿好孩子刚准备睡觉，忽然听见砰砰砰的敲门声。陈业成赶忙把门打开，只见一男一女跟着刘福禄进了门。那男的像个教书先生，三十多岁，女的文静标致，二十五六岁的样子，陈业成马上认了出来，对妻子说："这就是鲁新的父母，咱队伍上的领导。"还没等刘福英反应过来，汪瑜上前一步攥住了她的手："嫂子，让您受累了……"廖容标也拉着陈业成的手说："大哥，你和大嫂辛苦了，部队转移路过附近，我俩过来看看。"刘福英赶忙把熟睡的小鲁新抱起来递到汪瑜怀里，汪瑜看到又白又胖的小家伙，与几个月前判若两人，她哽咽着说："嫂子，你能把鲁新养得这么好，我这当娘的就放心了，真是难为你们了……"

廖容标夫妇这次看望只待了十几分钟，因为要追赶部队，匆匆而去。临走，偷偷地把三块银元放在了炕沿上。

时光如梭，转眼又是大半年过去了。小鲁新也长得很快，小脚一踮一踮地围着刘福英转，一声一声的"娘"叫得刘福英心里乐滋滋的。小三妮早早断了奶，面黄肌瘦，但吃什么她都让着小鲁新，一家人虽然日子过得紧巴，但也其乐融融。

一天，姐弟四人在院子里玩捉迷藏，院外来了一队人马。刘福英夫妇出来一看，牵着大白马第一个进院的是廖容标，紧跟在后面的是汪瑜。汪瑜拉过刘福英坐在长石条凳上："嫂子，这次来又给你出难题了，部队要进行大转移，也不知什么时候回来，我想把鲁新带上，好减轻您的负担。"刘福英一听眼圈红了："带上就带上吧，你们也想孩子，要不是兵荒马乱的，谁愿意把孩子托付给别人呢。"

"鲁新，这是你的亲爹娘，他们来接你了，你、你跟他们走吧。"刘福英的泪水扑簌簌地落下来，把鲁新推给汪瑜。鲁新一听哭闹起来："娘！你不要我了，鲁新今后听娘的话……""你不是俺娘，你快走！"鲁新推搡着汪瑜闹着不走。廖司令一把抱起哭闹的鲁新，朝刘福英夫妇一鞠躬："大哥大嫂，大恩不言谢，后会有期。”说完转身而去。

望着远去的身影和渐渐消失的哭喊声，刘福英呆呆地坐在院外的老榆树下，半天没有动静，周围的一切凝固了，凝固得让人心慌，让人窒息。

三天后的傍晚，刘福英的娘家侄子刘忠来了。刘忠说：“小鲁新现在寄养在雪野区吕祖泉村一户马姓人家，天天哭着找娘。组织上让我请您去马家待一段时间，让鲁新适应一段再回来。”刘福英当即安排好丈夫和孩子，跟着刘忠走了。

船厂村到吕祖泉将近30里路，二人摸黑赶到吕祖泉已是半夜。几天不见，小家伙明显瘦了许多……刘福英把鲁新抱起揣在怀里坐在炕沿上，一坐就是一个多时辰。

鲁新的新养母名叫朱尔美，是个忠厚善良、朴实能干的庄户妇女。天明的时候，鲁新醒了，看见娘便大哭起来：“娘！娘！你为啥把我送给人家？你为啥不要我？娘——”

“孩子，接走你的才是你的亲爹娘，他们不能带着你去打仗。你还小，长大了会明白的……”

刘福英在吕祖泉一待就是一个多月，直到鲁新适应了朱尔美。

（陈巨慧　陈业冰　刘明奎）

卖女儿换军粮

1940年，抗日战争进入最困难的时期。临郯费峄四县边联地区连遭灾荒，日寇、汉奸、国民党顽固派烧杀抢掠，天灾人祸交加，老百姓的生活苦不堪言，山上能吃的野菜和树叶，都被老百姓摘光挖净，偏僻贫瘠的鲁南山村难觅炊烟。

费县东盘石沟村的方兰亭家里住着八路军115师一个班的战士。当时，战斗频繁，方兰亭主动要求给八路军战士做饭。

方兰亭的丈夫周振苍是中共地下交通员，她的家就是共产党的地下交通站。1939年秋，周振苍将边联县委一个重要情报送给八路军115师政委罗荣桓后，刚回到家就被日寇抓走。鬼子逼他供出情报内容，周振苍虽受尽酷刑，却始终没有泄露党的秘密。丧心病狂的日寇便割下了周振苍的头颅，挂在了村东门的炮楼上"枭首示众"。方兰亭痛心疾首，悲愤交加。她把泪水咽进肚子里，把仇恨记在心中，掩埋好丈夫的遗体，带着3个幼小的女儿，接替了丈夫未竟的事业。她常把情报藏于发髻、鞋底等处，一次次机智灵活地躲过敌人搜查，圆满完成传递情报的任务。

这次八路军一个班的战士因战事吃紧住在自己家里，方兰亭总是想方设法调剂伙食，让战士们吃饱饭打鬼子。可是巧妇难做无米之炊，费县遭受灾荒，吃饭成了问题。她把家里粮缸的粮食全部舀出来，扫了又扫，把粮袋子在锅台上抖了又抖，看着锅里刚刚变混的水煮糠菜，想着战士们在战斗中流血流汗，回来只能用这些东西充饥，身为妇救会长、民运科长的她心如刀绞。

为了让战士们尽量吃得可口一点，方兰亭带着3个女儿四处挖野菜。5岁的小女儿小兰常常仰头望着她说："娘，我饿了！"方兰亭愧疚地望着女儿说："好闺女，只有把日本鬼子赶走，咱老百姓才能过上好日子，才能吃饱饭，咱挖野菜给八路军叔叔吃，就是让八路军有力气打鬼子。”

方兰亭看到日渐消瘦的战士们天天这样吃糠咽菜，实在心疼，但又想不出让战士们吃好的办法。晚上，看看屋里再也找不到能解决战士们吃饭的东西，一个念头在她心中浮起，眼光落到身边酣睡的3个孩子身上。方兰亭看着女儿们面黄肌瘦的样子，心中想道：“自从她们的父亲牺牲后，孩子跟着自己忍饥受冻，没有过上一天好日子，不如把孩子送给大户人家，换些粮食给战士们充饥，孩子也能吃顿饱饭。”可她转念又想，这样可对不起为革命牺牲的丈夫啊！方兰亭进行了一晚上的思想斗争。为了不让八路军战士饿着肚子去打鬼子，方兰亭最终还是咬了咬牙，偷偷把小兰送给了一个大户人家，换回了20斤玉米。

方兰亭家的烟囱又冒出了炊烟。为了让这20斤玉米发挥最大效益，方兰亭将玉米磨成面，烙成耐储存的煎饼。滚烫的鏊子前，她一边往鏊子底下续柴草，一边流下思念小兰的热泪。两个女儿在一边看着母亲烙煎饼，肚子里早就饿得咕咕叫了。大女儿伸手想撕块煎饼，却被方兰亭劝了回去：“好闺女，你们先玩去，等八路军叔叔回来咱们再吃饭。”

当战士们吃着香喷喷的玉米煎饼时，却怎么也见不到小兰了。一天不见，两天不见……战士们感觉不大对劲，再三追问方兰亭，她总是回答：“小兰去了月庄村她姥姥家。”

没有不透风的墙，后来，左邻右舍从小兰所在的大户人家那里得知了实情。战士们泪如雨下，抱头大哭，跪在方兰亭面前，齐声大喊“娘”。随后，战士们凑钱把小兰赎了回来。

（黄永仓　张明光）

妇女火线桥

1947年5月12日下午，孟良崮笼罩着一层神秘的气氛。我华东野战军司令部已经下达了作战命令，13日凌晨将向盘踞在孟良崮的国民党王牌74师发起总攻。

在孟良崮以北约10公里的沂南县马牧池乡东波池村，为紧急支援孟良崮战役，时任沂南艾山乡妇救会长的李桂芳和几个妇女干部，在村内正等待接受上级安排的任务。

太阳快落山时，西波池村党支部书记王纪明，气喘吁吁地来到东波池村找到了李桂芳，传达了上级的紧急任务：天黑以后，5个小时以内，必须在崔家庄与万粮庄之间的汶河上架起一座桥，保证进攻孟良崮的部队顺利通过。

这时候，村里的青壮男子都到前方支前去了，部队说不定什么时候就到。面对架桥任务，李桂芳一时不知所措。

“5个小时以内，或许是一两个小时，部队就有可能来到，这么短的时间，能架得起来吗？再说，架桥的材料到哪里去找？”李桂芳将妇救会员们凑在一起商量，大家也提出了不同的疑虑。

“搭木板桥！”就在大家焦急万分时，东波池村的妇女干部刘曰兰终于想出了办法。“对！搭木板桥。”李桂芳高兴地跳了起来，“没有木板大家摘门板，没有桥墩人扛着。”一个别出心裁的架桥计划就这样诞生了。于是大家分头行动，摘门板，联络人员。

夜幕降临时，32名妇女扛着门板，相继在崔家庄东头的河边上聚齐了。为了尽快把桥架起来，李桂芳做了简短地动员后，自己脱掉鞋子，挽起裤腿，先下河去选择合适的架桥地点。上岸后她按照妇女们的身高，把差不多等高的搭配成双，每四个人扛起一块门板，依次排列起来，在岸上架起了一座“人桥”。

为了确保万无一失，“人桥”又移到河中，李桂芳又在上面试走了一趟，感到平稳牢固后，才放心让妇女们撤到岸上，等待部队的到来。

晚上9时左右，华野九纵的一支队伍急行军来到了河边。一名干部模样的人站在河边，面对着河水显得很着急。

“同志，辛苦了！”李桂芳赶紧上前搭话。这个人却好像没有听见，只是自言自语地说：“桥呢？”

“在这。”李桂芳转过身去，朝妇女们喊道，“架桥！”话音刚落，按预定的顺序，妇女们抬起门板朝河里走去……桥，奇迹般地出现在部队面前。

看到这种情景，战士们实在不忍心通过。李桂芳大声喊道：“同志们！时间就是胜利！时间就是保证！快过桥！”

这名干部紧紧握住李桂芳的手，连声说：“谢谢！谢谢同志们！”随后，他朝身后的部队喊道：“同志们！前边是咱们的姐妹们为我们搭的人桥，我们要轻踩、慢跑，走当中！”队伍在他的指挥下，踏上了“人桥”。

刚开始，前面的部队知道是人搭起的桥，都有意放轻了脚步。可是，随着天越来越黑，后来的部队不知道桥的“秘密”，只管加快脚步，迅速过河。他们一个比一个快，一个比一个重。一分钟、二分钟、三分钟……桥下的姐妹们咬紧牙关坚持着。

暮春的河水凉气袭人。在“桥”下面，河水漫上了妇女们的腰部，双脚踏在河底的沙石上，引起双腿抽筋，疼痛酸麻。左肩膀压疼了，换成右肩膀；腰挺酸了，就弯下腰弓着背驮着，谁也没喊叫一声。32名伟大的女性就像32座坚固的桥墩，牢牢地钉在那里……就这样，一个多小时的时间，一个团的战士，从32名妇女用柔弱肩膀架起的人桥上通过，火速奔向孟良崮战场。当战士们的脚步声消失在炮声隆隆的前方，这些妇女也被冻得周身麻木，累得瘫倒在河边。她们当中，有的因此落下终生残疾，有的终生没能生育……

这个架“人桥”的故事，作为一个秘密，在32位姐妹的心底一直藏了20多年，从未向世人提起过。20世纪60年代末，“红云岗”剧组在临沂体验生活时，李桂芳谈起此事，才被剧组创作人员发现。当年架桥的32名沂蒙红嫂中，只有8位留下了珍贵的照片，5位红嫂留下了名字，其他19位架桥红嫂，人们已经记不清她们的名字，可她们感人的事迹却被永远铭记在人们心中。

（徐兴春　黄永仓）

刘氏婴儿

在滨州市渤海革命老区纪念园英烈纪念碑上，密密麻麻地刻有55 308名烈士的名字、生卒年月和籍贯信息。其中，一串“1943年，何坊乡刘氏婴儿”的名录特别引人注目。据纪念园讲解员介绍，刘氏婴儿出生仅三天，还没有起名字，就顶替八路军的孩子被日军残忍杀害，算是我国最小的抗日烈士。

1942年冬，日寇的铁蹄踏上滨州大地，鬼子到处烧杀抢掠，无恶不作。渤海区何坊乡有一位叫刘玉梅的大娘，上过几天私塾，思想比较进步，在党组织的培养下，积极参与抗日活动。她的家由于地处村头，后靠岭、前临河，是较为便利的地下党组织联络点。她白天给八路军当联络员，送情报，夜晚组织村里的妇女摊煎饼、纳布鞋、筹军粮。有时候，组织上把一些伤病员安置在她家后面的堰屋里，她和家人宁可吃糠咽菜，也要节省下粮食让伤病员吃。在她和家人精心照顾下，伤病员全部伤愈归队。尽管当时抗日形势非常紧张，随时都有生命危险，但一想起鬼子的残酷暴行，刘玉梅就有无穷无尽的抗日力量。

一次，党组织委派她到30里外送一封密信。受领任务后，突然下起了大雨，还夹杂着比黄豆大的冰雹。一向倔强的刘玉梅心想：“下雨天路上的卡哨就少，这正是送密信的好机会！”于是，她找到一块塑料布，把信仔细包好，缝进裤腰里，戴上斗笠就冲进了雨幕中。尽管路上遇到两处卡哨，但都被刘玉梅以抓药为由机智地闯了过去，将密信及时安全送达目的地。

当地的汉奸对刘玉梅的抗日行动有所觉察。因为没有确凿证据，汉奸对她也无可奈何。1943年小暑节气刚过，刘玉梅的儿媳生了孩子。第二天，一对八路军夫妇便找上门来，说是要急着行军打仗，要把刚出生7天的孩子托付给刘大娘一家。看到八路军夫妇为了打鬼子，狠心把新生孩子托付给她，刘玉梅毫不犹豫地答应下来。为掩人耳目，刘大娘对外谎称儿媳妇生了双胞胎。由于村里的汉奸告密，第三天，日本鬼子杀气腾腾地找上门来，逼迫刘大娘交出八路军的孩子，并扬言不交出八路军的孩子，就把两个孩子都杀掉。一边是八路军的孩子，一边是自家的亲骨肉，面对凶狠的鬼子，刘大娘和家人的心里简直比剜自己的肉还痛。为了保住革命的后代，为了民族解放的抗日大业，刘大娘和家人强忍悲痛，咬着牙给鬼子抱出了出生才三天的亲骨肉。就在刘玉梅家的院子里，穷凶极恶的鬼子将这个来到世间刚刚三天的婴儿残忍地杀害了！

为了保护八路军的孩子，刘大娘一直没有对外说出真相。村里的人以为被鬼子残害的是八路军的孩子，都对刘玉梅一家报以白眼、轻视，甚至是谩骂。刘大娘一家只有忍辱负重，直到抗战胜利，才向党组织和乡亲们说出了事情的真相。

新中国成立后，出生三天就殉国的刘氏婴儿，被安葬进烈士陵园，成了共和国最小的烈士，他比《红岩》中“小萝卜头”的原型、9 岁就遇害的宋振中还小 8 岁多。

（杭启忠　刘明奎）

双山母亲

抗日战争时期，枣庄山亭徐庄镇土山村有这样一位母亲，为了喂养一位八路军干部的孩子，给自己4个月大的亲生女儿断奶，后亲生女儿不幸夭折。这位伟大母亲就是红嫂李传美，而被她喂养的孩子就是时任鲁南地区双山县委书记的穆林的长女穆岗。

1944年9月，穆林的妻子张恺在双山县的杨岗村生下了一个女孩，取名为穆岗。穆林和张恺因工作比较忙，两人都需要返回工作岗位，便商定将女儿寄养在老乡家中。于是，在村妇女干部李杨氏的帮助下，穆岗被送到土山村财粮干部孙成海家寄养，当时穆岗才出生18天。

穆岗被到孙家后，善良贤惠已是四个孩子母亲的李传美特别疼爱这个孩子。为了能让穆岗吃饱，李传美狠心给自己4个月大的小女儿断了奶。由于营养跟不上，几个月后，李传美的小女儿不幸夭折。从此，李传美更加疼爱这几个孩子。冬天，宁肯自己和丈夫受冻，也要给孩子们穿暖。特别是对待穆岗，比对待亲生儿女还要亲，他们宁可自己饿着，也要把吃的留给她。有一次，穆岗生病发高烧，不能进食，李传美把家中唯一的老母鸡杀了，熬鸡汤给她补充营养。家中的鸡蛋谁也不能吃，全都留给穆岗。就这样，穆岗一直被寄养在孙家两年多。

抗战胜利时，穆岗已经两岁多了。有一天，穆林、张恺夫妇来接孩子，几个哥哥、姐姐都哭着不让妹妹走，李传美更不舍得让这个“女儿”离开。直到这时，穆林、张恺夫妇才知道，李传美养育的孙家这几个孩子都是孙成海的前妻所生。孙成海的前妻因病去世，撇下三个孩子，李传美一过门就承担起抚养三个孩子的重任，后来为了抚养穆岗，她唯一的亲生女儿不幸夭折。李传美把悲痛藏在心底，含辛茹苦抚养四个孩子，给他们以博大的母爱、最大的快乐。

1961 年的秋天，17 岁的穆岗利用放假的机会来到土山村看望养母李传美，陪“母亲”过了 40 多天。

2015 年 5 月 12 日，已是 70 多岁高龄的穆岗带领弟弟妹妹们来到了李传美的墓前。穆岗手捧鲜花，泪如泉涌，一声“娘，我又来看您老人家了！”感动了在场的所有人。穆岗眼含热泪告诉大家：“我们姐弟六人中，有三人曾寄养在当地老百姓家中，是吃着山东母亲的奶水长大的。我们出生在这片红色的土地上，深深地眷恋这里的乡亲，我们爱这里的一山一水，更爱这里的人民！”

（安宁宁　程海宇）

生死不渝“母子”情

1941 年深秋，日军对沂蒙山抗日根据地实行“铁壁合围”大“扫荡”。山东纵队司令部的一名战士在沂水县院东头镇桃棵子村的挡阳柱山附近侦查时，被日本鬼子发现，身中五弹、两刺刀，日本鬼子以为战士已死，便离开了。

这名战士虽身受重伤，但还没有死去。他静静地躺在地上，也不知过了多久，一阵凉风让他苏醒过来。他慢慢地睁开眼睛，用手摸了摸肚子，发现肠子淌了出来，便用力按了进去，用衣服勒紧，紧咬牙关，向桃棵子村爬去。也不知道过了多长时间，他终于爬到一户人家的门口，便再也没有力气，又昏死了过去。

这户人家姓张，主人叫张文新，妻子叫祖秀莲。祖秀莲在出门时发现了受伤的战士，便急忙唤来老伴，一同把战士架到家里，赶紧为战士擦洗包扎伤口，战士慢慢苏醒过来。看到战士失血过多，祖秀莲便想给他喂点淡盐水喝，可是怎么也喂不进去，原来他的口中全是血块和断牙。祖秀莲将他口中的血块和碎牙抠出来才把水喂了下去。她把家中仅有的一点玉米面熬成稀粥喂给他喝，又上山采来艾蒿等中草药为他疗伤。为了给战士增加营养，祖秀莲晚上纺线，白天到集市上换回一点粮食，还把家中仅有的一只下蛋母鸡杀了，熬成鸡汤喂他。在祖秀莲的精心照料下，战士的伤一天天好了起来。

日本鬼子就驻扎在桃棵子村，还不时到各家各户搜查，整个村庄被恐怖笼罩着。把战士藏在家里，祖秀莲感到实在不安全。她就唤了几个侄子，将战士抬到了山上大卧牛石下的一个岩洞里，用石块和玉米秸把洞口挡上，每天按时来给他送水送饭，擦洗包扎。

有一次，祖秀莲在给战士换药时，发现他腹部的伤口上爬满了蛆虫，祖秀莲的泪水一下子涌了出来，这可怎么办啊？她忽然想到，庄户人家腌咸菜时缸里生蛆了，只要放上几片芸豆叶，蛆就自己爬了出来。可当时已是深秋，要找几片芸豆叶也是不容易。她四处寻找，终于在村东的菜园地里找到了几棵即将拔架的芸豆秧。她如获至宝，采了一些稍嫩点的叶，便急匆匆地回到山洞。祖秀莲跪在战士的身边，用力揉搓着芸豆叶，把挤出的汁滴在战士的伤口上。说来也神奇，芸豆叶的汁滴进去没多久，伤口里的蛆就爬了出来，祖秀莲又用艾蒿水为他擦洗了伤口，重新包扎起来。

战士躺在那里，望着满头大汗的大娘，仿佛回到了生身母亲的身旁，心里在想：如果今天是母亲在这里，她又能比大娘多做些什么呢？这不就是我的亲娘吗？此时的战士早已泪流满面，情不自禁地喊了一声："娘！"

这名战士在桃棵子村疗伤 29 天，在祖秀莲的悉心照料下，奇迹般地活了下来。后来祖秀莲打听到在不远的中峪村有一个八路军的后方医院，便和侄子们把他送了过去，继续疗伤。

后来他们才知道，这名战士叫郭伍士，老家是山西省浑源县，1938 年随东进部队进入沂蒙山，任山东纵队司令部侦察参谋。伤愈后他又回到了部队，直到 1947 年复员。他复员后没有回山西老家，而是被分配到一个叫随家店（今沂南县）的村子看粮库。他十分想念祖秀莲老人，便四处打听她的下落，他打听了很多人家，都不是他要找的人。于是，他便挑起一副担子，一头是烧酒，一头是狗肉，一边叫卖，一边寻亲。他走村串户，四处打听，终于在 1956 年的一天找到了祖秀莲。见到救命恩人的那一刻，郭伍士双膝跪地，泪流满面，祖秀莲也是激动不已，热泪盈眶。郭伍士当即认祖秀莲为母亲，决心终生奉养老人家。

1958 年，郭伍士携带妻儿来到桃棵子村安家落户，像亲生儿子一样孝敬祖秀莲老人，每次领回伤残补贴，或是上级发给他的油和米面，郭伍士都会分给祖秀莲一些，祖秀莲也像对待亲儿子一样，为郭伍士照看儿女，为他缝洗衣裳。

1977 年 7 月，祖秀莲老人去世的时候，正巧郭伍士因老家的侄子意外去世回了山西老家，回来的时候得知老人家去世，悲痛万分，在祖秀莲的坟前痛哭了三天三夜。1984 年，郭伍士去世，从此他永远长眠在了沂蒙"娘"的身旁。

（张希波　张在召　黄永仓）

英雄母亲俞宽增

俞宽增是文登葛家镇林子西村人，是著名革命烈士邹恒禄的母亲。

俞宽增的丈夫邹连群因病两耳失聪，全靠她支撑着贫苦的家庭。她为人宽厚善良，深明大义，儿子邹恒禄参加革命后，俞宽增凭着朴素的阶级觉悟，很快就理解支持着儿子的革命事业。中共胶东特委和中共文登县委多次在俞宽增家开会、接头，每次她都主动放哨望风，秘密传送情报。1933 年秋，她又支持第三个儿子邹恒德参加中共地下活动，为此，俞家被敌人诽谤为“土匪窝”。

俞宽增的三儿媳因被骂为“土匪的媳妇”，怀恨投水自尽。二儿媳刘昌锡也是中共地下党员，1934 年被国民党文登县县长刘崇武设计抓进了监狱，逼她供出邹恒德、邹恒禄的下落。

得知二儿媳刘昌锡被抓，俞宽增着急万分，她一边传信给两个儿子，嘱咐其不要中国民党当局的奸计；一边化装成乞丐，沿街乞讨，偷偷给狱中的儿媳送饭，鼓励儿媳要坚强，要挺住。最后，刘崇武无计可施，只得收 100 元钱做抵放人。

第二年秋的一天，俞宽增正在家里干活，突然一伙人闯了进来。原来，刘崇武又到俞家抓人来了。刘崇武在家里搜索了一番，没有丝毫线索，就抓住俞宽增说：“赶紧把你的儿子和儿媳交出来。”俞宽增冷笑一声说：“你们休想在我这里找人，我一个字也不告诉你。”

刘崇武被俞宽增的态度惹怒了，气急败坏的他用棍棒狠狠抽打俞宽增。老人怎受得了如此折磨，一会儿就被打得奄奄一息，但她依然咬紧牙关一声不吭。恼羞成怒的刘崇武兽性大发，撕裂她的衣服，用点燃的成扎的香火烧她的胸膛，惨无人道地逼她交出儿子，可她依旧宁死不屈。

"奶奶!"敌人的残暴让一旁的小孙子受了惊，他号哭着扑向奶奶，却被兵丁狠狠踢开。她的小孙子因惊吓过度没过几天就夭折了。

一番搜索无果，刘崇武悻悻地离开了。穷凶极恶的敌人，不仅没有使俞宽增动摇，反而更加坚定了俞宽增的革命决心。天福山起义胜利后，俞宽增的革命热情更高了。1938 年 5 月，俞宽增让二儿子邹恒寿带上自己一手抚养长大的两个孙子邹立义、邹礼智一起投奔山东人民抗日救国军第三军。1939 年 5 月，邹恒禄和邹恒德壮烈牺牲。到 1944 年 8 月文登城收复时，俞家 12 口人，只剩她和大儿媳两人。

1946 年 3 月，昆嵛县人民政府在"三模"大会上，赠给了俞宽增"建国之锋"巨幅匾额，以表彰她的革命贡献。

（孔庆栋）

“横山母亲”崔立芬

94岁高龄的崔立芬大娘，是莒县小店镇前横山村人，当年被八路军称为“横山母亲”。

1943年，崔立芬大女儿媛媛出生。一天黄昏，当村妇救会会长的婆婆杜怀兰悄悄地带着一对年轻夫妻来到她家。女的抱着个孩子，那孩子脸色很黄，就穿了一个小褂，身上还有虱子。崔立芬的婆婆小声对她说：“这位是县妇委会王涛书记，这孩子（孟林）是王书记的，刚满月，王书记要忙工作，想找个有奶水的女人带孩子，你不正奶着孩子吗？就交给你了。”王涛走的时候，泪水哗哗的。孩子是娘身上掉下的一块肉，她能不心疼？晚上，崔立芬的婆婆悄悄对她说：“这是共产党、八路军的孩子，你要好好养着，不能有丝毫的闪失。”

前横山村坡陡地薄，崔立芬家就那么点薄地，一年打不了几粒粮食。咋办？再穷也不能饿着孩子。为了让自己奶水多一些，崔立芬一家老小就吃那些混合粮（糠、树皮碾碎了再掺点地瓜面），崔立芬吃得稍微细点。由于生活艰苦，崔立芬的奶水支撑不了两个孩子，大公无私的崔立芬，经常是先喂饱小孟林，再喂亲生闺女。

孟林刚送来时脸色暗黄，瘦弱多病，而媛媛面带红润，活泼健壮。两三个月后，孟林的身体慢慢强壮起来了，脸色也好看多了，可媛媛因为营养不良日渐消瘦。孟林吃奶时，媛媛就在一边饿得嗷嗷大哭，她哭一声，崔立芬的心就揪一下。等轮着媛媛吃了，奶水就一点也没有了，孩子拼命地吸，就是吸不到，吸一口，哭一声，崔立芬的眼泪流个不停。

一天早上，崔立芬喂了孟林后，再去抱床上的媛媛，发现她不哭不喊了。崔立芬紧张极了，一把就把媛媛抱到怀里，可小媛媛不张口了。崔立芬急了，就把奶头往媛媛的口里塞，可怎么塞媛媛都不会张口了。崔立芬哇的一声哭了，婆婆和丈夫闻声赶来，一看孩子已经不行了。媛媛没了，对崔立芬打击很大，她经常梦见媛媛站在她面前哭，哭着要奶喝，自己高兴地把媛媛搂到怀里，说：“娘有奶了，娘有奶了，快吃吧，快吃吧！”醒来后，忍不住泪流满面。

痛失爱女的崔立芬把全部的爱倾注到小孟林身上。孩子一天天长大，光吃奶不行了，得吃米面，可崔立芬家没有呀。崔立芬的娘家条件稍好些，她就跑到娘家要点米面来喂孩子。回娘家要翻过二十几里的山路，山高路陡的，崔立芬又裹了脚，走一趟要一整天。就这样，崔立芬怀里抱着孩子，后边背着米面，颠着一双裹了的小脚，来回一趟腰酸背疼不说，小脚也磨出血泡来。

崔立芬晚上搂着孟林睡觉，小褥子很薄，孟林三天两头就尿湿了。家里只有一床小褥子，没有换的，她怕孩子着凉，就把孟林挪到干的地方睡，湿的地方用块破布盖着，她就睡在上面。鬼子来“扫荡”是常有的事。一天深夜，崔立芬的老伴蒋瑞余突然使劲把她摇醒，大声说，外面有人在喊，鬼子来了，快向东山跑！蒋瑞余用木棍背起瓜干煎饼，崔立芬把孟林揣在怀里，迈开小脚，就向外跑。天黑看不清地面，一路上树木又多，她们磕磕绊绊的。山上的狼嚎声一阵紧一阵的，吓得人毛骨悚然。

孟林一天天长大了，有人对崔立芬说，你光养着人家的孩子，自己怎么不再生一个呢？崔立芬也想，自己怎么就不生一个呢！崔立芬的婆婆杜怀兰大公无私，她说：“立芬，这几年你就别要孩子了，这年月，既没吃的，也没穿的，生了不一定养得活呀，再说咱们先紧着照顾八路军的孩子吧。待把鬼子赶出咱中国后，孟林回到他父母身边了，咱再生也不迟。”此后，崔立芬没有再要孩子，而是用她博大的母爱全身心地抚养孟林。孟林离开崔立芬家一年后，崔立芬才要了自己的大儿子。

1947 年中秋节，孟林的大爷申作武来了，牵着头小毛驴。崔立芬知道他是来接孩子的，泪水就止不住了，话也不会说了。孟林说：“娘，你又哭什么？”崔立芬说：“儿啊，你不是娘的亲儿，你是共产党的儿，是八路军的儿，这是你大爷，他要接你回家了。”孟林扯着她的衣角说：“俺是娘的儿，俺哪儿也不去，俺就跟着娘。”

孟林是崔立芬一口奶一口奶养大的，着实舍不得啊！她连夜为孟林做了件新衣裳，烙上了孟林最爱吃的小米煎饼，把家里仅有的两个鸡蛋也煮上了。第二天一早，孟林大爷就想带孟林回家，孟林紧紧地抱着崔立芬的大腿，拽都拽不开。任凭怎么劝，孟林就是不走。最后没法子了，崔立芬只得跟着，孟林的大爷牵着毛驴，崔立芬抱着孟林骑在上头。毛驴走了多久，崔立芬就哭了多久，孟林也哭了多久。山路走了两天一宿，就这样把孟林送到了日照的响水河村。到了地方，孟林怕崔立芬走，一步也不离。崔立芬陪着孟林在响水河住了好几天，也好让孩子熟悉熟悉环境，适应适应生活。住了几天后，崔立芬觉得这样不是办法。一天早上，她看到孩子还在睡梦中，就一狠心，偷偷地离开了孟林。回家的路上，崔立芬的脸上满是泪花。

后记：新中国成立后，王涛在北京工作，先后在国家财政部、商业部等部委任职，虽然远离了横山，可她一直思念着曾经战斗过的横山抗日革命根据地，思念着养育孟林的养母崔立芬。1993 年清明节，根据王涛临终遗愿，经组织安排，王涛的骨灰撒入了横山。孟林长大后，在国家化工部工作，始终不忘横山母亲，不忘养育之恩，经常写信寄钱给养母崔立芬，每隔几年就来莒县横山祭奠生母王涛，看望养母崔立芬。

（黄永仓）

一根小竹竿

在中国革命军事博物馆里，陈列着一根饱经战斗风霜的小竹竿，上面刻满了淮海战役中的支前故事。这根竹竿的主人就是从山东莱阳西陡山村走出的支前英雄唐和恩。电影《车轮滚滚》中那位携带竹竿、推着独轮车的耿东山，其原型就是唐和恩。

1948 年秋天，解放区人民迎来了土改后的第一个丰收年。一天，正在地里忙着收庄稼的唐和恩，听说村里要组织民工队到淮海前线去，便放下手里的活，急急忙忙跑往村支委会去请战。在他的带动下，村里很快组织起一个支前运输小组，被编入当时的淘漳区运输队运送公粮，唐和恩被指定为副指导员兼小队长。

唐和恩从家乡启程时，随身携带了一根三尺多长的小竹竿，累了撑着它休息，过河、涉水时用它探路。后来经过的地方多了，他突发奇想，要看一看这次支前究竟能走过多少村镇、多少县，因为没有纸笔，便把经过的地名刻在了这根小竹竿上。于是，三尺多长的小竹竿上就密密麻麻地留下了山东莱阳西陡山—水沟头—平度—临淄—蒙阴—临沂……徐州—萧县—宿县—濉溪口等许多地名。唐和恩还把途中编写的一些革命口号、顺口溜也刻在上面。他想将来把这根小竹竿带回家去，传给自己的儿孙，让他们永远记住老一辈的这段革命历程。

“把这些地名按地理位置连接起来就是一张完整的支前路线图。”小竹竿上面密密麻麻共刻下了山东、江苏、安徽 3 省共 27 个县 88 个村镇，行程达 4000 多公里，真实地记录了唐和恩支前小队艰苦而光荣的历程，也记载了人民群众为革命战争胜利立下的不朽功勋。

在近半年的支前运输中，唐和恩和队员们常常顶风冒雨，忍饥耐寒，日夜奔走在坎坷不平的道路上。他们与天斗、与地斗、与敌人斗，克服了一个个艰难险阻，把一车车粮食、弹药不断地送上前线，把一批批伤员安全转移到后方，书写了一篇篇感人故事。

一个冬日的下午，唐和恩的运输小队接到一个十分紧急的运粮任务，上级要求他们火速运粮到前线。运送途中，一条数十米宽、结着薄冰的河挡住了去路。向老乡一打听，得知要沿河继续走10公里才有桥。看着天色已晚，绕道已来不及，身为小队长的唐和恩当即决定蹚水过河。此时，北风呼啸，满天飘雪。望着眼前的河水，看着河边的粮食，唐和恩脱下棉衣扛起一包粮食，第一个跳下河去，在前面破冰探路。见此情形，其他队员也扛起粮食、抬起小车，蹚着齐腰深冰冷的河水跟着他徐徐前进，一路相互鼓舞、彼此照顾，顺利地到达彼岸。

一路上，唐和恩每到一处，就向群众宣传解放战争的形势和党的政策。他也很重视鼓舞同志们的士气和斗志。他自编了一些故事、笑话，休息时讲给大伙听，有时还唱上两段地方小戏曲，以驱除同志们征途上的疲劳。一次，唐和恩拉的小车走到临朐一带，一下子陷进了泥坑，拉也拉不动，推也推不转，连续推拉了6次都没有效果。最后，他憋足劲，猛地一拉，绳子断了，他一头栽在泥坑里，浑身是泥，嘴角破了，牙齿也磕掉一颗。同志们劝他休息，要替他去拉，唐和恩爬起来风趣地说："前方的战士身上穿个窟窿都照样冲锋，咱磕掉个牙算啥！"又继续和同志们并肩前进。

淮海战役结束后，唐和恩被评为特等功臣，荣获华东支前委员会授予的"华东支前英雄"荣誉称号。他的小队被评为"支前模范队"，荣获"华东支前先锋"锦旗一面。

（林琳　孔庆珊　贾玉省）

献松林

潍坊市寒亭区开元街道北张氏村西南角有一处遗址，名曰：张氏松遗址。遗址历经风雨沧桑，向后人诉说着他们不屈的历史。

宋朝景佑二年（公元1035年），南、北张氏村王姓家族建立王氏祖茔，同时植松树两株。树以村得名，曰张氏松。到20世纪30年代，王氏茔地已形成方圆60亩、遍植苍松翠柏、在潍北一带远近闻名的张氏墓田。墓田内种植的松柏，郁郁葱葱，树龄都在百年以上，最粗的三四个人手拉手都抱不过来。数百年来，这个墓田历来被王氏家族1000多户人家视为圣地，严加管护。

1938年，日本鬼子占领潍县后，决定砍伐墓田里的树木，修筑碉堡。鬼子刚砍了几棵松柏，就引起了王氏家族的共愤，上千人手拿自制武器，与鬼子展开了殊死搏斗。

解放战争时期，特别是潍县战役前期，华疃区（今寒亭区开元街道）周围几十个村、方圆几十里的树木，大都被国民党军队砍去修了碉堡，做了鹿砦。但畏于王姓族大势众，没敢动墓田里的一棵树木。

1948年4月，潍县战役开始后，华东野战军山东兵团4个师进驻潍县城北地区。当时，潍县周围的树木大都被国民党军砍光，老百姓平时都缺烧草，解放军几万人吃饭烧柴成了大问题。

潍北县委、县政府召开紧急会议，专门研究解决支前问题。华疃区区长王华彬得到任务，设法解决两个师烧柴和修工事的木料。会后，王华彬紧锁眉头，陷入了沉思。忽然，他眼睛一亮，想到了张氏墓田那片松林。

王华彬想，如果把这片树林砍了，烧柴、木料问题可就全部解决了。他想着想着，不知不觉地走进了南张氏村村长王日光的家门。王日光说："这可是件大事，得好好和大伙商量商量。”他和区长找到南、北张氏两村的村干部和有威望的家族长辈商量，决定立即召开王姓村民大会，由大家做主。

会场就设在墓田里，两村群众2000多人参加了会议。王日光开门见山地说：“解放军马上就要打潍县城了！可是，现在子弟兵几万人马的烧柴遇到困难，县委要求我们帮助解决，今天请大家来就是商量这件事。”话音未落，会场立即沸腾起来。

“砍伐墓田里的松柏就破坏了王氏家族的脉气，这树不能砍伐！”有人带头发言。

“1938年日本鬼子来潍县，烧杀抢掠，奸淫妇女，无恶不作，还砍伐我们的松林修筑碉堡，我们拼死抵抗才保护住了张氏松林。”王华彬顿了顿，接着说：“1947年国民党占领潍县，抢粮杀人。在短短的10天里，敌人就杀害革命群众494人，在这次屠杀中，手段极其残忍，有活埋、铡刀铡、火烧、零刀割、大卸八块、开膛扒心、点天灯、卷苫子、披麻带孝等，制造了骇人听闻的‘李家营惨案’。松林没被砍伐，但没有护佑住我们。”一席话，说得大家沉默了。

村长王日光趁机说：“解放军是人民的军队，是来打开潍县城，活捉陈金城，为咱老百姓报仇雪恨的！不打垮国民党，咱劳苦大众能彻底翻身做主人吗？”

寂静的会场中突然有人提议贡献松林，立即得到了很多人响应。大家高喊：“行！献出松林，帮助解放军打潍县！”王日光见大伙情绪高涨，便大声说：“树是大伙的，大伙说了算，同意砍树支援前线的举手。”顿时，2000多只手臂齐刷刷地举了起来。王华彬非常激动，他站在一个高台上喊：“我代表区公所，向张氏村民敬礼！打开潍县后，再给你们请功！”说着，向大伙深深地行了个鞠躬礼。

大会结束，人们立即拿来了锨、镐、锯，开始伐树。县委得知情况，马上派战勤科崔文林等组织周围村庄群众前来增援。经过几天奋战，大树基本上被砍倒了，整理成木柱、木板和木柴。乡亲们用大车、小推车把几千立方米的木柴、木料送往部队驻地，解了部队的燃眉之急。

为了纪念这一事件，张氏村群众特意把最大的两棵松树“大松”“二松”留下来，并加以保护。这两株古松至今仍矗立在潍北大地上，它们是人民群众热爱子弟兵，无私支援前线的历史见证。

（黄永仓　季晓冬）

从“老铁”到“老贴”

在胶东，有一位大名鼎鼎的“老贴”。他把自己的家庭当成了革命的“驿站”，结交革命志士、建立革命组织。为了革命，他倾其所有，将自己的家产补贴给了革命，以至于同他一起战斗过的战友渐渐淡忘了他的真实姓名，管他叫“贴司令”。

这位“贴司令”就是张修己。张修己出生在文登沟于家村一个富裕的农民家庭里，祖辈以耕田为生。祖父母吃苦耐劳、善于经营，靠编箩筐、做木匠活攒钱购置土地，到张修己出生时，家里已有50多亩耕地。

至于张修己“老铁”名字的由来，还有一段故事。

张修己加入共产党后，常以做买卖为名，走街串巷，在本村及邻村暗地里积极开展党的工作。

1934年11月，胶东特委书记张连珠到沟于家小学了解党的工作开展情况，觉得张修己的名字叫着不顺口，便对张修己说：“你再起个名字吧。”

张修己想了一会说：“那就叫铁夫吧！”张连珠高兴地说：“好！你长得健壮，就像块铁，干革命就得是铁汉子。”此后，党内同志都称张修己为“老铁”。

为便于党的活动，特委决定成立一个商号，以掩护党的机关和筹措党的活动经费。这件事又被张修己主动承担了下来，他提出资金问题全部由自己贷款和赊款解决。随着革命的发展，贷款越来越多，为了还上债款，张修己开始偷偷地背着母亲出卖耕地和粮食。

1935年11月18日，胶东特委在沟于家小学召开军政联席会议，决定在胶东举行武装暴动。会后，张修己积极准备暴动的各项工作，秘密进行联络，组织暴动队伍。

对于革命，张修己热情极高，他自己掏钱购买了红布、纸、木材，请人刻制标记，书写标语，自己动手油印布告，和姐姐张修英、特委委员曹云章一起设计了起义大旗，由张修英连夜赶制。但由于众寡悬殊，轰轰烈烈的“一一·四”暴动被国民党反动派残酷镇压了。

“一一·四”暴动失败后，白色恐怖笼罩着胶东，党的各级组织遭到了严重破坏，党的发展和活动陷入低潮。1936年4月，张修己担任新成立的中共文登县委书记，在革命遇到挫折的紧要关头，张修己千方百计与上级取得联系，并把上级党组织派来的理琪安排在自己家中住下来。

张修己家有4间正房和3间西厢房，家里住着母亲、姐姐张修英、妹妹张修坤和张修己夫妻共5口人。在他的影响下，每一位家庭成员都自觉地为革命默默工作，在革命需要的时候，都能挺身而出，积极参加革命活动。

姐姐张修英年轻寡居，她的丈夫曾经做过小买卖，死后留下了一些布匹，张修英就用这些布给同志们做鞋袜、衣服等。当时，党没有活动经费，衣食全靠群众支援，张修己为了支援胶东特委的地下活动，把50亩地都卖光了，换成米面给同志们吃。

由于张修己把自己的家产都补贴给了革命，同志们又不自觉地将“老铁”改称为“老贴”。张修己的家，曾作为文登县委、胶东特委的驻地，成为胶东革命活动的中心。

（孔庆珊　于安丰）

西墙峪抗战医院

1939年下半年，日本鬼子对沂蒙山抗日根据地进行残酷的大“扫荡”，因沂水县西墙峪村处在深山老林之中，隐蔽性极强，八路军山东纵队的野战医院医疗所就转移到这里。这个当年只有不到50户、仅有200多人的小山村，最多时曾住过八路军和八路军伤员300多人。没有病房，伤员们就被分散住到农户家里。张恒谦和张道增两家曾在一年内先后掩护、护理了三四十个伤员。

为躲避敌人的“扫荡”，全村男女老幼都在山梁或地堰上挖山洞，山洞挖在拆开的地堰里，挖好后再用石头原样封好，照常种地。乡亲们白天把伤病员藏进山洞，晚上接出来住在家里。平时或在敌人“扫荡”间隙，就直接把伤病员们接回家里护理，陪他们晒太阳、聊天，做好心理调节。一旦遇到敌人侵扰就迅速把伤员送到山洞隐蔽，为他们送饭送水，端屎端尿。因为医务人员也分散隐蔽在山村各处，有时医务人员来得不及时，乡亲们还要为伤员医护疗伤。有一位伤员，子弹从腰部进去，从肚子上穿出来，已经奄奄一息。村游击小组把他藏到山洞里后，张恒谦的母亲为给这位战士治伤，颠着小脚漫山遍野寻找草药，采来了败毒草、艾蒿等草药，给他洗伤口。经过半个多月的精心护理，终于把这名伤员从死神手里夺了回来。

一天，有一位叫滕兆龙的八路军干部，两腮被敌人子弹打穿，流了很多血，掉了好儿颗牙，被送到了党员张文桥家。当时，由于战斗激烈，医生不能及时赶来。为了减少伤员的痛苦，张文桥的母亲抠出他嘴里的碎牙、血污，用土法为他疗伤，一盅一盅地喂盐水，并用小米面做成糊糊一匙一匙地喂他……为抢救伤员生命争取了宝贵时间。像这样的伤员，张文桥家先后住过7人。

为了给伤员们增加营养，医院养了几头奶牛，乡亲们对这些奶牛采取了非常的保护措施。鬼子来“扫荡”，乡亲们就及时把奶牛牵进深山老林里藏起来。鬼子几次“扫荡”后，村里所有耕牛、毛驴都被抢去了，唯独为部队饲养的奶牛，在乡亲们的重点保护下一头没少。

抗战时期，生病或临产的部队首长家属、婴幼儿，常托付给西墙峪村善良的乡亲们。山东军区副司令员王建安的妻子牛玉清、鲁中二军分区司令员胡奇才的妻子王志远、山东纵队参谋长罗舜初的妻子胡静都是在西墙峪村人的掩护和照料下分娩的。王志远生下孩子三天后，因没有奶水，党员张洪奎的妻子就接过来给喂着。一次鬼子来“扫荡”，王志远母子与张道增等三户人家藏在一个山洞里，就在敌人将要搜到这里时，张道增幼小的儿子哭了起来。为了不暴露目标，张道增用手巾硬是捂住了孩子的嘴，待敌人走后才发现孩子已窒息，好在抢救及时，又活了过来。

1941 年秋，日本鬼子偷袭西墙峪村，敌人距村二三里路时，人们才发现敌情。张效智家正有 5 位伤员在晒太阳，张效智夫妇看敌情紧急，背起重伤员，扶着轻伤员送往地洞。再回去背有病的父亲时，正遇到医疗所的护士田桂兰在鬼子的追击下跑到了他家。张效智拉起小田冲出家门，送她隐蔽到树林里。他想再回去背父亲时，日本鬼子已进了他的家，逼他父亲说出八路军去向。老人一口咬定：“没有八路!”凶残的敌人见问不出任何信息，就用棍子把老人砸得脑浆迸流，老人当场死去。

还是这年秋天，鲁中二专署副参议长邵德孚把一批文件、军装和马匹交给村民代文周掩藏。代文周和儿子、三弟当晚就把这些东西藏到小龙岗，回村时遇到进山的日本鬼子。鬼子逼问他们是不是给八路藏东西去了，三人都说不是，是去山上干活的。鬼子问不出来，不容分说便用刺刀把代文周父子当场刺死。三弟代文明趁鬼子不防撒腿就跑，鬼子开枪射击，代文明腿上和脚上各中一枪倒下，鬼子追上又补了一刀。鬼子用皮靴踢他时，他装死才幸免于难。

这就是英雄的西墙峪人民，他们把子弟兵的安危，把八路军的文件、物资，看得比自己的生命还重要。1939 年至 1942 年，乡亲们用鲜血和生命掩护救助八路军伤病员 320 名。1940 年，全村为部队掩藏 3 万多斤粮食、2 箱长短枪和大宗物资，在乡亲们饿着肚子吃野菜的年代，粮食一粒都没丢。

（王德厚　付京英）

邓小平为沙河崖改村名

沙河崖村，原名蒋家庄，坐落在黄河北岸，距阳谷县城约 10 公里。当时的蒋家庄村四周筑有围墙，地势起伏，偏僻隐蔽，在抗日战争时期是出了名的“堡垒村”。

1947 年 6 月下旬的一天，蒋家庄村的干部接到县里发来的通知：解放军渡河指挥部要设在蒋家庄，请做好一切接待准备。第二天天还没亮，村民们就涌向村头，敲锣打鼓地迎接大部队的到来。队伍刚一来到村头，群众就欢呼着：“解放军来了！亲人们来了”。

走在最前面的两位首长穿着洗得发了白的灰布军装，一个身材魁梧高大，戴着一副眼镜，显得儒雅慈祥；一个身材不高，但体魄刚健，双眼炯炯有神。他们与迎上来的群众一一握手问好，然后说笑着向村里走去。过后村民们才得知，走在最前面的两位首长是赫赫有名的刘伯承司令员和邓小平政委。

首长的到来让村里的干部群众很高兴，同时压力也很大。首长来了，一定要保证他们的安全，不能把他们安排在一个很显眼的地方，要找一个隐蔽的院子给首长住。最后，村干部经过一番商议，决定让首长住到普通农户孔月仙的家中。

房东孔月仙住在蒋家大胡同里，这胡同要通过三道大门才能进入小院。这是一处坐西朝东两出两进的四合院，建筑布局严谨，房屋结构典雅壮观，颇具鲁西民间建筑风貌。后院正房三间，东厢房二间，西厢房二间；前院有西厢房三间，南屋东面是个向东出的大门。就是这座看似不起眼的四合院，成为刘邓首长运筹帷幄、指挥十二万野战军强渡黄河天险的战略指挥部。

后院的东厢房是刘伯承司令员的住室，西厢房是邓小平政委的住室，正房是房东住室。刘邓首长为什么住在东西厢房而没住在正房呢？这里还有一段鲜为人知的感人故事。

当时正值炎夏，房东把相对凉爽的正房打扫好，准备让首长住。刘邓首长不愿给房东添更多麻烦，坚持住厢房。房东孔月仙说：“那可不行，厢房里太闷热了。”刘伯承司令员指着警卫员拿着的扇子说：“天热不要紧，我们把牛魔王媳妇的芭蕉扇借来了，轻轻一扇那热气就全跑了。”说得大家哈哈大笑起来，就这样，他们坚持住到了厢房里。

为支援大军渡河作战，冀鲁豫解放区先后出动民工500多万人，修造船只，训练水手；为驻军腾房子、做鞋、磨面；送运物料、粮、柴，组织担架团、轮战团，更有不少青壮年踊跃参军入伍。

邓小平政委在渡河前夕，召集村干部开会，会议快结束时，铿锵有力地对大家说：“蒋介石的败局已定，蒋家王朝就要灭亡，新中国即将诞生，‘蒋家庄’也应有一个新的名字和新的面貌，你们这个村紧靠赵王河，到处又堆满黄沙，就叫‘沙河崖’吧”。在场的村干部都齐声拍手叫好，从此蒋家庄改名为沙河崖。

6月30日夜，刘邓首长一声令下，十二万大军突破国民党黄河防御战线，揭开了战略反攻的序幕。晋冀鲁豫解放军主力共4个纵队，从临濮集到位山300里地段强渡黄河。刘邓首长率指挥机关离开沙河崖村，由孙口渡河，南下渡河后，迅速发起鲁西南战役，人民解放军夺取郓城，攻占定陶、曹县，激战六营集和羊山集，经28天奋战，歼敌九个半旅、5万6千余人，战略进攻初战告捷，接着以排山倒海之势，千里挺进大别山。

（刘云龙　刘江）

拆掉龙王庙　建起汪洋台

1942 年 10 月 16 日，泰山地委、军分区机关近 600 人进驻莱芜茶业口刘白杨村。就在当天，泰山军分区政委汪洋接到次日清晨转移的命令。17 日，天近拂晓，官兵还在睡梦中，刘白杨西山突然传来手榴弹的爆炸声，北山、南山也随即炸响。侦察科长刘采芹立即报告了这一敌情。此时天刚蒙蒙亮，隐约看到北、西、南三面山上晃动着日军军旗。敌人只是零碎地打枪。刘采芹建议汪洋向西突围，但汪洋却按照省委的指示向东突围，意与驻扎淄河一带的廖容标司令会合。他派人通知刘莱夫、赵笃生、高启云率地委、专署机关和警卫连，石新率教导队，分头向东转移。他带军分区司令部机关和一营两个连抢先向东面的吉山村奔去。

刚到村东，他们遭遇了伏敌。汪洋命令一连一排阻击敌人，让参谋长刘国柱率司令部人员、《泰山时报》部分编辑向东南方转移，命令二三排抢占吉山南山制高点。守卫南山的敌人大约有一个排的兵力，架不住二三排的猛攻猛冲，丢下十几具尸体向南山败退……汪洋站在山头上用望远镜环视一周，看到吉山河的东山、北山、西山上布满了敌人，西、北两山的敌人正向八路军合围，退路被切断，唯一的突破口就是向南。恰在此时，南退的敌人随同援军又返了回来，足有八九百人。此时，八路军已无退路。敌人开始疯狂反扑，八路军子弹此时已经打光，被迫从山头撤了下来。敌人从四面围了上来。汪洋带领官兵与敌人在吉山东边的河滩里展开了肉搏战……

河滩上，敌人重重包围了一营。他们不再开枪，只是轮番上前拼刺刀。筋疲力尽、遍体鳞伤的一营战士哪是敌人的对手，一个个英勇地倒下去。一连副连长张刚见形势危急，背起汪洋，在 20 多名战士的掩护下突围。敌人一看，开枪追击，战士们一个个倒在地头堰边。张刚背着汪洋跑进尤家峪沟，没想到迎面南山上的敌人又围了上来，张刚壮烈牺牲。面对穷凶极恶的鬼子，汪洋不想躺着死去，但无论怎样用力，腿已动弹不得，他双腿盘坐后，毫不畏惧地朝自己的右太阳穴开了枪……

吉山战斗，汪洋政委及237名官兵、26名民兵壮烈牺牲，其余300余人艰难突围，无一人变节投敌。

汪洋牺牲后，当地群众强烈要求厚葬。1945年4月，泰山区地委、专署、军分区一致决定，在吉山村修建“抗日烈士纪念碑”。当时，军地代表选了几个地方都不理想，只有村西钓鱼台上的龙王庙是最合适位置。征求意见时，全村干群一致表示：“拆掉龙王庙，修建汪洋台，把最好的位置让给革命烈士。”

这一天，淄川县委副书记李元荣到来到吉山村，查看纪念碑修建情况，他问在场的茶业区委书记常锐：“老百姓对龙王庙不是很敬重吗，怎么会同意拆掉龙王庙，修建纪念碑呢?”村里的几位老人抢过话茬说:“日本鬼子烧杀抢掠，龙王没有阻挡他们；鬼子的大刀砍向同胞，龙王没有保佑我们；倒是共产党八路军打鬼子、除汉奸、减租息，为掩护群众牺牲自己，他们才是真正的神！只有保护好烈士英灵，我们才能够心安啊。”“拆掉龙王庙，修建纪念碑!”在场的群众异口同声。

就这样，吉山村的人民，怀着无比崇敬的心情，将汪洋烈士纪念碑建在龙王庙的位置上。汪洋台烈士纪念碑修建工程历时5个多月，共动用人工1万多个，263位烈士的英名都镌刻其上。廖容标、欧阳平、武中奇等党政领导分别题字纪念。与此同时，将烈士遗骸移葬至汪洋台北面的洼地，此处依山傍水，林木葱茏，距离风景秀丽的汪洋台只有几十米。

如今，汪洋台这个唯一的省级抗日纪念碑，青松缀亭，绿水绕台，青山环抱。每年的清明节、烈士纪念日期间，社会各界群众到此扫墓，缅怀先烈，汪洋台成为全民接受爱国主义教育的重要基地。

（刘明奎　陶德合）

舍子保卫大众日报

1941 年夏天，日本鬼子把《大众日报》社列入重点破坏和“扫荡”的目标之一，上级决定把报社莒县印刷所转移到山深林密、便于隐蔽的莒县后横山村，工作人员就住在张大娘家。

张大娘姓邵，没有自己的名字，因为丈夫姓张，被称为张大娘，她丈夫张树贵是地下党员。在十分艰苦的环境下，张家采取各种办法支持报社的工作，保证了《大众日报》的正常出版。张大娘与村里的几位妇女，一起照顾报社工作人员的饮食起居。

1942 年 9 月 13 日，鬼子发动大规模的“扫荡”。接到消息后，张树贵立即组织民兵和报社人员将印刷设备藏到山洞里。

听说鬼子来了，正在为报社工作人员烙煎饼的张大娘立刻警惕起来。她想，这香喷喷的煎饼是给俺八路军烙的，可不能落到鬼子手里。她把煎饼用包袱卷了，一手抱着出生不满百天的孩子，一手拎着烙好的一摞煎饼，就往村前的黄豆地里跑。她是个小脚，又很瘦小，跑着跑着就摔倒了，孩子被摔得哇哇哭。远处有人就喊：“你快把包袱扔掉了吧！怎么这个时候还不舍得那点财?”张大娘道：“死了俺也不扔，俺还得留着给八路军吃呢。”

她把煎饼藏在黄豆地里后，刚到村前就被鬼子、汉奸截住了。一个汉奸恶狠狠地说：“皇军说了，把所有粮食通通拿出来。”张大娘沉着地说：“没有，俺家锅都揭不开了，哪有什么吃的!”汉奸说：“你撒谎，没吃的，你家还养着孩子呢！你家不仅有粮食，还收留了八路，给《大众日报》做事，是不是?”张大娘说：“俺连八路是干什么的都不知道！再说，穷人就不能养孩子了？富有富养的办法，穷有穷养的门道。”

“啪!”看到张大娘还在“狡辩”，一个鬼子用枪托把张大娘打倒在地。张大娘生怕摔坏孩子，紧紧地抱着孩子，用自己的右手和头护住孩子的身体。

这时，汉奸一把从张大娘怀里抢过孩子，举过头顶，恶狠狠地说：“不说就摔死你的孩子!”

张大娘被汉奸的举动吓蒙了，一时说不出话来。

汉奸以为张大娘屈服了，对她说：“说出报社和八路的下落，你的孩子就有救了。”《大众日报》社就在她嘴边上，她说出来孩子就没事了，可张大娘还是流着泪说了句：“俺真不知道!”

汉奸本来是以孩子做要挟，吓唬张大娘的。但气急败坏的鬼子却从那汉奸手里抓过孩子，举到半空中，一下子摔在了地上。只听砰的一声，那孩子的哭声瞬间停止了，张大娘大叫一声就昏了过去。

等张大娘醒来时，她身上已经湿透了。鬼子用冷水把她泼醒后，又对张大娘吊打施刑，灌凉水，灌进去再用脚踩着肚子吐出来，把她折磨得几度昏死过去。鬼子从晌午开始一直折腾到太阳偏西，也没有从张大娘嘴里得到什么有用的情报。最后，鬼子在村子里放了一把火，悻悻而去。

《大众日报》保住了，但张大娘的儿子却离开了人世，张大娘对鬼子的仇恨更深了一层。不久，她就申请加入了中国共产党。

（黄玉雨　黄玉宝）

孙祥斋大义灭亲

1939年初秋的一个深夜，定陶县城东南方向的观堂村街口，忽然闪出一个黑影，四下张望一番后，麻利地跳进一个立着高大门楼的宅院中。那人来到一间房门外，轻轻叩开了房门。

来人叫葛伯锡，是宅院主人孙祥斋、孙宝斋兄弟俩的妹夫。七七事变爆发后，中国共产党为了推动鲁西南抗日形势的发展，派人到定陶一带壮大党组织力量，先后发展丁来宸、游文斋、葛伯锡等20余人加入了党组织。葛伯锡根据自己多年的观察和了解，认为孙祥斋和孙宝斋虽然出身地主家庭，但自幼饱读诗书，具有很高的民族气节，能成为党员发展对象。不久，二人在葛伯锡的介绍下，共同加入了中国共产党。

葛伯锡此行的目的，是为了取得对敌斗争的主动权，党组织决定让孙祥斋以开烟酒杂货店的形式做掩护，建立一个地下联络站。几天后，在一阵清脆的鞭炮声中，观堂村“孙记”烟酒杂货店开张了。自此，不断有南来北往的“顾客”到他们杂货店“购买”烟酒，兄弟俩无不热情相待，有时还会让他们“留宿”几日。有时“留宿”的“客人”多了，为了安全起见，兄弟俩也会让他们住进自己特意修筑的“夹壁墙”里。

由于孙祥斋兄弟二人出色的工作，联络站接待的地下党员越来越多，活动范围越来越大，获取和输送的情报也越来越多。1939年11月，上级为了联络站的安全，还专门给孙祥斋兄弟俩配备了手枪。

1941年夏的一天，一名地下情报员去联络站送情报，在经过观堂村北日伪军的哨卡时，他有些紧张的举动引起了敌人怀疑。这名情报员撒腿就往观堂村跑，日伪军在后面紧追不舍。孙宝斋来不及多想，迅速将其藏进了“夹壁墙”。

日伪军追来后，在他家前后院及杂货铺翻了个底朝天，也没有找到人，只好骂骂咧咧地走了。这一幕，恰巧被孙祥斋的长子孙学福看了个一清二楚。

家里经常住进陌生人，可以瞒住外人，但家里人却是无论如何也瞒不住的。孙学福经常对外宣扬说，老爹经常管陌生人吃住不说，还胆大包天地“窝藏”日军追捕的要犯。孙学福从小好吃懒做，长大后又结交了许多地痞流氓，更加为所欲为。

孙祥斋的次子叫孙学义，同孙学福完全不是一路人。他早年读书识字，并深受父亲和叔父的影响，具有浓烈的家国情怀。孙祥斋兄弟俩发现学义是个可造之才，就决定把他引进革命队伍，孙学义于1943年正式加入党组织。

1944年冬，中国人民的抗日战争已看到胜利的曙光，日军为了挽救其失败的命运，进一步加紧了对抗日军民的摧残和对民族败类的拉拢。

1945年初，孙祥斋兄弟俩发现村里特别是杂货店附近，不断有陌生人转悠，一名常来往于观堂联络站的我党情报员，也在县城被敌人杀害。他们分析认为，敌人可能已经将孙学福“拉下水”，杂货店暴露了。

到了晚上，始终不敢相信哥哥能有如此行为的孙学义，将孙学福拉进屋里说：“哥，你常在外边闯荡，见过世面，有啥好事可别忘了弟弟我啊。”孙学福拍着胸脯说：“只要听哥的话，保证让你吃香的喝辣的，不瞒弟弟，哥已在县保安队挂了名……”说着，孙学福拍了拍腰间的手枪说，“哥刚抓了几个共产党，立了功。”随后，他又压低声音说道，“家里以后再来了客人，一定给哥说一声啊！”听到这里，孙学义对哥哥彻底绝望了。

夜深了，孙祥斋、孙宝斋和孙学义还在商量学福的事情。孙祥斋痛心地说：“学福投敌是板上钉钉的事了。”孙宝斋说：“明摆着，学福多活一天，来咱家的情报员就多一分危险；再说，那些尚不清楚咱这儿情况的同志，说不定啥时候又来了……”“你是说，要……”“对，大义灭亲！”“不……不……他毕竟是咱孙家的骨肉啊！”

孙祥斋沉默片刻，将目光转向儿子。孙学义知道父亲是在征求他的意见，说：“叔叔说的对，当断不断，必受其乱！”

“是啊，爹也想通了！”孙祥斋缓缓地对儿子说道，“眼下，民族存亡到了紧要关头，如果再任其胡作非为，不知又有多少革命同志流血牺牲啊！不过，他手上有枪，我们要想个万全之策才对……”

次日，孙学义突然同孙学福说起分家的事，并故意说得很不合理，兄弟二人自然少不了一通大吵。孙宝斋出主意说：“要不你们爷仨一块到县城评理吧！”孙学福心想，县城里都是我的人，还怕你们吗？就率先同意了，孙学义也“勉强”答应。

孙学福得意地走在最前面，孙祥斋和孙学义紧跟其后。当来到一片高粱地时，孙祥斋瞧瞧四周无人，抹了把泪水，紧走几步赶到学福背后，悄悄地拔出手枪对准他的头部，叭的一声响，孙学福随即倒地。望着倒在血泊中的儿子，孙祥斋失声痛哭：“儿啊，为了保护抗日的革命同志，爹也是不得已啊……”

除掉孙学福后，孙祥斋马上安排家人外出避风头。果不其然，鬼子久等不见来送情报的孙学福，就派人去观堂孙家去找，这时哪里还有孙祥斋一家的人影？最后，鬼子只好将他们家抢掠一空了事……

（王贞勤　谷吉灿）

烈火中永生

1929年，解文卿出生在莱西市义谭店村的一户贫苦农民家庭，幼年时父母相继早逝。

1945年秋，解文卿的家乡解放了，她牢记党的恩情，积极响应党的号召，发动和组织全村妇女参加习字班，并带领妇女拥军支前，16岁时被选为村青妇队长。

在解放高密城的战斗中，解文卿带领青妇队员组成女子担架队，连夜转运伤员。在解放平度、掖县的战斗中，她们冒着倾盆大雨，往返数十里地，连续多次接送伤员。她怕雨水感染伤员的伤口，就把自己的外衣脱下来，盖在伤员的身上。胶东军区为表彰她的模范行动，特授予她“支前模范”锦旗一面。后来，她又荣立二等功。

1947年2月，18岁的解文卿加入了中国共产党。站在毛主席像前，她激动得热泪滚滚：“我这个从小受苦的穷孩子，想不到能有今天，能在人前站起来，能站在毛主席的队伍里……有了党，我就有了母亲。”

入党后不久，她就担任了村妇救会长。在土改运动中，解文卿站在了斗争的最前沿，但在分发土改运动胜利果实的时候，她一心只为群众谋福利，没有为自己多分一厘钱、一寸布、一分地。村里的人都说：“文卿斗争打先锋，待遇在后头。”

在开展工作中，解文卿机智勇敢、临危不惧，她在担任妇救会长期间，还曾组织平息了恶霸地主的一次反攻倒算，解救了大批同志。

1947年“还乡团”卷土重来，党组织命令她迅速转移，可她牵挂着村里的工作，惦念着前线可能转来的伤病员，担心正在转移的群众，便毅然要求留下。

她说："越是到紧要关头，越是需要和群众在一起，在艰苦的环境中经受考验。"她配合汽车大队的同志掩藏了一大批来不及转移的军用物资，在掩护大部分群众转移之后，才离开村子隐蔽起来。

"还乡团"回村后，开始疯狂地反攻倒算，杀害干部和党员，并放出狠话：抓不到解文卿必将杀光全村老少。

为了不让老百姓受到迫害，解文卿不顾个人安危挺身而出，只身深入虎穴。敌人抓到解文卿后，妄想从她嘴里得到共产党员的名单。开始，狡诈的敌人利用"人情""仁义""金钱"软化她，可解文卿冷冷地说："你们休想从我嘴里得到一个字。"气急败坏的匪徒把她吊在梁上，用腊棍、铁条拼命抽打，逼她说出党的秘密。解文卿的手臂、双腿都被打断，全身皮开肉绽，多次昏死过去。面对残暴的敌人，解文卿没喊一声痛，没掉一滴泪，始终一言不发。

惨无人道的敌人又砸烂了解文卿的手指和脚趾，在血肉模糊的伤口上搓盐，用带棱角的木棍捅到她的嘴里，她的牙齿被一颗颗别掉。解文卿满口鲜血，用尽最后力气把鲜血喷到敌人脸上，斩钉截铁地说："要杀要砍随便你们，想从我的嘴里得到一点秘密，比登天还难！你们欠下人民的血债，人民一定要你们用血来偿还！"

最后，恼羞成怒、无计可施的敌人将解文卿绑在树上，活活地烧死了。18岁的解文卿，就这样为革命献出了宝贵的生命。

2009年，解文卿入选由中共山东省委组织部等12个部门联合评选的"山东省100位为新中国成立、建设做出突出贡献的英雄模范人物"。

（林琳　孔庆珊　贾玉省）

大义凛然刘秀英

“山西有个刘胡兰，临朐有个刘秀英，革命意志坚如铁，宁死不屈女英雄。”在临朐县冶源镇南杨善一带，至今传颂着刘胡兰式的女英雄刘秀英的光辉事迹。

刘秀英是冶源镇南杨善村人，出生于1930年，她的家乡是临朐党组织的“摇篮”。她从小就受到党的教育，革命的种子早早在她幼小的心灵里生根发芽。

刘秀英7岁时，抗日战争全面爆发，日本侵略者将战火烧到了她的家乡。小小年纪的刘秀英就参加了村里的抗日儿童团，勇敢地和大人们一起为八路军站岗、放哨、送情报。

1945年，家乡解放了，年仅15岁的刘秀英因为思想进步，革命热情高，被推选为妇女识字班班长。她带领妇女们晚上学文化、演节目；白天碾米、磨面、做军鞋，支援前线。县委号召村民参军支前，刘秀英就和村干部一起，挨家挨户宣传党的政策，动员群众参军，常常忙得顾不上吃饭。

1947年7月，临朐战役打响后，华东野战军某部驻进刘秀英的村庄，村里的男劳力抬担架、上前线，她就组织妇女护理伤员，为战士缝洗衣服，日夜忙个不停。那些日子，是她最忙碌、最兴奋的时光。

临朐战役后，华东野战军和地方武装暂时转移，国民党武装分子及逃亡在外的地富恶霸及伪顽分子组成“还乡团”窜回临朐，反攻倒算，进行疯狂的阶级报复，一时乌云翻滚，腥风血雨。这期间，党组织安排刘秀英担当掩藏武器、文件的任务。她和弟弟刘仲文连夜把7支步枪藏到麦糠囤里。她感到不放心，又把枪支转移到水井里。夜里，在荒郊野外露宿，仍念念不忘所藏的枪支，翻来覆去不能入睡，便领着弟弟冒雨回村观察动静。返家途中，不幸被“还乡团”头子刘兴起、衣瑞三所带的“还乡团”捉住。残暴的敌人先是将她踢倒在地，用枪乱捣，后又剪去她的辫子，反背着手绑起来，吊在村外枣树上拷打，逼问她：“你把解放军的枪支和文件藏到哪儿了？”她斩钉截铁地回答：“不知道！”敌人又问她：“你为啥要给解放军做事？”她回答道：“解放军是老百姓的队伍，和老百姓心连心！”敌人把她打得遍体鳞伤，也没有从她口里逼问出掩藏枪支、文件的地方。气急败坏的敌人用铁丝穿透她的锁骨，将她押至临朐县城。

9 月 9 日，“还乡团”把她吊在梁上，百般摧残，拷问她：“你们村里谁是共产党？”她的回答依旧是“不知道！”敌人又引诱她：“只要你说出枪支弹药藏在哪里，就马上放你回家。”刘秀英说：“枪支弹药是解放军用来打你们的，我能告诉你们这些坏蛋吗？妄想！”敌人又问：“你以后不要给共产党办事了行吗？”她答道：“只要我还有一口气，就要跟着共产党革命到底！”敌人万万没有想到，一个小女孩，竟如此勇敢、坚强！

9 月 10 日，“还乡团”用铁丝穿着刘秀英的锁骨到处游街。随后，敌人又用尽了各种酷刑，刘秀英数次昏死。但不管敌人如何威胁利诱、严刑拷打，她始终大义凛然，坚贞不屈。最后，“还乡团”将包括刘秀英在内的 96 名中共党员、干部、民兵分 3 次杀害，填入县城新华路文庙井中，井内三层人三层石头，上面再用土石填满砸平，制造了临朐县骇人听闻的“文庙惨案”。刘秀英牺牲时年仅 17 岁，是死难者中最年轻的一位。

刘秀英和山西省文水县刘胡兰牺牲在同一年，在临朐境内被誉为刘胡兰式的英雄。正如她的弟弟刘仲文在回忆录中所写：“为党为国秉忠心，气节坚贞为人民；头颅虽断英名在，雨露永沾亿万人。”

（刘传党）

牛茁村的“刘胡兰”

在惠民县，有一个和刘胡兰一样的巾帼英烈，她叫吴洪英。

1937 年 11 月，日寇从沧州兵分两路，直扑惠民、阳信二县。在这民族危难之际，吴洪英的丈夫牛连奎毅然参加了中共地下党组织，在牛茁村成立了秘密联络站，联络站由他负责传递情报和上级文件。在丈夫的开导和影响下，吴洪英逐渐明白了抗日救国的道理。她理解丈夫的事业，支持丈夫的工作，还帮助丈夫完成上级交给的任务。

日军投降之后，在中国共产党领导下，惠民县成立了各级人民政府。这时的吴洪英，已由一个普通家庭妇女成长为一名光荣的共产党员。她积极参加革命活动，动员本村妇女参加妇救会，组织秧歌队、宣传队，带头控诉旧社会的黑暗，宣传新社会的光明。她还带领群众斗地主、反恶霸，使牛茁村的群众运动轰轰烈烈地开展起来。因此，她在群众中享有很高的威信，但也引起了敌人强烈的敌视。1946 年，一些逃亡在外的国民党兵痞、地主和富农分子组织了“还乡团”，趁机潜回，反攻倒算。

1947 年农历八月初七，国民党匪军司令王福成的部下班潘敏、刘子明等人组成的“还乡团”130 余人，从阳信县的老官王村出动，下午三点左右窜进牛茁村。他们的口号就是“打进牛茁村，活剐牛连奎”。这次匪徒先派一部分人到地里往回赶人，他们谎称八路军到村里开会，民兵牛喜林见情况不妙，回村报信，被一枪击中要害不幸牺牲。

牛连奎刚刚买粮回村，邻居牛洪玉气喘吁吁跑到他家说：“来特务了，快跑！”

牛连奎想出村已来不及了，他急中生智，躲进了秫秸堆里，他的儿子凤之越墙跳到西邻小学教师牛玉山家，躲了起来。

这时，几个匪徒闯进吴洪英家的大门。为了转移匪徒们的视线，吴洪英故意进牛棚添草。匪徒们喝问吴洪英："牛连奎在哪里？"

"上新安镇了，昨天走的。"吴洪英镇静地回答。

匪徒们哪里相信，就钻进牛棚里找，又进各屋里乱翻。

"他什么时候回来？"一个小头目问。

"说不定什么时候回来。"吴洪英说。

那小头目啪啪打了吴洪英两巴掌，嘴里不干不净地骂道："我看你这娘们儿不说实话！没你的好果子吃！走！"

他们把吴洪英连推带搡，押到了街上。吴洪英出门一看，匪徒们正从各家各户往街上赶人，男女老少挤满一街筒子。农会会长牛树林、民兵牛之如被绑在一棵老槐树上。她迎面碰上了匪首班潘敏，这家伙正站在一块大石头上趾高气扬地乱指挥。他一听说吴洪英是牛连奎的妻子，狞笑着说："好啊！咱们今天是冤有头，债有主，欠账的还账，欠债的还钱！你来得正好，把她给我捆起来！"

特务们七手八脚，把吴洪英五花大绑了起来。

经受了多次严刑拷打，吴洪英虽多处受伤，但她毫不畏惧，只字未讲。

"我要杀鸡给猴看，给我砍下牛树林的脑袋！"班潘敏恼怒地喊道。

一个匪徒怀抱明晃晃的钢刀，向牛树林同志走去……牛树林同志英勇牺牲了。人们悲愤交集，怒火满腔！

班潘敏示意匪徒们摆下一把铡刀，他清了清嗓子说："还有一次机会，让吴洪英说出她丈夫现在在哪里，要是不说，就铡了她！"

吴洪英向班潘敏啐了一口说："就是不知道！"

"乡亲们，"吴洪英用力一甩被折磨得凌乱了的头发，转脸对乡亲们说，"我去了，咱们要记着这血海深仇啊！"

班潘敏跳起来了，他狼嚎似的奔向铡刀，把罪恶的铡刀按了下去，全村群众掩面而泣，泪如雨下。

解放战争的形势发展很快，班潘敏等杀人恶魔没有蹦跶几天，就落入了人民政府的法网，受到了正义的审判。英勇的吴洪英烈士永远地活在人民心中。

（于斌　杭启忠　刘明奎）

鲁北“刘胡兰”

在鲁北大地上，有一位“刘胡兰式的革命烈士”，她跟刘胡兰一样伟大而光荣。她的名字叫周桂兰，牺牲于1946年7月6日，比刘胡兰烈士牺牲时间早半年。

周桂兰于1927年出生，12岁随父母逃荒来到垦区荆条岭村（今属东营市垦利区），16岁参加了识字班、妇救会。在1945年春节后的大参军运动中，她带头报名参加了革命队伍。入伍后，她在民丰区妇救会工作，是当时民丰区抗日活动积极分子。不久，她加入中国共产党。

1946年春，周桂兰被调往渤海区各救会四分会工作队，在无棣县统一学习后，进驻阳信县二区（劳店）纪家大庄一带开展土地改革试点工作。纪家大庄社会关系极其复杂，国民党残余及土匪经常出没，横行乡里，恫吓群众，给土改试点工作带来极大困难。年仅19岁的周桂兰，不畏艰险，克服困难，深入群众，积极宣讲党的方针、政策，很快得到群众的信任和支持。

1946年10月，10名土改工作队员在纪家大庄小学校遭“还乡团”高炳卿部包围，工作队员们发现敌情时已来不及从正门突围，便从房顶撤退，周桂兰与农会会长纪文忠、工作队员王立林等6名队员突围不成，落入敌手。敌人为了得到情报，对6名工作队员进行了残酷的刑讯逼供。在一无所获后，就把他们带到该村东南角的乱葬岗处，砍死了5名男队员，接着又把血淋淋的屠刀按到周桂兰的脖子上，威逼说：“他5人就是你的样子，快说吧！不说，也砍了你。”面对穷凶极恶的匪徒，周桂兰横眉冷对，大义凛然，她痛斥道：“你们这些畜牲听着，要杀要砍由你们，想从我嘴里得到什么，那是痴心妄想！”

凶残的敌人仍不甘心，把周桂兰押到15里外的河流乡祁家村继续逼供。敌人对她时而威胁利诱，时而进行惨无人道的人身摧残，但这些丝毫没有动摇这位年轻女共产党员对党、对人民的赤胆忠心。

丧心病狂的匪徒见从周桂兰口里得不到什么，便把她押到村北围墙外活埋。周桂兰面对深坑，毫不畏惧，为革命事业献出了年仅 19 岁的生命。

（盖宁　孔庆珊　李传波）

沂蒙女杰吕宝兰

1924年，吕宝兰生于临沂罗庄湖西崖村一个贫苦农民家庭。她的本家吕其昌急公好义，有一身拳脚功夫，人送外号“飞毛腿”。后来吕其昌秘密加入了中国共产党，在临沂城南成立了第一个工人组织“工友会”。吕宝兰常去工友会听吕其昌讲革命道理，她希望有朝一日能和吕其昌一样惩奸除恶，让老百姓不再受土豪劣绅的欺负。

于是，她进了识字班，参加了妇救会，并于1943年光荣入党。由于她大胆泼辣，工作出色，还被推选为兴云区妇救会会长。

在吕宝兰的影响下，觉醒了的吕家人都加入了革命队伍。大哥吕宝秀参加了八路军，在部队入了党。弟弟吕宝荣、妹妹吕宝桂参加了儿童团，站岗放哨，读书识字，明白了很多革命道理。

1945年9月，临沂城解放。组织选派吕宝兰到朱陈区担任妇女委员，主要负责减租减息运动。此时的湖西崖村情况复杂，斗争残酷。吕宝兰主持召开了群众诉苦清算大会，对大地主“张霸天”进行清算。佃户们潮水般涌向张家大院，把那些本该属于自己的东西拉回家里，整个湖西崖比过年还热闹。

吕宝兰没收了“张霸天”等地主的土地，按人头分给了贫雇农，县政府还颁发了土地证，保障翻身农民的土地权，让群众吃了“定心丸”。

这场改革触动了地主阶级的根本利益，加剧了他们对共产党人的仇视。1947年，国民党集中兵力对沂蒙山区发动重点进攻，逃亡在外的国民党临沂行政督察专员王洪九等人勾结“张霸天”等地主，组成“还乡团”回到了临沂城，对地方党组织以及进步农民疯狂报复。王洪九更是叫嚣：在临沂城不杀三千共产党人和土改积极分子，我王洪九誓不为人！

面对形势的变化，吕宝兰和区上的同志转移到湖西崖西面约 20 里外的山上，继续开展革命工作。

1947 年 2 月 22 日一大早，吕宝兰和同志们悄悄潜回村里收军鞋，没想到被“张霸天”的人盯了梢。为了不伤及群众，保护好大家辛辛苦苦做好的军鞋，吕宝兰和父亲吕其太毅然决定引开敌人。由于敌众我寡，除背着军鞋早已隐蔽起来的 2 人外，其余同志连同吕宝兰父女在内全部被俘，被关进了王洪九的杀人魔窟——临沂监狱。

在监狱里，吕宝兰受尽折磨。王洪九为了挖出共产党人的藏身之处，指使特务队用尽各种毒辣手段审讯吕宝兰。压杠子、老虎凳、灌辣椒水、火烧脚心、竹签钉手指，吕宝兰痛得多次昏死过去。

见吕宝兰不招供，王洪九又想了个阴招，他用酷刑折磨吕宝兰的父亲和弟弟，妄图逼吕宝兰开口。眼睁睁看着自己的家人被折磨得死去活来，听着亲人撕心裂肺的惨叫，吕宝兰肝肠寸断。她眼含泪水，强忍悲痛，对王洪九等人破口大骂，不断鼓励亲人不要向敌人屈服。

王洪九恼羞成怒，在吕其太、吕宝荣身上绑上大石头，抛进了滚滚的沂河里。紧接着，又决定对吕宝兰下毒手，处以死刑。

被押赴刑场后，王洪九又一次问吕宝兰招还是不招，吕宝兰看了看他，轻蔑地笑了笑。王洪九恼羞成怒，下令割掉了吕宝兰的双乳。在行刑的最后时刻，吕宝兰咬紧牙关猛地举起右手，怒视着敌人的枪口，昂首高呼革命口号。一阵枪响后，年仅 23 岁的吕宝兰倒在了血泊中。

2010 年，烈士吕宝兰与沂蒙母亲王换于、支前模范沂蒙六姐妹、乳汁救伤员的红嫂明德英一同当选“山东妇女杰出人物”，被誉为“刘胡兰式的女英雄”。

（安宁宁　徐丹阳）

铁血女杰徐德兰

1917 年，徐德兰出生在山东省峄县郭里集村（今枣庄市市中区西王庄镇民主村）一个贫苦农民家庭。受革命思想的影响，年仅 15 岁的她便开始参加革命活动，不满 18 岁就光荣地加入中国共产党。在丈夫鹿广连的影响和帮助下，徐德兰逐渐成为一名坚定的革命者。

1938 年 2 月，日本侵略者占领枣庄。党组织委派鹿广连到枣庄矿区开展地下工作，徐德兰积极配合丈夫送情报、发传单。1939 年 12 月，由于叛徒告密，日伪特务随即扑向党组织的秘密联络点。当日伪特务包围了鹿广连住的南马道家中时，鹿广连已获得情报提前出逃，使日伪抓捕落空，气急败坏的日本鬼子便抓走了徐德兰和她未满周岁的儿子。

日寇将她关进一间阴冷潮湿的牢房里，对她轮番审讯拷打。徐德兰坚贞不屈，一直严守党的秘密。

敌人见威逼不行，就对徐德兰进行利诱。一天上午，日本军官冈村走进牢房，皮笑肉不笑地对徐德兰说：“你的大大的，山野司令官的有请。”徐德兰从容地抱起孩子，被敌人押上了一辆黄包车。来到日军宪兵司令部，冈村将她带到一间宽敞华丽的房间，两个日本少女正忙着往圆桌上端点心、水果。冈村凑上来，殷勤地为徐德兰让座，然后向日本少女咕嘟几句转身离开。

过了一会，一个肥头大脸的日本军官慢慢地走进来，徐德兰坐在椅子上一动不动。那位军官停了片刻，自己走到徐德兰对面坐下说：“我是这里的司令官山野太一郎，很钦佩徐小姐的为人。”山野是个中国通，他不用翻译，直接和徐德兰交谈。山野继续说：“你们爱国，我也爱国，可你们政府太无能，人民贫穷落后，我们大日本帝国同情你们，特地过来帮助你们，你的明白？”

“胡说！”徐德兰按捺不住胸中的怒火，厉声喝斥道，“我与你没有什么好谈的，你们这些侵略者践踏我国土，杀害我百姓，掠夺我财富，还恬不知耻地说什么帮助我们，现在我们已经觉醒，一定要把你们赶出中国去！”

这义正辞严的话语惊呆了山野。望着面前的徐德兰，他真不敢相信这些话会从一个弱女子口里说出。好一会儿，他才回过神说：“好，说得好！不愧是一位优秀的共产党员。”这些天来，山野兴师动众，到处搜捕共产党，可收获甚微，他原打算能从徐德兰身上打开缺口，可审讯拷打 20 多天，没有半点进展，今天又挨了当头一棒。

对于山野的话徐德兰也有了一些怀疑，感觉自己并没有暴露身份，于是反问：“谁说我是共产党员？”“这还用明说吗？”山野狡黠地眨巴着眼说，“徐小姐，你刚才的话就足以证明你就是共产党员了。”“笑话！”徐德兰轻蔑地一笑，回敬道，“这些话每个有良知的中国人都会说，如果因此说我是共产党员，那我们四万万同胞，除了汉奸外，就全都是了。”

山野像挨了一巴掌，但仍不死心，他奸笑着说：“徐小姐，你太自信了，如果你们中国人都有这种思想，我们就不用来了。”

“等着瞧吧，你们的末日不远了，明天一定是我们的！”

“明天？你若不识时务，还有明天吗？”山野凶狠地威胁，接着，他又放松语气劝道，“徐小姐，你还年轻，俗话说‘识时务者为俊杰’，只要你好好地与我们合作，看到了吗，这里的房子、侍女都是你的，你会有享不尽的幸福。”

“合作？与你们这些强盗合作，真是白日做梦！”

“你不爱惜自己的生命，可你的孩子怎么办？”

徐德兰坦然一笑：“谁不爱惜自己的生命和孩子，可国破家亡之时，谁又能顾及得了呢？你听过我们的《义勇军进行曲》吗？把我们的血肉，筑成我们新的长城……”

“住口！”山野气得暴跳起来，狰狞的嘴脸不断抽动着，“你知道这是什么地方？我是在审讯罪犯。”

徐德兰猛地一拍桌子，大声喝斥：“你们侵略我国，烧杀抢掠无恶不作，欠下了我们中国人多少血债，你们才是真正的罪犯，应该接受审判的是你们这些刽子手。”

“拉下去，死了死了的！”山野疯狂地叫喊着，冈村和几个鬼子恶狼般扑向徐德兰，将她拉回牢房。

日寇用尽手段仍一无所得，彻底放弃了争取徐德兰的幻想。1940 年 2 月 7 日，狂风呼啸，大雪肆虐，刑场上除了风吹枯枝发出的尖啸声外，一片死寂。徐德兰被剥光衣服绑在木柱上，冈村倒提着她不满周岁的孩子来到她面前，狂叫着："说不说，不说，我先劈死你的儿子，再将你剖腹示众！"

"强盗！畜生！既然你们如此野蛮不通人性，那就杀吧。"

冈村残忍地劈死孩子，接着又将徐德兰剖腹杀害。

徐德兰英勇就义，激起了家乡人民的义愤，他们发誓要为英雄报仇。一年后，峄县武工队在鹿广连的带领下，在徐德兰牺牲的地方，枪毙了告密的汉奸栾怀廷，为英烈报了仇，替人民雪了恨。

（吴兆雷　安宁宁）

坚贞不屈的许端云

1905 年，许端云出生在乳山县招民庄一个富裕家庭。19 岁那年，他考入了烟台益文学校（后改名益文商专）。1925 年，上海爆发震惊世界的“五卅”惨案后，与全国各地的进步青年一样，许端云萌动的革命信念也在风起云涌的革命浪潮面前燃起了希望之火。他与进步同学徐约之、陈恒荣等人经过一段时间的酝酿，在学校里办起了壁报，带头在校园贴出了“打倒军阀”“推翻反动统治阶级”“劳工神圣”等标语，勇敢地向反动势力开火。这些活动和主张，立刻得到同学们的响应，许端云在学校里渐渐树立起威信。1925 年下半年，许端云加入中国共产党。

1928 年 5 月，中国共产党在烟台的第一个支部诞生了，许端云负责宣传工作，创办了烟台第一份党报《胶东日报》，办报经费是他父亲资助的。

从《胶东日报》创办之日起，报社就成为地下党组织从事秘密活动的主要场所。许端云和同志们一边办报，一边秘密开展党的工作，报纸上的内容也多以报道红军胜利，揭露国民党反动派和帝国主义丑陋嘴脸为主。

频繁的革命活动，很快就让许端云暴露在敌人的视野中。国民党南京政府多次密电国民党山东省政府，要求对许端云“严办”。1931 年 2 月，国民党山东省党部再次电令刘珍年：“许端云住在三马路卿之里 1 号……逮捕送省。”

2 月 9 日晚上 9 点多，许端云开完了党的会议，顶风冒雪赶回了家。此时，他刚接到一份秘文，需要连夜刻印转发。他急忙掩好窗帘，伏在桌上开始工作。许端云完全沉浸于为美好事业的奋斗中，蜡纸上出现的字迹就像一颗颗闪亮的火种，将要在大地上燃起燎原之火，烧尽黑暗的旧社会。他越写越有劲，计划在下半夜才能完成的工作 11 点就完成了。这时，他起身舒展了一下有些僵硬的后背。

突然，他觉得屋外有几个黑影在活动。警觉的他立刻意识到，一场不测将要发生。于是，他马上回到桌前，将刚刚刻好的蜡纸在油灯上点燃，又把其他文件放进床下墙角边的猫洞里。然后，他平静了一下，准备推门出去看看。就在此时，几个特务破门而入，逮捕了许端云。幸运的是，敌人在他的房间一无所获。

抓到了许端云，国民党山东省党部的刽子手们如获至宝，一心想要在这位“要犯”身上获得重要线索，将烟台的共产党员一网打尽。在第一次审讯时，敌人问：“你这样拼命，共产党究竟给了你什么好处？”许端云果断地回答：“好处多得很，给了我智慧和力量，给了我同敌人作斗争的勇气！”敌人连忙打断许端云的话：“现在是国民政府的天下，你就没想到后果？”许端云冲着敌人大笑起来，说：“困难在所难免，而胜利必将到来，共产党人的愿望就是用个人的一切去换取全社会、全人类的幸福，这是我早就预想到的，有什么好问的！”敌人几次审讯，每次都被许端云教育一番，毫无收获。

恼羞成怒的敌人眼看“糖衣炮弹”不管用，便搬出了各种刑具，威胁许端云：“看来这杯罚酒你是非吃不可！不过劝你再想想，只要讲出你的领导是谁，下级都在哪里，我们就不会为难你！”许端云冷笑着说：“我上有领导，下有同志，可惜不能告诉你们，这是组织的秘密，不要再费口舌了！”

敌人发疯似的扒下许端云的衣服，把他反绑双手吊在半空，两个人轮流执鞭抽打。执鞭的人累得满头大汗，许端云紧咬牙关，一字不吐，昏了过去。敌人没招了，使出了最毒辣的招数：用两根筷子粗的铁丝拴在了许端云的两根锁骨上，吊在半空继续毒打。许端云整个人的体重都压在被刺穿的锁骨上，鲜血顺着铁丝往下流。在被关押的半年中，许端云经历了敌人的无数次酷刑，但始终坚贞不屈。

8 月 19 日，国民党反动政府判处许端云死刑。临刑前，敌人给许端云带上重型镣铐，又用铁丝穿在他的两根锁骨上。然而，许端云却用铁一般的毅力忍着剧痛，昂首挺胸地走上了刑车，在场的敌人无不胆战心惊。刑场上，他忍着剧痛，高呼口号：“中国共产党万岁！自由与幸福属于人民！”就这样，年仅 25 岁的共产党员许端云，为了党和人民的事业，以英勇不屈的革命精神战斗到他生命的最后一刻，表现了一个共产党人大义凛然、视死如归的革命气节。

（赵曙光）

运河女侠梁巾侠

梁巾侠，又名梁再，1916 年出生于峄县田庄村（现属枣庄市市中区），后迁居永安乡张林村。其父梁宗敏，母亲张笑寒，在国民革命时期思想比较进步，积极投身到轰轰烈烈的大革命洪流之中。梁巾侠自幼受到民主革命思想的影响，积极接受新思想、新文化，成为鲁南第一批“不留长发的女生，不裹小脚的女人”。

1937 年 7 月，抗日战争全面爆发后，梁巾侠毅然投身到抗日救亡的革命阵营中来。1939 年 10 月，梁巾侠协助朱道南说服国民党地方武装首领孙伯龙率部加入了中国共产党领导的八路军。同年 12 月，八路军 115 师运河支队正式成立，孙伯龙任支队长，朱道南任政委，梁巾侠任支队政治处宣传股长。

运河支队的许多抗日战斗，梁巾侠都亲身经历过，最具代表性的就是“毛楼战斗”。

1942 年 1 月 2 日，天刚蒙蒙亮，运河支队队员们正准备操练，就听有人大喊：“敌人来了，赶快转移。”

支队长孙伯龙急忙喊道：“全体同志，紧急集合！”

队伍很快集合起来，向毛楼村西边的库山方向转移。就在此时，村外响起了密密麻麻的枪声，就像在热锅里炒豆子一样噼哩叭啦响个不停。不一会儿，往村西突围的十多个队员跑了回来，说敌人太多了，黑压压一片，火力太猛，他们刚刚到村口就遭到敌人疯狂射击，队伍很快就被打散了，已有 19 名同志壮烈牺牲，支队长孙伯龙为了掩护他们撤进村子，不幸中弹牺牲了。

听到支队长孙伯龙牺牲的消息，战士和老百姓都哭了，他们说：“支队长牺牲了，谁指挥战斗？我们绝不当俘虏，死也要拉几个小鬼子垫背！”

老人、小孩更是着急，哭声、喊声夹杂在一起，场面混乱不堪。

就在这时，该村孙业武同志的四奶奶（孙邵氏）大声喊道："大家不要慌，敌人还没有进来，我们不能自己乱了阵脚。"她看着梁巾侠说："梁秘书，大队长牺牲了，现在是群龙无首，危急时刻，你得指挥队伍打敌人，要不咱们都得死在这里了！"

梁巾侠大义凛然地对孙邵氏说："大娘，您别害怕，只要我梁巾侠在，就绝不让乡亲们吃亏！"随后，她站到一个大磨盘上，大声喊道："支队长牺牲了，现在队伍由我指挥，大家听我命令，我们一起杀出去……"接着，梁巾侠招呼薛班长、张班长聚拢队伍，形成战斗合力，根据村情、地貌将毛楼村内20多名战士分成若干战斗小组。很快，大家的心又拧成了一股绳。队员们按照部署分别进入阻击区域，凭借有利地形和对村情比较熟悉的优势节节阻击。此时，大家心中都怀着一颗为支队长报仇的心，愤怒地将一颗颗仇恨的子弹射向敌人，将一颗颗手榴弹扔向敌群，把敌人炸得鬼哭狼嚎，败下阵去。

小鬼子见久攻不下，就开始释放毒气弹。梁巾侠马上命令大家："不要怕害臊，赶快用尿蘸湿毛巾，堵住口鼻坚持战斗。"

当时大家都打了大半天仗了，滴水未进，哪有尿啊？梁巾侠马上动员村子里的孩子尿尿。关键时刻孩子的尿解救了大家，敌人施放毒气弹毒死战士们的阴谋破产了。就这样，大家在梁巾侠的带领下，节节抵抗，延迟了敌人的进攻，为大部队赶来增援赢得了宝贵的时间。

傍晚时分，运河支队参谋王福堂率领部队前来增援，凶残的敌人自知不是对手，丢下一百多具尸体狼狈地逃跑了。

新中国成立后，原运河支队第四任政委童邱龙同志说："女同志指挥一支二十几人的小队伍与千余日伪军激战一天，最后成功突围的战例，恐怕在华东地区仅此一例。"

（安宁宁　李红军）

视死如归的女英雄

郑勇是日照市岚山区后村镇辛兴村人，自幼聪颖，好学上进。1938 年，哥哥郑锦章参加了革命，她从哥哥的革命活动中受到许多启发和教育。日寇铁蹄踏进了日照，鬼子大肆狂轰乱炸，烧杀抢掠，这激起了她对日本强盗的无比愤恨。为救亡图存，她走出家门，投身于抗日救国运动的洪流中，后光荣加入中国共产党，在日照县民运部任宣传干事。

1941 年 9 月，县委派郑勇到鲁中区党校学习。是年冬，日寇在鲁中区进行大规模“扫荡”。党组织决定党校暂时停办，学员分散转移。郑勇等 11 名学员被编为一组，由组长主德远带队向滨海地委机关驻地莒南县老牛腰转移。时值 1942 年大年除夕，晚九点左右，他们途经莒县毛家堰村。这里离夏庄日寇据点约 5 里，周围碉堡林立，封锁严密，在夜间很难通过。主德远考虑到同志们衣裳单薄，一路上又饥又冷，便带大家到他一个亲戚家休息吃饭，准备于拂晓前越过敌人的封锁线——临莒公路。不料，此事被串门的汉奸伪保长张金升侦知，他溜到夏庄日寇据点，向翻译官杜介甫报告了他们的行踪。当夜 12 点左右，夏庄据点的鬼子和伪军 300 余人，由张金升带路，急奔毛家堰。他们没有搜到我党校学员，便分兵包围了周围山沟、树林。正当主德远带领大家顺沟向西北方向转移时，突遇敌人阻击，他立即指挥学员向外突围。郑勇、彭桂臻两名女同志和其他男同志一起英勇抗击，用石头和敌人拼搏，终因寡不敌众，仅有 5 人突围，3 人在战斗中牺牲，郑勇、彭桂臻和主德远不幸被俘。

农历正月初二上午，郑勇和彭桂臻被敌人押到审讯室。日寇防务司令川奇一见她们就发出一阵狞笑：“姑娘大大的漂亮，你们的投降皇军，给皇军和我的翻译官当太太，你们的不死，我的金票大大的有！”郑勇狠狠地瞪了川奇一眼，高声大骂敌人是“野兽、侵略者……”川奇气得暴跳如雷：“这些女共产党员太厉害，非杀不可！”翻译官杜介甫见郑勇长得漂亮，便产生了邪念，劝川奇先不要杀她。在一次单独审讯郑勇时，杜介甫起身让座，并端茶给郑勇。郑勇怒目而视，毫不理睬。杜介甫忍着怒气，故作镇静地说：“你是一个大姑娘，为什么要当共产党，当共产党是要杀头的！”郑勇斩钉截铁地说：“共产党不怕死，怕死就不当共产党了！为抗日救国死了是光荣的，二十年后我又长这么大了，我还当共产党！”杜介甫仍不死心地说：“你还很年轻嘛，长得又漂亮，死了太可惜了。只要你说一句投降皇军的话，再给我当太太，我可以让你不死。要钱我有钱，要当官可以给你个区长或副区长当当。”郑勇再也压不住心中怒火，大骂杜介甫：“不知羞耻的畜牲、汉奸卖国贼。”随即拿起桌子上的茶碗朝杜介甫摔去。杜介甫吓得后退几步，急忙唤进两个伪军抓着郑勇向外拖。

正月初三上午，两个伪军把反绑的郑勇架进了刑讯室。刑讯室的梁上挂着绳子，地上摆着马鞭、棍棒、刀子等一大堆刑具。郑勇朝匪徒和刑具扫视了一眼，然后像铁塔一样挺立在那里，嘴角显露出对敌人的嘲笑和蔑视。杜介甫恶狠狠地说：“你想好了没有？你是要死还是要活？要活就得向皇军投降。”郑勇坚定地说：“我早就想好了，为抗日救国，打倒日本侵略者，打倒像你这样的卖国贼，死了是光荣的！”杜介甫抓起鞭子朝郑勇身上乱抽一阵，然后又吩咐两个匪徒对她施以酷刑，打得她皮开肉绽，满身是血，几次昏迷过去。每次苏醒过来，她不掉泪，不喊痛，仍大骂敌人是强盗、侵略者、汉奸卖国贼。

正月初五中午，十几个匪徒把郑勇和彭桂臻押到刑场。川奇和汉奸杜介甫走上前去说：“最后再问你们一次，到底投不投降？”郑勇厉声回答说：“我们是中国人，死也不投降，坚决不当亡国奴！共产党会给我们报仇的！”接着她们齐声高呼：“共产党万岁！”“打倒日本侵略者！”川奇和杜介甫气得暴跳如雷，命令匪徒将郑勇和彭桂臻吊在一棵槐树上，向她们开枪射击。敌人的子弹穿透了英雄的身躯。她们把闪光的青春，献给了祖国的解放事业。

（辛崇法　曹树建）

母女血洒沂河滩

1939 年 6 月，中共中央任命朱瑞同志担任八路军第一纵队政委，与司令员徐向前统一指挥山东和苏北的八路军各部对日作战。朱瑞的爱人陈若克便随丈夫从太行山进入沂蒙山区，担任了八路军第一纵队直属科科长、中共山东分局妇委会委员、省妇救会常委等领导职务。

1941 年 11 月 4 日，日寇出动重兵，将我兵工厂、弹药库、粮库的所在地大崮山突然包围。此时的陈若克临近分娩，她拖着沉重的身子，与守山部队鲁中军区独立团团长袁达、政委于辉，一道率部队与敌周旋。

7 日深夜，陈若克在警卫员的搀扶下，艰难地走了几个钟头，冲出了鬼子的包围圈。拂晓前，一阵剧烈疼痛袭来，她实在坚持不住了，让警卫员到村里找个妇女帮忙接生，还没等警卫员回来，女儿就出生了。婴儿的啼哭声引来了一队端着刺刀的鬼子。原来，鬼子攻占崮山后，发现八路军突然都消失了，便组织了小分队搜寻八路军伤员和掉队的八路军战士。面对鬼子的刺刀，她挣扎着站起来，要与鬼子拼命，鬼子一枪托把她打倒在地。

陈若克被捕了。她大骂鬼子以求速死，但鬼子还是把她押送到沂水县城日寇宪兵司令部。一提起宪兵司令部，老百姓无不咬牙切齿，称它为阎王殿、鬼门关，那里遍地是中国人的鲜血。

宪兵队队长从陈若克的口音和气度中断定她是个大干部。欣喜若狂的鬼子决定连夜审讯。

鬼子问："你是哪里人？"

陈若克回答："听我是哪里人，我就是哪里人。"

鬼子又问："你丈夫是谁？"

陈若克回答："我丈夫是抗日战士！"

鬼子再问："你是干什么的？"

"我也是抗日战士！"陈若克说，"要杀就杀，要砍就砍，不必多问！"

日寇宪兵队长暴跳如雷，对陈若克严刑拷打。当年驻沂水日寇宪兵司令部的酷刑，是远近闻名的。什么老虎凳、火铲子、皮鞭、辣椒水，在钢铁般的抗日英雄面前，都是那么无力。面对鬼子的十八般酷刑，陈若克咬紧牙关，不吭一声。

由于陈若克体弱受刑，产后无奶，孩子饿得嗷嗷大哭。婴儿的哭声，让鬼子改变了策略。宪兵队长给婴儿送了牛奶，说："你是八路，我们佩服你坚强的意志，可你也是这个孩子的母亲，你的坚强对你的孩子来说就是残忍。"

陈若克说："孩子的父亲是八路军，孩子的母亲是八路军，孩子身上流的也是坚强的血。"

日寇宪兵队长摇摇头，把奶瓶递给陈若克，说："孩子太可怜了，给她喝口奶吧。"

陈若克把奶瓶摔在地上，怒斥道："我们母女宁可饿死，也不会像狗一样活着！"

鬼子软硬兼施，却始终无法让这位坚强的共产党员屈服。最后，他们只好对陈若克下毒手。

1941年11月26日，古老破碎的沂水城上空乌云密布，哀风飕飕。鬼子用门板抬着昏迷过去的陈若克和她的女儿，向沂水城西沂河滩刑场走去。刚出沂水城，陈若克在门板上苏醒了过来，她看了一下四周，知道自己与女儿的生命到了最后时刻。她用自己最后的力气喊道："站住，我要抱着孩子自己走！我是中国人，决不能在强盗面前躺着死！"

陈若克钢铁般的喊声，把押送她的鬼子、汉奸惊呆了，他们不自觉地站住了。

遍体鳞伤，绝食数日，本已无力站起的陈若克，凭着钢铁般的意志从门板上下来站住，用血肉模糊的双手，拢了拢蓬乱的头发，扯了扯被打碎的衣服，抱起女儿，一步一步向刑场走去。她的孩子也没能幸免于难，母女俩把热血洒在了沂蒙革命老区的千里沂河滩上。陈若克牺牲时年仅22岁，女儿出生还不到20天。

（黄永仓　谭庆温）

她们都是芳林嫂

看过电视连续剧《铁道游击队》的人都知道剧中的芳林嫂善良、勇敢、美丽。其实，电视剧中的芳林嫂的原型是三个铁骨铮铮的女英雄。那么，现实生活中的芳林嫂是何种形象呢？

黄学英：宁死不屈见风骨

黄学英是临城（今枣庄薛城区）常庄镇店子村人，因婆家姓殷，战士们都称她为大老殷，是临城情报站的地下交通员。

1942 年初，铁道大队中的李士安、张开胜叛变投敌。为除掉这两个败类，大老殷主动请缨到临城去摸查情况。

这天一早，大老殷挎着一篮子油条、麻花，来到临城车站。临近中午，她终于在火车站附近发现了叛徒李士安和张开胜，随即向组织报告了情况。

同年 3 月，八区区长殷华平背叛革命，大老殷被出卖。那天，她在敌人驻地打探情况，碰上了汉奸张开胜。张开胜恶狠狠地说："大老殷，老子可知道你是什么货色了！今天你跑不了了！"

随即，大老殷被五花大绑地带到了鬼子特务队长松尾的办公室。

松尾假惺惺地说："八路要完蛋了，你不说出交通站的人，就死啦死啦地！"任凭鬼子软硬兼施，大老殷就是不开口。松尾气急败坏地把大老殷扔进一间阴暗的牢房里，不断地刑讯逼供。大老殷被鬼子打得遍体鳞伤，浑身是血。

有一次，鬼子把她的衣服扒光，让她跪在焦煤上长达 8 个小时，但大老殷始终没向鬼子吐露一个字。

松尾无奈，又把大老殷投进牢里，水米不给。大老殷在昏迷中，把一件破袄的棉絮都吃光了。鬼子逼供无望，把她拉到城东门外，绑在槐树上，放出一条大狼狗，赶它向大老殷扑去。狼狗跑到大老殷身边闻了闻扭头回去了。原来，大老殷在牢里被关押了半个多月，其间没有放过一次风，身上的各种气味经风一吹，十分难闻，连狼狗都不愿下口。鬼子见皮包骨头的大老殷已奄奄一息，就把她扔在那里，垂头丧气地回去了。

鬼子走后，乡亲们把半死的大老殷救出来，送到古井村她的娘家。大老殷在娘家养病治伤，竟奇迹般地活了下来。康复后，她又挎起那个油条篮子，奔走在城乡之间，直到把日本鬼子赶出中国。

郝贞：痛打特务传佳话

郝贞是峄县（今枣庄薛城区）常庄镇六炉店人。18 岁那年，她同临城铁路工人时福友结为夫妻。

1938 年 3 月，临城沦陷，时福友被鬼子抓到兵营做饭。后来，临城日军多次遭到鲁南铁道大队袭击，损失惨重。1939 年 9 月，敌人怀疑时福友私通八路，把他用刺刀活活捅死。

郝贞发誓要为夫报仇。为躲避鬼子迫害，她带着年幼的儿女，回到六炉店的娘家。1940 年 7 月，鲁南铁道大队由枣庄转移到津浦铁路以西的六炉店。大队长洪振海同情郝贞的不幸遭遇，常给她一些粮食物品。有一天，郝贞发现了洪振海的身份，就对老洪说：“兄弟，你早该跟大嫂说明白，我找你们多时了。从今日起，我就是铁道大队的人了，有啥事，吩咐就是了，我也要为国效力，为死去的丈夫报仇！”从此，郝贞成了铁道大队的地下交通员。她把孩子交给年迈的母亲，自己冒着生命危险，到城里以卖煎饼为掩护，进行抗日宣传。她经常把抗日宣传单夹在煎饼里，巧妙地躲过日伪军岗哨和巡逻兵的搜查。她在临城各处张贴、散发宣传单，引起了鬼子的极度恐慌。

1941 年 12 月，铁道游击队大队长洪振海带着曹德清、李云生等 5 名队员在六炉店一带活动。临城特务头子松尾一郎从叛徒黄文发那里得知洪振海行踪，亲自带 3 个特务混进六炉店，妄图暗杀洪振海。此时，洪振海和杜季伟、王志胜正在开会，郝贞在村头放哨。郝贞发现情况后，急忙跑去报告给了洪振海。

这时，松尾已摸到了洪振海住的院子外。只见松尾和翻译苏克辛持枪闯进院子。王志胜随手向院子里甩了一枚手榴弹。特务听到爆炸声后，知道铁道队已有准备，边开枪边往村外跑。洪振海等人就开始追捕，双方展开激烈枪战。两个特务躲在一个秸秆垛里抵抗，子弹打光后就乖乖投降了。特务头子松尾和苏克辛被困在一个破旧院子里，见情况不妙便分头逃跑。苏克辛刚翻出院子就被队员马福全击毙。气喘吁吁的松尾跑到村头时，被郝贞拦腰抱住，松尾甩了几下硬是没把她甩开。郝贞大喊："特务头子在这，快来人啊！"狡猾的松尾脱掉棉袄趁机逃脱，郝贞急忙掏出手榴弹朝着松尾甩了出去，刚好击中松尾的脑袋。只见头破血流的松尾一个踉跄，差点摔倒在地。但是，情急之下的郝贞忘了拉弦，手榴弹没有爆炸，鬼子松尾侥幸逃脱了。

后因叛徒告密，郝贞被捕入狱。在审讯室里，面对凶残的鬼子，她毫无惧色，大喊道："一切都是老娘干的，铁道大队的事情老娘都知道，但绝不会告诉你们这群畜生！"她受尽酷刑，但始终守口如瓶。后经组织营救，郝贞成功逃出敌人魔掌。

刘桂清：毁家纾难为抗战

1899 年，刘桂清出生在微山湖西岸江苏沛县大屯乡待楼村一个贫苦农民家里，18 岁时与临城乔庙村刘应奎结为夫妻。1938 年，受铁道游击队影响，在地方党组织的启发教育下，刘桂清走上革命道路。

1940 年 7 月，洪振海、杜季伟领导的鲁南铁道大队在临城南北的津浦铁路一带活动。刘桂清的家也成了铁道大队的联络站。她积极为铁道大队传送情报、侦查敌情，为在家落脚的队员站岗放哨、安排食宿等，队员们都亲切地喊她"刘二嫂"。后来铁道大队不断扩充，武器装备和后勤补给不足，她狠了狠心把自家的好地卖掉，又积极发动儿女们筹钱筹粮，最后还把自己的 3 个儿子送去参加了铁道大队。

1942 年，沛滕边办事处主任王墨山遭到鬼子追捕，逃到刘桂清家里，敌人尾随而至，挨家挨户搜查。刘桂清把王墨山扣在了水缸里，才躲了过去。1944 年的一天，刘桂清得知日本特务队要偷袭铁道大队，便冒着生命危险，躲过鬼子的几道关卡，连夜将情报送到铁道大队队部。大队领导立即率队转移，迂回到特务队回来的必经之地，打了一个漂亮的伏击战。

由于叛徒出卖，刘桂清曾于1941年5月和1942年7月两次被捕。其间，她被鬼子用皮鞭、老虎凳、烙铁、灌辣椒水等酷刑折磨得死去活来。她的骨头被打断，后背被烙铁烙得血肉模糊，但这些都没能动摇她的革命意志，她始终没向鬼子屈服。

新中国成立后，刘桂清担任济南市槐荫区政协委员。1985年12月，在撰写回忆录时，不幸患脑溢血，病逝于济南，终年86岁。

（安宁宁　李淑娟）

女村长杨秀华

1939年秋，日军在冠县境内烧杀抢掠，斗争形势异常严峻。此时，杜赵庄村的老村长面临着艰难的抉择：给日军做事，咋也不能干；给共产党做事，说不定啥时掉脑袋。左右为难之下，老村长撂挑子不干了。

对此，村支委经过多方面的努力，几名村长候选人被推选了出来。

党员老冯是候选人之一，可他70岁的老父亲听说儿子要当村长，气得昏死过去，老母亲连哭带骂，无奈之下，老冯退出了。

20岁出头的杜娃子是候选人之一，可他娘听说了这事，以死相逼。

……

支委会上一时间鸦雀无声。

“我来当村长。”一个宏亮的声音打破了屋内的寂静，说这话的是女共产党员杨秀华。

“怕啥，日军像狼一样狠，咱都不出头跟他干，他能让我们活痛快？那样还不如战死沙场落个光荣呢！”

杨秀华的话，打动了在场的每个人。就这样，杨秀华当上了村长。

杨秀华回到家，丈夫看到她就唉声叹气，7岁的儿子小福山抱住她的腿又哭又叫：“娘啊，人家都说你当村长是找死，我可要娘啊。”杨秀华哄劝说：“傻孩子，娘哪能死呢？娘当村长，是为了长咱穷人的志气啊！”见娘如此坚决，小福山猛地挣开娘的怀抱，一头向土炕碰去。杨秀华抱起小福山，捂着他前额碰起的青包，泪水不由自主地滚落下来。

“不行，我不能退却，我是党的人，就应该为穷人出这个头，掌这个权。”杨秀华苦口婆心地劝服了丈夫，安抚了小福山。28岁的杨秀华走马上任，成为冠县第一个抗日女村长。

杨秀华当村长不久，便在冠县东南一带出了名：大个子，大脚板，走路一阵风，常扛着一杆大秤，走村串户，征收粮秣柴草。杨秀华虽然目不识丁，但对征收每家每户的粮草数字，她清清楚楚地记在心里。有时过秤前，人们故意让她估计有多少，她搭眼就能估出斤两，而且悬殊不大。因此，人们送她一个外号，叫“一杆秤”。几万斤公粮，经她的手聚集到村公所，没出一点差错。为了防止日军“扫荡”，她又带领群众将公粮分散为几个点，埋藏在最安全的地方。

杨秀华是村上头号大忙人，忙得家都顾不上管。儿子和女儿只好由丈夫照应。一天，小福山领着妹妹正在大街上玩耍，远远看到杨秀华回来了，小兄妹俩飞跑到娘的怀抱，紧紧搂住娘的脖子不撒手。“傻孩子，快松松手，看娘给你们领了个小哥哥来。”兄妹俩这才看到娘身后那个怯生生的小男孩。

原来，这个小男孩叫宫柳起，父亲在敌人的“扫荡”中牺牲了，母亲也饿死了，区委将他接出来抚养。由于敌情变化无常，区委经常转移，带着个孩子很不方便，就决定寄养在一个可靠的人家。为了分担区委的困难，杨秀华主动要求收养这个孤儿。从此，宫柳起就成了杨秀华家中的一个新成员。

1944 年春，为了抗灾度荒，上级拨来一批粮食。杨秀华接到区里通知，要她两天以内带领车队从寿张一带把粮食运来。

杨秀华立即组织起 20 多名青壮年参加的运粮队。他们化装成粮贩，分成几伙，手推独轮车，日夜兼程，摸沟爬崖，躲过敌人多次盘查，按时到达指定的储粮地点。

去的时候难，回来的时候更难。队员们每人推着几百斤粮食，行进在松软的黄土路上。夜深时，他们来到封锁沟旁。这是一条东西沟，两丈多宽，一丈四五尺深，沟北不远处有一座碉堡，碉堡上灯光明亮，人影晃动，吊桥高悬在空中。杨秀华向沟内扔了个土块，四周没有什么动静，便将一根长绳坠了下去。她第一个顺绳滑到沟底，接着又滑下一部分队员。沟底的队员搭成 3 层人梯，陆续爬上沟北沿。这样，沟底以及沟两沿都布置好人后，就开始向沟北传送粮食和车辆。突然，一只野猫跑来，队员们猛地一惊，粮食哗啦倒地。

“干什么的？”几个敌巡逻兵闻声赶来，手电光上下乱照。沟上沟下一阵慌乱，趴在地上的队员们，心怦怦直跳。身在沟底的杨秀华也预感到情势危急，她压低声音对大家说："准备夺枪。"

敌人离他们只有几步了。嗖，那只野猫从敌军身边窜过，几只手电筒同时照去。"妈的，这几个畜牲整天窜来窜去，害得我们白天黑夜不得安宁，老子早晚非把它们宰了不可！"

敌人骂骂咧咧地回碉堡去了。装满粮食的布袋及车辆被队员们迅速地吊下去、提上来，全部由沟南转到了沟北。

晨曦微露，运粮队踏上了回根据地的征途。队员们你追我赶，车轮滚滚，扬起一路风尘。

早饭时，他们来到了区政府所在地——胡疃。区委书记、区长以及区里的其他干部，纷纷到村头迎接运粮队员。晨光里，杨秀华那张更显消瘦的面颊，泛起了红润……

（殷延芳　刘玉合）

人小鬼大的黄毛丫头

“人小鬼大”的小黄毛丫头叫李凤英，是冀鲁豫军区的一名八路军战士。李凤英不知道自己姓什么，也不知道父母是谁，她只知道自己有一个奶奶姓李。奶奶领着她讨饭为生，奶奶的腿在讨饭途中被鬼子的炮弹炸伤后，领着她找到了八路军 344 旅代旅长杨得志，说：“这个小姑娘是革命的后代，父母都被敌人杀害了，交给部队收养吧。”

那一年，李凤英七岁。

从此以后，杨得志旅长专门指派刘炊事员照料李凤英，她跟随旅部南征北战。扩军的时候，杨得志让李凤英和新招收的男女青年一起受训，由于年龄太小，无法参军，就跟随后勤机关活动。长期的军旅生活，李凤英养成了男孩子的习惯，爬树掏鸟、下水摸鱼，男孩子干的事她都干。指战员们都很喜欢这个“假小子”，部队首长叫她“小黄毛丫头”，八路军叔叔叫她“小妮子疙瘩”。

李凤英 11 岁的时候就正式成为冀鲁豫军区的一名战士了。参军不久，已经担任八路军第二纵队司令员的杨得志路过，见到当年收养的李凤英很机灵，又是个女孩子，就对部队领导说：“这个黄毛丫头鬼点子挺多，让她当情报员吧。”李凤英依依不舍地送别杨得志，杨得志看她衣衫单薄，专门给她买了一件棉袄。

李凤英刚当情报员，第一次执行任务就旗开得胜。她装扮成卖梨膏糖的小贩，深入一个日伪据点，为八路军传递内线情报。她机灵，嘴又甜，哄得伪军团团转，还捎带着偷了两支手枪。根据情报，县大队里应外合，发起了一次战斗，拔掉了这个据点。

人小鬼大的李凤英经常执行重要的情报任务。当地有一座玄武庙，是地下党和八路军的秘密联络点。按照约定，李凤英每逢农历二、七两日，必到玄武庙取情报，就是天上下刀子她也从未间断过。有一天，李凤英到庙里取情报，被两个汉奸盯上了，看着摆脱不开，趁汉奸不注意，她把情报吞到了肚子里。汉奸把李凤英带回去，软硬兼施，她就是不承认。敌人用皮鞭把她抽昏过去，以为她死了，就把她扔到野外。这时候，八路军派人来寻找她，正巧碰上救了她。

1945 年，14 岁的李凤英担任姐妹团团长。一天，接到军区指示，要她把一位叫杨秀清的女同志接到韩楼村。那一天，韩楼村来了一个讨饭女孩，头发又脏又乱结成了疙瘩，端着破碗，拿着讨饭棍，挨家挨户地乞讨，她就是李凤英。她化装成乞丐来韩楼村勘查地形。李凤英往回走的时候，迎面碰上了一伙"还乡团"，那个"还乡团"头目看了她一眼，便匆匆而过。李凤英回去以后，接到了杨秀清，一路上巧妙周旋，把杨秀清安全送到了韩楼村。

两个月后，李凤英奉命接杨秀清返回根据地，她和化了装的战友们一起护送着杨秀清躲过敌人的暗哨，经过层层关卡，渡过黄河，然后由军区派来的一辆马车顺利接走了。后来她才知道，她接送的杨秀清，真名叫卓琳，是邓小平政委的爱人。就在返回途中，不是冤家不聚头，李凤英又遇见了那股"还乡团"，那个头目派人叫她过去问话。李凤英见势不妙，躲入油坊，但还是被敌人搜了出来。头目逼问她的身份，她说她是要饭的，头目挥起一刀，割伤了她的脖子，她倒在地上，血流如注。在这危急时刻，负责掩护李凤英的地下交通员朱继堂上前对"还乡团"的头目说："司令，她是个小要饭的，在咱这一带好几年了。"

朱继堂从衣袋里摸出几块大洋，悄悄地塞在"司令"的手里，赔着笑说："司令，我担保。""还乡团"扬长而去，身负重伤的李凤英醒来就对朱继堂说："转告领导，任务完成了。"刚说完，又晕了过去。

1946 年 10 月，鄄南战役打响，刘邓大军消灭国民党军队近万人。在战斗中，李凤英没日没夜地组织群众做好部队的后勤保障工作，还主动救护伤员。战斗胜利结束了，疲乏至极的她经过战场时，被敌人的死尸绊了好几个跟头，最后倒在一匹死马上，呼呼大睡。打扫战场的部队发现了，把她带回驻地休息。刘伯承司令员、邓小平政委亲自接见了她，刘伯承司令员夸奖她："小黄毛丫头真了不起。"邓小平政委表扬她："人小鬼大，大有可为。"

（张炯　邵磊）

革命伴侣血染大青山

1941年11月30日凌晨，陈明率省战工会机关与山东分局、115师等机关人员向费县境内的大青山地区转移。当队伍突遭三面包围时，陈明马上把山东分局、战工会和抗敌协会的警卫分队集合起来，迅速占领附近高地，掩护队伍向望海楼方向突围。

敌人越来越多，火力越来越猛烈密集，突围的战场很快就变成了火海。突围中，陈明双腿负重伤，4名随行人员有3人已牺牲，只剩下19岁的警卫员小吴。他对小吴说："我跑不动了，你赶快跑，多活一个是一个。"小吴坚决不从，要背陈明一起走。陈明严厉命令他："这是战场，你要服从命令！你给我走！"小吴刚离开，敌人就围住了陈明，他佯装不堪伤势疼痛，无力反击。等鬼子逼近时，他突然对敌人连开3枪，打死3个鬼子，剩下的最后1颗子弹，对准了自己……

陈明曾经当过福建临时省委书记，到莫斯科列宁大学学习过，参加过长征，当过115师政治部主任，是出了名的理论家。他在《大众日报》上发表的《关于芬兰问题和帝国主义的反苏阴谋》的文章，在国内外舆论界都产生了一定影响。

陈明喜欢辛锐，在山东党政机关尽人皆知。他十分欣赏《大众日报》上辛锐设计的报头，后来在山东分局党校见到了这位端庄美丽的名门才女。在爱情的道路上，陈明追了辛锐一年多后，两人结为革命伴侣。

如果说陈明从遥远的南方来到沂蒙山打日本鬼子是形势造成的话，那么，在齐鲁大地上遇到辛锐好像是命中注定。当陈明把枪对准自己的头部准备牺牲的那一刻，辛锐的双腿被鬼子打断，腹部也中了一枪。

太阳落山时，日寇收兵了。卫生二所所长刘御立即组织医务人员回到大青山，将伤者背到蒙山的庙里进行治疗。辛锐被诊断为大腿部枪伤骨折。在那种恶劣的环境下，刘御一面安慰辛锐，一面用夹板帮她把大腿部固定住。

当夜，辛锐被抬到山东纵队野战医院第二医疗所驻地——火红峪村。在村民聂凤立和聂风举兄弟俩的提议下，医护人员给辛锐找了个矮而宽阔、进出口小的山洞藏身。洞的地面高洼不平，医生用干草铺好，辛锐强忍着疼痛躺在里面。

16 天后，大青山上空万里无云，太阳暖洋洋地照着大地。医生带着医护小组将重伤的辛锐移出洞外晒太阳。当天晚上辛锐没有回到洞里。不料，第二天早晨，一股撤退的鬼子路过这里，他们包围了火红峪村。二所的韩波和另一个男同志与老聂兄弟俩急忙抬着辛锐往外突围。但敌人追上来了，机枪响个不停。辛锐说："你们放下我。"抬辛锐的人说："不行，我们的任务就是把你转移出去。"鬼子边追边喊："抓活的！抓活的！"辛锐着急地说："现在不可能了。你们放下我，咱能活下一个就活下一个。"韩波抓住辛锐死死不放手，但辛锐自己坚持从担架上滚了下来。危急之中，韩波她们只好将身上的三颗手榴弹给辛锐留下，把辛锐放在两块大石头之间后，翻过一个小山包撤退了。

辛锐把手榴弹掖在胸前，用棉被裹着前胸，背靠着大石头庄严地坐在地上。鬼子叫喊着"女八路"冲了上来，辛锐扔出一颗手榴弹，炸死几个鬼子。鬼子又冲了上来，辛锐再次扔出一颗手榴弹。鬼子开枪射击，一颗子弹射中了辛锐。当围上来的鬼子用力拉开辛锐的被子时，只听一声巨响，第三颗手榴弹在鬼子中间炸开了。

辛锐追随丈夫陈明而去，他们的鲜血染红了大青山，年轻的生命永远留在了大青山！

（张西　黄永仓）

马石山十勇士

1942年，敌后抗战正处在最艰难的时期，侵华日军对山东抗日根据地进行更加频繁的“扫荡”。胶东半岛由于其独特的战略位置，一直被日军作为往来海上与华北之间的重要通道和“以战养战”的补给基地。

11月8日，日军华北方面军司令官冈村宁次亲抵烟台部署大“扫荡”。11月23日，敌人完成了对马石山区的合围。被“网”入内的，就有刚完成押送旧冬装任务后经过这里的第13团7连2排。为便于突围，7连指导员许圣亭指示以班为单位分头行动。6班10名战士在班长王殿元的带领下，行动十分顺利，从马石山西坡突围。可当他们从一个老乡口中得知，还有上千群众被围困在山沟里时，马上就停了下来。

班长王殿元不安地说：“看来山上的乡亲要遭难了。”大家毫不犹豫地表示：“回去救他们！咱们一定要带领他们突围出来！”

回去，就等于把自己送回虎口。然而，没有一人迟疑，没有一人退缩。他们在班长王殿元的带领下，立即返回山里寻找被困群众。

马石山的西坡上，被困的群众突然看到八路军战士，惊喜地围了过来。这无疑是死亡线上看到生的希望，可随即大家就又不安起来。他们看到，除了他们，后面再没有其他部队了，总共才10个人，日本鬼子却有成千上万。小战士王文礼早已看出老乡们的心思，抢前一步说：“乡亲们请放心，我们生死都和大家在一起！开路的任务交给我们，我们一定要把大家全部带出去！”

马石山主峰高460多米，北面是悬崖峭壁，东西两面坡也较陡，只有南面的坡度比较平缓。天黑后，按照事先研究好的计划，王殿元去探路，其他战士分头把老乡们集中到西北坡的一条长沟谷里。午夜时分，在一位牧羊老人的指引下，王殿元带着乡亲们转移。快到沟口时，只见火堆旁几个黑影一闪，敌人的哨兵已被王殿元他们干掉了。乡亲们马上涌出沟口，消失在夜幕之中。

战士们回头又向山上奔去。很快，又集中起了一批群众，带领他们突围。而后，他们又返回马石山，途中遇上了黑压压的一群人，一问是海阳八区的，有300多人，带队的是一个姓赵的村农救会长。

王殿元向赵会长打听山上群众的情况，赵会长说逃难的群众分散在山沟里，估计还有不少。王殿元当即决定把全班分成3个小组，两个组根据赵会长提供的情况继续分头寻找，尽快把他们集合到“出口处”来，他自己率两名战士先带领海阳八区的这批人突围。

由于天黑摸错了方向，王殿元他们顺着一条小山沟出来，而这条小山沟却是敌人的另一处防线。这时已是凌晨三四点钟。王殿元当机立断，带领两名战士用老办法重新开了“出口”，使海阳八区的这批人也安全地突出了敌人重围。

这时，赵会长说：“天快亮了，再回去太危险了，一起走吧。”王殿元说：“山里还有老乡没走啊！”说完，又和战友们一起回到了马石山。

另外两组又集中起了一批群众，王殿元顺着长沟谷把群众带到原先那个“突破口”。可就在这时，“突破口”被敌人的流动哨发现了，敌人立即鸣枪报警。于是，很快枪声大作，一批敌人朝“突破口”冲来。

由于距离太近，天又刚蒙蒙亮，能见度差，双方都无法射击。人们看到的只是一大团搅在一起的黑影，听到的也只是一声紧一声撕心裂肺的搏击声。狭路相逢勇者胜。在6班英雄的凌厉攻势下，日本鬼子终于退缩。6班战士1人牺牲，王殿元、王文礼等多人受伤。

老乡们陆续突围出去，又陆续从各沟各坎汇集过来。他们看到战士们受了伤，都赶过来为他们包扎伤口。王殿元着急地催促他们：“别管我们，趁天还没大亮，大家赶快跑。”

等他们在马石山西南侧山沟里又找到一批老乡时，天已大亮。山下的日军已重新部署、集结，此时，只剩下硬冲一条路了。王殿元见到他们就大喊：“乡亲们，不能在这儿等死，快跟我冲出去！”在王殿元的带领下，老乡们开始有秩序地行动。他们走出山沟，转过一个山包，突然与一队全副武装的鬼子遭遇。王殿元大喊一声：“冲啊！”9名战士像9只猛虎，大声喊着就往敌群冲去。趁这个机会，乡亲们就势又冲出了一批。激战中，又有3名战士牺牲了。

天亮后，敌人开始“收网”，天上的飞机、地上的大炮向马石山合拢。王殿元他们只好且战且退，慢慢退上了马石山主峰，又有3名战士壮烈牺牲。这时，他们的子弹打光了，手榴弹也剩最后一颗了。于是，他们用刺刀、用枪托、用石块继续与敌人做最后的生死决斗。敌人像蚂蚁一样爬上了山坡，在最后关头，在马石山主峰上的平顶松下，班长王殿元、机枪手赵亭茂和战士李贵紧紧地抱在一起，拉响了最后一颗手榴弹，与敌人同归于尽。

6班10名战士虽没能留下一份完整的名单，但他们却在群众心中树起了一座丰碑，赢得了一个共同的光辉名字——马石山十勇士。

（孔庆珊　于安丰　管水锁）

祝庄十八勇士

1941年初夏，遍野的小麦已经成熟，梁山县小安山脚下祝庄村的群众，正在紧张地抢收。村里的民兵，一边在地里收割麦子，一边严密地警戒日伪军的侵袭。一旦发现敌情，就立即投入战斗，保护群众，防止敌人抢粮。

四月中旬，梁山脚下张坊町子里的日伪军，曾在小安山一带进行“扫荡”，遭到我广大群众和民兵的迎头痛击。陷入重围的一百多日伪军，最后由于郓城出动了大批增援部队，才免于全部被歼。

日伪军吃了这次亏，恼羞成怒，决心进行报复，血洗小安山一带。端午节的前夜，驻泰安、菏泽、郓城等地的日伪军出动1000余人，汽车29辆，从郓城、小吴、东平三路扑向小安山。

6月6日，天还没有亮，祝庄村民兵像往常一样在地里保护群众麦收。刚吃过早饭，放哨的民兵就发现了日伪军的便衣队，民兵队长祝贵合一声令下，30多名民兵投入了战斗。民兵们一阵猛打猛冲，便衣队抵挡不住，掉头逃跑了。

天近半晌，接到便衣队报告的日伪军，在炮火的掩护下，从三个方向合围攻击祝庄民兵，疯狂报复。形势十分危急，队长祝贵合当即决定，留下18名民兵阻击日伪军，其余民兵保护群众转移。

群众安全转移后，18名民兵遭敌四面包围。利用战斗间隙，民兵们迅速撤到村内，占据村南村北两个炮楼，集中火力，狠狠打击扑上来的日伪军。战斗越来越激烈，日伪军的包围圈越来越小。民兵们毫不畏惧，决心与日伪军血战到底。为了集中火力，民兵队长祝贵合果断决定，全部民兵收拢到村南的炮楼上。

下午2时左右，固守炮楼的18名民兵，已打退日伪军十几次冲锋，击毙日伪军26人、打伤日伪军数十人。在敌我力量悬殊的情况下，13名民兵献出了宝贵的生命。队长祝贵合右手被打断，腿也被子弹穿透，但他咬牙坚持指挥战斗。日伪军伤亡惨重，仍无法夺下炮楼，恼羞成怒之下，便向炮楼里施放了毒气。幸存的5名勇士中了毒气，呛得口鼻出血，两眼流泪，失去了战斗力。日伪军乘机抢占了炮楼，5位民兵战士也落入敌手。

日伪军用遍种种惨无人道的手段，甚至挖眼割耳，都无法令5位勇士屈服。敌人将祝贵合的锁骨穿透，将他拉到村南的土坑里，用刺刀穿透了他的胸膛，最后放火将他烧死。其余4名勇士，也先后死在了敌人的屠刀之下。随后，日伪军还烧光了村里的所有房屋，家禽和牛羊也都被日伪军洗劫一空。村里凡是能带走的都带走了，不能带走的被日伪军付之一炬。

日伪军退去后，陆续回到村里的乡亲们，看到那些被烧焦的房屋和18具尸体，纷纷落泪，痛骂日伪军的恶行。

祝庄突围战敌我力量悬殊，但中国人民宁死不屈的英雄主义精神，令一时取胜的日寇心惊胆颤。18名民兵勇士用鲜血和生命谱写了一曲抗日壮歌。

历史将永远铭记这惨烈的一幕，也将永远铭记这18位勇士的名字。他们分别是：祝贵合、祝贵金、祝圣让、祝有余、祝学才、祝学稳、祝圣谟、祝学功、祝学勤、祝学明、祝圣居、祝贵芳、祝圣印、祝有海、祝贵滨、祝贵秘、祝贵江、祝学言。

（安宁宁）

十五勇士跳山崖

1940 年，抗日战争进入极端困难的相持阶段，驻济南日军调集大批兵力，制定“清剿”计划，对泰西抗日根据地峰山县（今长清区）进行疯狂“扫荡”。为粉碎敌人的阴谋，上级命令八路军独立营一连连长孔步健、指导员田化一率部回到黄河以东，开展游击战，以减轻大峰山根据地的压力。

7 月 23 日，孔步健、田化一率领一连 100 余人，东渡黄河侦察以朱存祯为首的地方反动武装“红枪会”情况，寻机打击敌人的嚣张气焰。傍晚时分，他们东渡黄河后，分别驻扎在庄家楼和涧东村。但由于目标较大，被在小屯村和坦山“扫荡”的鬼子发现。鬼子一边包抄独立营，一边调集驻孝里镇石岗村、马山镇孙土村、峰山县城和张夏的鬼子。一连战士发现情况后，迅速向东面的卧牛山撤退。卧牛山海拔 338 米，因山形似卧牛而得名，植被茂密，山势险要。鬼子在朱存祯的带领下，从三面包围了卧牛山。一连官兵据守要地，先后 4 次打退了敌人的疯狂进攻。7 个小时过去了，鬼子的伤亡越来越大，见山寨久攻不下，于下午 2 点左右又从济南调来七八百个鬼子和伪军，从山北面的柿子园村向卧牛山直扑而来。面对数倍于己且武器精良的鬼子，一连官兵毫不畏惧，同敌人展开了激烈战斗。

日伪军求胜心切，企图速战速决，一开始就发起猛烈进攻，战斗打得异常激烈。一连官兵凭借制高点，避重就轻，声东击西，打退了敌人一次又一次的火力进攻。为了集中力量，一连将坚守水母山的二排四班撤回主阵地，战士们充分利用卧牛山西面和南面坡陡崖高、易守难攻的优势，死死牵制住了敌军。

几百个鬼子被一连战士严密的火力压制在山下的洼地里。之后，恼羞成怒的敌人调来火炮发起攻击。由于双方力量悬殊太大，一排长张金霖负伤，许多战士壮烈牺牲。为保护有生力量，孔步健、田化一决定，由田化一带领二排迅速转移到卧牛山寨东面山头，掩护全连向东撤退。此时，鬼子步步紧逼，将一连大部分官兵逼至东面、东北面的悬崖上。全体战士英勇顽强，不怕牺牲，当手榴弹、子弹全部用光后，他们忍痛砸碎手中枪支，将零部件扔下悬崖，又举起石块向日伪军狠狠地砸去。日伪军发现他们打光了子弹，一窝蜂地向山顶冲来。在这你死我活的危急关头，田化一大声喊道："同志们，我们已经突围不出去了，独立大队都是有骨气、有血性的，绝不当孬种，绝不向鬼子投降。"说完，田化一将战马推下悬崖，高呼"中国共产党万岁!"便纵身跳下了悬崖，战士们看到指导员跳了山崖，也宁死不屈，相继跳了下去。田化一跳崖后落到了战马身上，昏死过去，后被战士救起转移到庄家庄村。七班长周长富，连部通讯员朱士庆、孙兴富，战士袁光石、袁庆凯、张正坤、孟宪忠、张丕田等14名战士壮烈牺牲。他们用生命和鲜血向敌人展示了八路军的英雄气概。

十五勇士跳山崖的壮举，表现出了八路军战士敢于牺牲的革命英雄精神和坚贞不屈的民族气节，他们的英雄壮举比"狼牙山五壮士"早一年零两个月。

（李士民　刘明奎）

一马三司令

“一马三司令，得了抗日病；专打日本鬼，保护老百姓。”这是抗日战争时期，在鲁北清河平原、鲁中胶济铁路沿线，广泛流传的一首民谣。“一马三司令”说的是八路军山东纵队第三支队司令员马耀南、渤海军区第六军分区副司令员马晓云和山东人民抗日救国军第五军第一支队司令员马天民。

马耀南、马晓云、马天民一母同胞。他们出生于长山县三区（今淄博市周村区张坊乡）北旺庄一个比较富裕的农民兼手工业者家庭。大哥马耀南从爱国学生到八路军优秀指挥员，为清河区抗日武装的创建和抗日根据地的开辟做出了重要贡献。在马耀南的影响带动下，二弟马晓云、三弟马天民都积极参加抗日斗争，走上了革命道路，成为抗日民族英雄。

1937 年 8 月的一天晚上，马耀南在家中向马晓云、马天民讲述了七七事变。马耀南坚定地说：“我们决不能当亡国奴，应当组织民众拿起武器，和日本鬼子血战到底。”兄弟三人开始商量拉队伍、筹枪支，决心与日本鬼子斗争到底。

1937 年 11 月初，马耀南决定在长山中学秘密组织抗日游击训练班。为了防止干扰破坏，训练班对外称“民众夜校”，马耀南亲自担任校长。

1937 年 12 月 24 日，日军空袭了邹平、长山一带。马耀南和党小组果断决定，带领 60 多名长山中学师生奔赴黑铁山举行武装起义。

从此，山东人民抗日救国军第五军的红旗在黑铁山高高竖起，马耀南任第五军临时行动委员会主任兼参谋长。

从 1938 年 1 月开始，山东人民抗日救国军第五军先后取得了小清河伏击战、三官庙战斗的胜利。3 月初，由于日军抽调兵力进攻徐州，马耀南联合友军收复了邹平城。

当马耀南率领5000多人收复邹平城后，山东省政府主席兼苏鲁战区副司令沈鸿烈派人送来委任状，任命马耀南为“鲁北行署抗日纵队司令”。对此，马耀南嗤之以鼻，将委任状撕了个粉碎。

之后，山东人民抗日救国军第五军改编为八路军山东纵队第三支队，马耀南任司令员。1938年10月，马耀南光荣地加入了中国共产党。

1939年6月6日，三支队在邹平城西北的刘家井一带集结，遭到6000多日伪军包围，处境十分险恶。马耀南和杨国夫指挥三支队顽强反击日军，并多次同日寇展开肉搏战。7月21日，部队转移到桓台县牛旺庄，又遭日寇三面包围。马耀南所部经过一昼夜的英勇战斗，决定向东转移。第二天，当马耀南率部撤到紧靠牛旺庄东侧的大寨村时，突遭日军伏兵射击。马耀南在身负重伤的情况下，用手枪击毙好几个鬼子。当一个鬼子向他刺来时，他用最后一颗子弹把那鬼子的手臂打断，并用手枪击破了鬼子的脑壳。马耀南终因流血过多而壮烈殉国，年仅37岁。

1939年10月14日拂晓，敌人包围了在大辛庄组织抗日斗争的马天民。马天民一边射击，一边撤退。当撤到大辛庄西南的一片墓地时，敌人对马天民形成了三面合围，向他步步逼进。马天民仍坚持战斗，一个个日寇、汉奸倒在了他的枪口下。最后，发疯了的敌人用机枪、步枪一齐朝着马天民猛烈射击。马天民为中华民族的解放事业流尽了最后一滴血，牺牲时年仅29岁。

枪声停止了，凶狠的日本鬼子像疯狗一样扑上来，在马天民身上连捅数刀，残忍地将他的头颅割下来，挂在汽车上拉进了长山城。万恶的日寇做了一个假人身子，穿上衣服，将马天民的头安上拍了照，登在日伪报纸上。接着，日寇又将马天民的头颅挂在长山城十字街口的旗杆上示众，妄图以此镇压人民的抗日斗志。

大哥马耀南、三弟马天民牺牲的消息，强烈地震撼着马晓云。从延安学习回来后，马晓云先后担任清西军分区副司令员、渤海军区第六军分区副司令员。1944年8月，在青城王家庄战斗中，马晓云不幸中弹，壮烈牺牲。

（杭启忠）

一村七烈士

沿聊（城）高（唐）路出聊城北行 5 公里，就到了北城街道北杨集村，北杨集烈士纪念亭就坐落在这里。北杨集烈士纪念亭是为纪念在抗日战争中为革命献出宝贵生命的北杨集“七烈士”而建的，他们顽强抵抗侵略者的壮举家喻户晓。

1937 年，中共地下党组织派袁本恒来北杨集村秘密开展抗日工作，赵春华、赵春湖、翟修安等人积极响应，先后被发展为中共地下党员，建立了以赵春华为书记的聊城农村第一个中共地下中心支部。

到了 1938 年，地下党员发展到 19 人。党组织以地下党员为骨干，成立了农民互助会，与当时伪村长翟东成为首的土豪劣绅进行斗争，伪村长翟东成被迫退位下台，翟修安担任了北杨集村第一个共产党领导下的村长。从此，地下党组织掌控了北杨集村的基层政权。

抗日战争全面爆发后，鲁西民众被蹂躏于日寇铁蹄之下，沈廷梅来北杨集帮助地下党组织开展工作，成立了聊城东北地区委员会，沈廷梅担任工委书记，赵春华任民运部长。聊城东北地区委员会组织秘密武装，在聊城、茌平、博平三县边界上不断打击敌人。他们扒公路、割电线，掐断敌人的通讯联系，使日本鬼子处处挨打受挫。

日本鬼子恼羞成怒，责令当时聊城伪县长李汉章，限期找到共产党在北杨集的落脚点。翟东成卖身投靠日寇，写下地下党员和积极分子的名单告密。1940 年 4 月 20 日清晨，日寇汉奸突然包围了北杨集，男女老少都被赶到耿家大院里，翟东成也假装被捕，被绑在了汽车上。日本鬼子逼着群众一个个从汽车跟前走过，经过时，只要翟东成闭一下眼睛，这个人就立刻被抓起来。

赵春华挺身而出，怒视着日本宪兵队长龟田和日本翻译南云成说：“你们不是找我吗？我就是赵春华。”

南云成翻译给龟田。龟田拉着指挥刀，围着赵春华转了一圈，仔细打量了一番这个有名的、令国民党和日本人都感到棘手的共产党员。然后，他伸出手指，作了个八字型：“好，好的，你的这个？”

“对，我就是八路军。”赵春华昂首挺胸，声音铿锵有力。

龟田嚎叫一声，南云成翻译道：“太君问你还有谁是八路？”

“北杨集就我一个，与他们无关，不要残害北杨集无辜的百姓。”

“嗯！”龟田龇牙咧嘴一笑，摇了摇头，把南云成手里的名单拿过来晃了晃。

群众被汉奸押着，一个个走过，南云成逐个问着名字。当翟修安走过的时候，他问道：“你叫什么名字？”

“翟敬申。”翟修安临时改了名。

南云成看了看名单上没有这个名字，正在犹豫时，只见被绑在汽车上的翟东成闭了一下眼，翟修安立刻被拳打脚踢，绑了起来。

就这样，北杨集村的7名地下党员和60多名群众被捕了。

赵春华等同志被捕后，在狱中跟日本鬼子进行殊死的斗争，表现出了共产党人的英雄气概。凶残的敌人，用压杠子、灌辣椒水、火烙等惨无人道的酷刑进行审讯逼供，赵春华等人被打得死去活来，皮开肉绽。王宪伦在狱中被敌人用凉水灌满肚子，踩出来再灌，用火烧得两腋流油，但他咬紧牙关，始终没有背叛组织。

他们不愧为民族的英雄、坚强的共产党人。面对敌人的屠刀，他们视死如归，敌人的严刑拷打，最后得到的是慷慨激昂的痛斥：“你们这些强盗、畜牲，侵我国土，杀我人民，这笔血债中国人民是早晚要叫你们偿还的！”赵春华等三位同志，最后在聊城被日寇杀害，英勇就义。

翟修安等四位同志1940年被日本鬼子押往济南，1944年冬在济南光荣牺牲。

赵春华、赵春湖、翟修安、王宪伦、张子杰、翟林臣、耿玉明七位烈士，为祖国，为人民，为革命，献出了宝贵的生命，他们生的伟大、死的光荣。

1947年，北杨集村李兰东等24名村民捐款修建了革命烈士纪念亭，树起了纪念碑，刻下了革命烈士的英名，以纪念革命先烈，褒扬他们的英雄事迹。

（刘云龙　谷吉灿）

一门三英烈

在烟台市牟平区姜格庄街道上庄村，有一座老式四合院，房屋的主人名叫于立仁，是个晚清秀才，当了一辈子私塾先生，为人正直，治学严谨，精通医道。于老先生有两个儿子，大儿子于一心 1910 年出生，次子于己午 1915 年出生，弟兄俩幼年时代都受过良好的家庭教育。就是这一家，在战争年代出了三名烈士，成了牟平最著名的“烈士之家”。

1930 年，于己午考入烟台八中，“九一八”事变后，无数同胞惨遭蹂躏，胶东大地兵匪横行。他在日记中写道：“中国的前途何在?”他内心深深地为中国命运担忧。

1934 年，于己午考入济南师范学校，1935 年加入中国共产党，走上了革命道路。在党的教育下，他阅读了大量进步书刊，思想觉悟提高很快，并将读书心得写信告诉在威海教书的哥哥于一心。兄弟二人，书信往来，共同寻求救国救民的道路。

抗日战争全面爆发后，日军的战火燃遍华北大地，中华民族处于生死存亡的紧急关头。于己午与上级党组织派回胶东的林一山取得联系，积极准备发动武装起义。此时，于己午在牟平东关租了一间小屋作为活动场所，联系进步青年学生，开展抗日活动。

1938 年 2 月，烟台和牟平相继沦陷。同月，山东人民抗日救国军第三军一举攻克牟平城，与日军激战雷神庙，打响了胶东抗战第一枪。于己午响应“每一个优秀的共产党员，应该脱下长衫到游击队去”的号召，投笔从戎，奔赴抗日第一线。不久，他又写信给哥哥和妻子，动员他们一起参加革命。于己午的妻子来到部队，同志们见她是个大家闺秀，对她能否经受住艰苦斗争的考验感到担心，就跟于己午开玩笑：“你妻子是青岛圣功女校培养的高材生，只配做贤妻良母，哪能到前线来受这份苦?”于己午听后收敛了笑容，严肃认真地回答:“狼进了屋子，咬伤了母亲，孩子能不拿起武器反抗吗?”爱国之情溢于言表。

于家一门，在抗战初期有 3 人参加革命，很快引起了敌人的注意。他们今天来查户口，明天来“搜八路”，不断地找麻烦，搅得于家不得安宁。但是，敌人的骚扰和迫害，丝毫没有动摇于己午一家人抗日报国的决心。在困难时刻，已是垂暮之年的于立仁，毅然重新开业行医，以解决家庭的斗米之炊。

1939 年夏，于己午任胶东区委党委秘书兼政府工作部部长；1941 年 2 月任西海地委书记，并先后兼任西海指挥部、西海军分区政治委员等职。

于一心参加革命后在北海地区工作，不久后加入中国共产党，后来任西海军分区参谋长。

1942 年，抗日战争进入最艰苦的阶段。日军纠集了两万余人，对我胶东抗日根据地进行残酷的大“扫荡”。西海地委为了摆脱敌人的包围，遂向东转移，争取靠近主力部队，与敌人周旋。

12 月 22 日拂晓，于己午率西海领导机关行至莱西的柳连庄时与敌人遭遇，回撤到萌山地区，又被敌人四面包围。机关当即决定，由司令员赵一萍、政委于己午、参谋长于一心各带一个排，掩护党政机关突围。

敌人像蝗虫一样从四面八方围扑上来，空中敌机轮番轰炸，密集的枪炮声震耳欲聋。小小的萌山，子弹呼啸，突围战斗持续了几个小时。最后，终因敌众我寡，于氏兄弟未能突出重围，血洒萌山，壮烈牺牲。

1946 年，于一心烈士的长子、刚满 17 岁的于凤翔继承先烈遗志，怀着报国仇、雪家恨的决心，毅然参加了中国人民解放军。1950 年，他带着满身征尘，走上了抗美援朝、保家卫国的最前线。在朝鲜战场上，他作战勇敢，屡立战功。1952 年，于凤翔的热血洒在朝鲜的国土上。

（林琳　孔庆珊）

父子三杆枪

“父子三杆枪”是抗日战争和解放战争时期，鲁西南地区革命群众对菏泽三区武工队武委会主任田泗德及其两个儿子的统称。

1942年10月，田泗德加入武工队后，先把长子田兆稳带进武工队，后来又把10岁的次子田兆迎也吸纳进来。田泗德在行军打仗中考虑缜密，每到一地，就对周边地形先摸清探明，做到进退了然于胸。抗战时期，日伪军“扫荡”安兴李庄村，恰逢三区武工队由副队长带队外出执行任务，仅田泗德一人留守。在十分危急的情况下，英勇善战的田泗德腰间插两支短枪，手持一杆长枪，快马加鞭、孤身一人赶到李庄，弹无虚发，枪枪毙敌。敌人见有武工队神枪手伏击，慌忙撤出李庄。田泗德只身退敌的英勇事迹在当地群众中成为佳话口口相传，后被抗日名将杨得志誉为“常胜将军”。

长子田兆稳是三区武工队出了名的“拼命三郎”，习惯赤膊上阵，双手稳端机关枪冲锋在前。有一次，因叛徒出卖，他被便衣队围困在一片墓地中，手持两支短枪和敌人对峙。

敌人知道他枪法精准，不敢靠近，只是远远地躲藏在墓后胡乱打枪和喊话劝降。田兆稳看到身后是开阔地，敌人不攻，一时也无法突围，如此僵持下去，子弹一旦打光，后果不堪设想。他灵机一动，把双枪放在地上，喊道：“不打了，枪你们拿走吧。”敌人见他有归降之意，又欺他孤身一人手中无枪，就大胆地围了上来，准备抓个抗日分子回去领赏。田兆稳见敌人中了诈降之计，当敌人靠近到四、五米的距离时，迅速用脚尖挑起一支20响的匣子枪拿在手中，砰砰砰一阵点射，将敌人全部打倒在地，随后从容地带上缴获的武器归了队。

次子田兆迎10岁时就能双手使枪，百发百中。日伪军在三区武工队主要活动区域修筑了几座炮楼，伪军常常凭借坚固的工事射杀可疑目标。武工队的活动因此受到极大限制。为粉碎敌人的诡计，武工队决定派狙击手清除炮楼内的敌人。经武工队成员仔细研究分析，认为仅仅10岁的田兆迎，年龄小、目标小，不易引起敌人的注意，便于隐蔽，况且枪法好，比较适合执行此次任务。田兆迎接到任务后，怀揣两个烧饼，扛着裹在衣服里的长枪悄悄埋伏在附近的青纱帐中。他把枪口死死瞄准炮楼上的敌人，轻轻扣动扳机，枪无虚发。炮楼上的敌人不敢再待下去了，就躲在炮楼里面由射击孔向外面胡乱打。田兆迎不愧是神枪手，他通过洞穿射击孔击毙敌人。就这样，少年怀揣两个烧饼，穿梭在敌伪军的炮火中，一口气打遍四个炮楼，打得敌人魂飞魄散。自此，敌伪军便整天龟缩在炮楼中，再也不敢嚣张，而武工队又可以大展身手了。

田氏三父子枪法奇准，威震敌胆，被传为佳话。“父子三杆枪”后来便成为三区武工队的代称。

（田恩众　谷吉灿）

抗日英烈杨静斋

杨静斋，1888年生于东平县（现济宁市梁山县小安山镇）杨堤口村一个地主家庭，1913年考入北平大学法律系学习。毕业后，他积极从事社会活动，疾恶如仇，深孚众望。

抗战全面爆发后，日军轰炸东平县城，国民党东平县长孙永汉潜逃，城内一片混乱。1937年冬，万里、田子珍等在梁山一带发动群众，筹建抗日武装。杨静斋闻讯后，满怀激情地参加了抗日武装筹建工作，带头捐献枪支，动员了部分爱国人士秘密参加。翌年春，这支抗日队伍在永安寺（今属梁山县拳铺镇）成立，这是梁山一带第一支抗日武装。

当时，东平县有个国民党员叫耿仁山，是东平县教育局长。孙永汉潜逃后，他浑水摸鱼，借机成立了政训股，自任股长，企图控制爱国知识分子的抗日活动。他秘密策动县长姚孟源，以“抗日越境”的罪名逮捕了共产党员王伯谋和爱国知识分子田怀仙。

杨静斋听说王伯谋、田怀仙被姚孟源逮捕后勃然大怒：“抗日救国，何罪之有？”第二天，杨静斋、郭复先踏着没膝深的大雪赶赴东城，同姚孟源进行了面对面的说理斗争。在民族大义面前，姚孟源理屈词穷，只得释放王、田二人。

抗日的烈火锻炼着杨静斋。他曾对人断言：“救中国者，非共产党莫属！”因此，他以强烈的报国热情投身到中国共产党的活动之中。1938年夏天，日寇占领东平县城以后，地下共产党员周持衡、郜鲁风分别出任国民党东平县长、秘书，杨静斋不辞劳苦，东奔西走，发动东平湖西七、八、九区的区长，在政治上、财力上给周、郜以配合，有力地支持了抗日政权的工作。

1939年3月，八路军115师一部挺进鲁西。为配合八路军的活动，杨静斋亲自跑到道沟村，会见杨勇。杨勇早就听闻杨静斋拥护中国共产党，拥护抗日，为抗击日寇入侵做了很多有益的工作。因此，他们一见面，杨勇就操着浓重的湖南口音风趣地说："杨先生，你的大名我早就听说过了，你姓杨，我也姓杨，咱们是一家啰！我来梁山，人生地不熟，你可要多指教噢！""咱们梁山有句话，叫作'倒磨砸碾——石打石'，只要你说的，咱就照办不误！"说罢，两人紧紧握着手，放声大笑。自此，杨勇常来杨静斋家中过夜，两人志同道合，谈古论今，常常谈到鸡鸣破晓。

是年8月，梁山战斗以后，日寇悬赏捉拿杨勇，杨静斋心急如焚。他召集郭复先、宋琴轩等商量如何保证杨勇等同志的安全。事后，大家想了很多办法。他利用一切关系为杨勇等同志提供方便，危急时，杨静斋经常亲自安排得力的人用小木船把杨勇送到东平湖里隐蔽，并派人送饭。

1940年4月，共产党领导的鲁西行政主任公署成立大会在戴庙村召开，52个县的各界代表参加了大会，以杨静斋对抗日救亡和地方政权建设的贡献，与会代表一致选举他为行署主任委员。

"东平州，十年九不收，遍地水茫茫，鸟兽也发愁。"这是流传在东平湖区的一首民谣，也是该地区自然景况的真实写照。特别是日寇入侵以来，兵荒马乱，东平湖区沟渠堵塞，堤坝失修，长年积水，大片良田被淹，群众啼饥号寒，苦不堪言。

杨静斋赶到行署，汇报灾区情况，提出"以工代赈治理东平湖"的建议。建议立即得到采纳，并迅速成立了治湖区委员会，杨静斋任主任。

经过5个月的紧张施工，终于使湖水退出，得耕地5000顷。长年受灾的五六万群众有了地种，有了饭吃。在施工的5个月里，他没回过一趟家，群众感动地说："为了俺们，杨先生真是操碎了心！杨先生的大恩大德，俺永世不忘！"每当听到这些，杨静斋总是笑着说："这是共产党叫我办的，您就报答共产党的恩德吧！"

1942年9月27日，杨静斋在日伪"铁壁合围"大"扫荡"中，不幸光荣牺牲，时年54岁。

1946年，为纪念杨静斋烈士，冀鲁豫边区政府、边区临时参议会等在梁山安民山南麓修建了高3米的六面体墓碑（1983年迁至梁山县革命烈士陵园）。碑上镶刻着万里、杨勇、宋任穷、段君毅、邵子言等领导同志题写的挽词，碑的正面镶刻着徐达本同志题写的"名馨湖山"四个刚劲有力的大字。

（安宁宁　刘辉）

爆破大王于化虎

于化虎是胶东抗日战争史上的一位传奇人物。他在家乡带领民兵以自制的踏雷、绊雷、连环雷、夹子雷、钉子雷、梅花雷等20多种地雷为主要武器，有力地打击了日寇，并培养了120多名模范民兵、1400多名爆破能手。

1914年，于化虎出生在海阳县文山后村，1940年参加抗日战争，1944年加入中国共产党。1950年，他出席全国战斗英雄代表会议，荣获“全国民兵英雄”“八一英雄勋章”“爆破大王”“胶东民兵英雄”等荣誉称号，受到毛泽东、周恩来、刘少奇、朱德等党和国家领导人的接见。2009年，他被评为100位为新中国成立做出突出贡献的英雄模范人物。

1944年的春天，那是于化虎与鬼子交手的第四个年头，此时的鬼子已经被民兵们的地雷战吓破了胆，屡战屡败，到最后都不敢轻易出据点。

一天晚上，于化虎与另一名侦察员，携带了4颗25斤重的地雷，悄悄地潜伏在鬼子据点的墙外。在摸清了日本鬼子的活动规律后，侦察员起身说:“走！炸死这些畜牲！”此时于化虎一把拉住他，严肃地说:“你留下，我自己去，人多目标太大，容易被发现，如果我回来之前地雷响了，你就回去报个信，否则咱们就在这里不见不散！”

于是，于化虎满脸抹上泥巴，背着重达百斤的地雷，翻上了鬼子的墙头，剪断三道铁丝网，悄悄地摸进了鬼子的据点。就在权衡埋雷的位置时，鬼子突然吹响了紧急集合的哨子。于化虎灵机一动，躲进了鬼子据点的厕所里，反锁了隔段的门。不久，鬼子便解散了，来上厕所的不断增多。此时，于化虎的心也提到了嗓子眼，但转念一想，大不了与敌人同归于尽。于是，他把4颗地雷的引线牢牢地抓在手里，一旦被发现就马上引爆。庆幸的是，鬼子推门推不开就走了，他们万万没想到，那个被悬赏的人就在他们身边。大约过了十几分钟，确定门外没有鬼子了，于化虎悄悄地摸到鬼子的操场，用刺刀和小镢头，将四颗地雷埋成了两组子母雷。于化虎在撤退时被鬼子发现，不幸负伤，在侦察员的帮助下返回村里。后来才得知，他的两组子母雷共炸死 26 个鬼子。没几天，出于对地雷的恐惧，据点里的鬼子一个不剩的全部逃回青岛。

为了对付于化虎和民兵的地雷，日军组织起探雷队。于化虎将计就计，以真假地雷对付敌人，日军挖出上面的假雷，下面的真雷随即被引爆。后来，日军将雷坑挖得又大又深，剪断真假雷相连的引火线。于化虎和爆炸队员又开始试制定时雷。一次，日军探雷队把挖出的 4 颗定时雷带回炮楼，定时雷突然爆炸，7 名日军当场毙命。日军绞尽脑汁，只好在疑有地雷的地方画上白圈，在疑有地雷阵的地方作出标记，绕道行军。于化虎带领民兵布下疑阵，在日军画的圈外，另外画圈，并在圈与圈间埋上地雷，把日军炸得血肉横飞，充分发挥了地雷战的威力。

1944 年春，驻青岛的日军对盆子山抗日根据地进行大“扫荡”。于化虎带领民兵在村西野虎山下埋设 20 多颗子母雷，炸死炸伤日伪军 40 多人。

1944 年 10 月，于化虎等 5 人受胶东军区委派，到烟潍线为民兵骨干传授制雷、布雷技术，开展历时 4 个多月的地雷战。

1945 年夏季的一天，日伪军纠集 400 多人，对周围村庄进行“扫荡”。于化虎组织民兵，化装混入敌人内部，活捉 14 名伪军士兵，穿上伪军服装进村布雷，然后撤出村，开枪诱敌上钩。敌人慌乱中互相射击，地雷遍地开花。慑于民兵地雷战的威力，据守海阳县城的日军被围困在据点里，不敢越“雷池”一步，只得在驻青岛日军接应下从海阳逃走。于化虎和他的民兵地雷战，在胶东一带威名大振，炸得日伪军闻雷色变。

在参加抗战的 5 年时间里，于化虎用地雷炸死炸伤日伪军 171 人，他的制雷、布雷技术也传遍胶东。1945 年，于化虎被评为“胶东民兵英雄”，胶东军区授予他“爆破大王”的英雄称号。

（林琳　贾玉省）

传奇英雄于得水

于得水是闻名胶东半岛的传奇人物，他原名于作海，曾化名于海、高得胜、刘二伦、林得胜。他的故事被广为传颂，小说《山菊花》中主人公于震海的原型就是于得水。

于作海出生在文登市葛家镇洛格庄村一个贫苦农民家庭。为了给兄弟和父亲报仇，他18岁开始拜师习武，练就一身飞檐走壁的好武艺。

1931年6月，于作海结识了中共党员邹青言，经其介绍加入了农民协会。1933年春天，他加入了中国共产党。随后，他拉起十多人的武装，秘密活动在牟平、文登、海阳一带。

1933年2月12日晚，于作海和几个人在家开会，不料被敌人包围。他急中生智，把子弹顶上枪膛，然后使劲把房子的后窗一推，趁势跳上了房顶。这时，敌人的枪口瞄准他一齐开火，他冒着雨点般的子弹，从这个房顶跳到那个房顶，子弹怎么也打不中他。他看准敌人包围的空隙跳下来，顺手一梭子弹扫射出去，5个敌人应声倒下。他趁势杀出一条血路冲了出去。

于作海虽幸免于难，可是他的家被抄，母亲被打致死，孩子也被害。国民党悬赏1000块大洋通缉他。他怀着满腔仇恨离开了家，改名林得胜，隐蔽在昆嵛山区进行武装游击活动。

1934年3月，于作海担任了中共文登县委武装小组负责人。同年11月，由于斗争形势恶化，党组织决定让他暂离胶东，到大连躲避追捕。在大连，他先后做过装卸工人、花园小工、木厂杂工。后来，他又到偏僻的锦州小孤山教武术。1935年6月，于作海接到中共胶东特委的指示返回胶东，担任特委委员。

1935 年 12 月中旬，于作海率领 30 多名游击队员，进入方圆数十公里，横亘于牟平、文登、乳山三县交界处的昆嵛山坚持游击斗争。他们白天躲在山里睡大觉，晚上出来打敌人。于作海指挥游击队员在昆嵛山上放火，放“石炮”，引诱敌人“剿山”。然后，他们牵着敌人的鼻子转山头，疲劳和消耗敌军。每当敌人“剿山”，他就率领队伍下平原，进海汊，夜间袭扰敌军；当敌人回窜平原，他们又转移上山。遇上小股敌人，就猛冲狠打，搞得敌人惶恐不安。于作海的队伍在乡亲们的支援和掩护下，如鱼得水、神出鬼没。敌人整整一个师，包围他们一年，也没让他们损失一兵一卒。

昆嵛山东侧的界石村，是山前与山后的交通要地，这里驻守着文登县国民党地方反动武装“联庄会”的 50 多个匪丁。平日，他们横行乡里，祸害百姓，残杀革命同志，是昆嵛山区中共组织和游击队活动的一大障碍。1936 年 6 月 2 日夜，于作海率领部分游击队员，用计引出门岗哨兵，冲进大门。不料，冲在前面的于作海被一颗子弹击中腹部，会些武功的敌小队长趁机张牙舞爪地扑了上来。于作海大吼一声：“谁动，老子就砸死谁！”扬起拳头朝敌小队长猛砸过去，接着又朝他胯裆猛踹一脚，敌小队长啊的一声便栽倒在地。不一会儿，又一颗子弹击中了他的腹部，可他仍坚持指挥战斗，直到后继部队赶到把敌人击溃。战斗结束后，于作海忍着剧痛，让战友用剃头刀割开伤口，取出弹头。

1937 年 12 月 24 日清晨，中共胶东特委发动当地人民群众举行了威震胶东的天福山武装起义，“山东人民抗日救国军第三军”胜利诞生。在武装起义誓师大会上，身为第一大队队长的于作海宣布：自己不再用“于作海”这个名字，也不再用化名“林得胜”，他要用一个新名字：于得水。他感慨地说：“今天，我们的旗帜已经公开打起来了！回想这些年武装斗争的艰难岁月，如果离开群众，就像鱼离开水一样，一天也不能活。我们游击队就像一群游鱼，能生存下来，全靠人民群众这汪活水啊！”

1938 年春，日军由青岛分兵进占福山、烟台，并西窜蓬莱、黄县、掖县，东犯牟平、威海，国民党的县长纷纷逃跑，剩下的一些官员和地方土杂武装认贼作父，屈膝投降。2 月初，于得水率领第一大队昼夜兼程，奔袭牟平城。很快，一大队攻克牟平城，活捉了刚到任两天的伪县长宋健吾，消灭了伪商团百余人。当天下午，一大队又血战雷神庙，沉重打击了日本侵略者。

1941 年 10 月，于得水因负伤过重调任东海公署专员，后又任胶东军区第一军分区副司令员兼文西行署主任。

（林琳　孔庆珊　贾玉省）

刺刀英雄任常伦

任常伦是八路军的一名普通战士，荣获山东军区一等战斗英雄称号。1944年8月，任常伦出席山东军区英模代表大会期间，日军开始了对牙山根据地的“扫荡”。

任常伦在战斗中已9次负伤，肩膀里还嵌着敌人的弹片，团首长劝他说：“这次战斗你就不要参加了，战斗结束后给部队做几场报告，你好好准备一下。”任常伦一听就急了，他明白这是首长对自己的关怀，但他怎么能眼睁睁看着鬼子横行霸道不管呢？他恳切地说：“首长，不打仗我可受不了啊！做报告我可以边打仗边思考嘛！”在他的再三要求下，首长批准了他的请求。

这次反“扫荡”，团里的部署是，打一个阻击战，部队提前进入阵地。任常伦是山纵十四团五连三排副排长，任务是带领九班战士在阵地前沿阻击来犯敌人。

天近黄昏，“扫荡”的鬼子钻入我布置好的口袋阵，十四团三营和一营的炮火在敌群中开花，敌人顿时乱了阵脚，在我阵地前疯狂地冲击。一个日军军官挥舞战刀威逼着一群鬼子号叫着向阵地冲来，任常伦沉着地端起大盖枪，一扣扳机把日军指挥官撂倒了，接着又连发三枪，干掉了三个鬼子。九班战士一阵猛烈射击，弹弹击中鬼子兵，连续打退了鬼子五次疯狂的反扑。

战斗异常激烈，战士们的子弹都打光了，敌人一窝蜂地冲了上来，战士们就猛扔手榴弹，敌人在爆炸声中成片地倒下，但敌人的反扑也更凶了。地上有几名同志牺牲了，负伤的战士仍在坚持战斗，增援部队还没有到来，阵地情况紧急。任常伦环顾四周，山头陡峭非常，敌人攻上来不是件容易的事。他站起身，高举起手中的刺刀，大声地喊道：“同志们，子弹没有了，我们有刺刀，人在阵地在，和小鬼子拼了！”

鬼子又上来了。任常伦望着远处村子里鬼子燃起的大火，眼睛里闪着仇恨的光芒。他与九班战士高喊着“杀啊！”，端起凝聚着强烈仇恨的刺刀跃出阵地，对准了冲上来的敌群，一场激烈的肉搏战在山峦上展开。

任常伦一枪刺中了鬼子兵的胸膛，刚拔出刺刀，又有两个鬼子从左右两边靠拢过来。左边的鬼子呀的一声，刺刀直奔他的左胸刺来，他顺势往后一闪，鬼子刺刀扑了个空，一头栽倒在斜坡上，任常伦飞起一脚，踢中鬼子的肋骨，只听鬼子啊的一声号叫，滚下了山沟。

正向他冲来的另一个鬼子由于胆怯没敢上来，见正面对付不了任常伦，趁机窜到他的背后，刺刀向他的后背嗖地刺来。任常伦听到身后的声响，猛地一转身，用枪拨开鬼子的刺刀，用枪托狠狠地砸向鬼子的头部，鬼子重重地跌在地上。任常伦紧跟着一刺刀插下，结束了鬼子的性命。

战友纪绍信在刺死一个鬼子后，来不及躲闪另一个鬼子的刺刀，在鬼子刺中他的同时，他的刺刀也狠狠地刺进了鬼子的胸膛。

任常伦看到倒下的战友，恨不得生出三头六臂把鬼子全部杀光！他怒目圆睁，左冲右杀，先后有五个鬼子死于他的刺刀之下。在这个大无畏的英雄战士面前，那些号称有“武士道”精神的鬼子顿时丧了胆气，见一个血人守住高地岿然不动，日本兵吓得拖着枪支往后退。这时候五班战士增援上来了，任常伦迅速组织战斗，敌人丢下几十具尸体退了下去，任常伦仍然坚持在高地上。

傍晚时分，鬼子不甘心失败，发起了对小高地的最后一次进攻。任常伦和战友们收拢了弹药，等待敌人的新一轮进攻。突然，一颗子弹飞来，击中了他的头部，鲜血把帽子都染红了，任常伦全然不顾，仍在坚持战斗。五班长看见任常伦鲜血直流，迅速扑过去给他包扎。任常伦吃力地说：“五班长，别管我，守住阵地要紧！”五班长替他包扎好伤口，又投入了战斗。

十四团以排山倒海之势，从四面八方扑向了鬼子……战斗英雄任常伦却在阵地上停止了呼吸，他为民族解放献出了年轻的生命，他杀向鬼子的闪亮刺刀，光彩照人！

（桂恒彬）

铁道英豪刘金山

刘金山出生在枣庄蔡庄村一户矿工家庭，8 岁之前就没了父母，从小跟着奶奶四处讨饭，饱尝了资本家、封建把头和反动狱警的皮鞭棍棒之苦。但也正是这种经历，造就了他勇敢、坚毅、吃苦耐劳的性格。

1938 年 4 月，刘金山得知共产党领导的抗日武装在滕峄一带活动，便毅然决然地加入了这支队伍。1940 年 9 月，刘金山因作战勇猛经人介绍加入了铁道游击队，大队长洪振海见他聪明能干，便安排他在大队部当通信员。刘金山进步很快，不久便被提拔为铁道游击队分队长。1941 年 1 月，他光荣地加入中国共产党，成长为铁道游击队的骨干力量。

1941 年 12 月，数百日伪军偷袭游击队创立的小片根据地。当时日伪军据点遍地都是，交通要道岗哨林立，铁道游击队副大队长王志胜因病住院治疗，大队长洪振海率部在与敌人激战中不幸牺牲。铁道游击队缺兵少将，斗争形势十分严峻。为重新打开抗日局面，重塑游击队雄风，30 多位骨干队员一致推选刘金山代理大队长。

驻临城（今枣庄市薛城区）日军为了对付游击队，专门从济南搬来特务头子高岗。高岗是个中国通，对中国的风土人情、宗教信仰比较了解。来到枣庄后他一直住在车站内，深居简出，常通过“拜把兄弟”“认干亲”等手段笼络人心，使原来许多替游击队送情报的伪乡保长纷纷投靠日本人，游击队的活动一度陷入困境。

为打击日本人的嚣张气焰，震慑汉奸卖国贼，游击队把枪口直指日军头目高岗。刘金山先后两次派人化装侦察，在掌握了车站内警卫及高岗活动规律和办公地点后，他组织了 4 个战斗小组，伪装后乘夜潜入车站，直扑高岗办公室。

高岗见情况不对，仓促摸枪，被眼疾手快的刘金山啪啪两枪送回了东洋老家，其他队员迅速取走了房间内的全部武器弹药，整个战斗不到10分钟就结束了。铁道游击队不仅击毙了高岗，还缴获30余支步枪、两挺机枪、3支手枪以及数千发子弹，自己无一伤亡。

1945年8月，日本宣布无条件投降。由于伪军从中使绊子，日本人拒绝向共产党领导的铁道游击队投降。

11月，刘金山率领铁道游击队炸毁前后方铁道，将企图逃跑的日军铁甲大队及家属1500余人困守在沙沟火车站一带。在多次谈判未果的情况下，刘金山做出了消灭当地伪军、迫使被困日军投降的部署。

那时日本人的兵力依然很强，打伪军的时候，日军要增援的话，后果不堪设想。为了稳住日本人，刘金山就跟日本人谈判。

刘金山说："你们已经投降，我们行动的目的是消灭伪军，这是我们中国人自己家的事，跟你们没有关系，希望你们不要参与。"

日本人反问："你们不会是想先消灭掉他们，再来消灭我们吧？让我们不动也可以，那你怎么保证我们的安全？"

刘金山大义凛然地说："我们共产党人最讲诚信，如果你们不放心，我可以留下来当人质，保证你们的安全。"

在消灭伪军过程中，几个漏网的伪军慌不择路，逃到了沙沟火车站的日本兵营里。日本人当场就翻脸发火了，责问刘金山："你们不是讲好了不打我们，怎么又朝我们这边打过来了？"然后不容分说，立马把他弄到一个小房间里，好几个日本人哗啦哗啦拉开枪栓，当即就要杀他。当时，刘金山也是一头雾水，通过询问日本翻译官后，据理力争，让日本人再观察了解一下情况。后来，日本人明白了事情的缘由，知道是个误会，又向刘金山赔礼道歉。

日军在孤立无援、忍饥挨饿了10天之后，再也坚持不下去了，只能向刘金山领导的铁道游击队投降。这是抗日战争史上日军唯一一次向中国共产党领导的民间武装力量投降。

（安宁宁　万照广　吴杰）

神枪手和飞毛腿

抗日战争时期，乐陵县出了两个传奇人物，一个叫李清寿，一个叫王金星。李清寿长得瘦小精干，家住小许家村，人称“神枪手”，他惯使双枪，抬手能打落空中的飞雀，打鬼子的枪法更是出神入化，说打眼珠连睫毛都碰不上；王金星长得人高马大，家住小王家村，据说他的脚心长了三撮红毛，走起路来脚不沾地，跟飞一样，他从乐陵城到惠民城，一天走个来回，两头还都顶着太阳，人送外号“飞毛腿”。

卢沟桥炮声一响，抗日战争全面爆发，李清寿和王金星两人同时参加了抗日救国军，被分在五小队的同一个班里，每天形影不离。

1942 年冬天，李清寿已经是五小队的队长了。一天夜里，李清寿扒着王金星的被窝口悄悄地说：“兄弟，这眼看到年底了，咱俩去做桩买卖呗！”

王金星疑惑地问：“说说看，什么买卖？”

李清寿说：“听说窦家据点又换岗了，来了个叫井田的鬼子官。他初来乍到，对这里的情况还不熟悉，明天一早，咱俩装扮成别处的汉奸给他送年礼，混进据点里，瞅准机会我一枪把井田毙了，然后咱俩就往外跑。可有一点，我跑不快，到时候你得背着我跑。”

王金星兴奋地说：“背你没问题，只要把井田打死，咱出据点还不简单！”

第二天俩人早起，每人肩上背着一条鼓鼓囊囊的口袋，里面装的是烂棉絮破衣裳，装作探亲送礼的样子，奔窦家据点而来。在据点前，李清寿大声喊：“里边是哪位兄弟值班啊？快开门！”

据点里一个伪军不耐烦地问：“谁呀？老子睡得正香，吵吵个啥啊！”李清寿说：“我们是城里皇军派来给井田太君送年货的，你们不开门，我们可把这些好吃的带回去了。要是井田太君怪罪下来，你们这些兔崽子担当得起吗？”

这番软硬兼施的话起了作用，话音刚落，吱的一声据点的大门开了，接着走出一个抱着胳膊，冻得哆哆嗦嗦的汉奸，见两人肩上的口袋都满满鼓鼓，就说：“把礼物留下，我代为转交，你们回去交差就行了。”

李清寿坚持道：“那可不行，来时皇军特意嘱咐我们了，必须把礼物亲自交到井田太君手里。”

李清寿和王金星跟着进了据点，来到一座房子门前，那汉奸说：“这就是井田太君的房间，不过他现在正睡觉呢，井田太君有交待，他睡不醒谁也不能叫他，否则按违反军令处置。”

李清寿冲王金星使了个眼色，装作非常为难地说：“不能将礼物亲自交给井田太君，我们回去咋交差啊？”

王金星会意，对那汉奸说：“要不这样吧，我们从门缝里看一眼，好歹也算见到井田太君的面了，回去也好有的说。”

那汉奸觉得有道理，就把门推开了一条缝，指着靠墙的一张床小声说：“看见没，躺在床上的那位就是井田太君。”

李清寿往里瞥了一眼，记住了井田的方位，忽然左手拔出手枪顶在汉奸胸前：“我们是八路军，今天专为井田而来，你要老实配合，否则连你一起干掉！”

李清寿说着，右手拔出另一只枪，朝着井田连开两枪，睡梦中的井田稀里糊涂送了命。

枪声一响，据点里顿时乱了套，睡意蒙眬的鬼子汉奸从床上爬起来，如瞎驴撞槽一样四处乱窜。

鬼子吃了这么大的亏，当然不会善罢甘休，贴出布告悬赏捉拿李清寿和王金星，对提供两人行踪者给予重金奖励。

一天，李清寿和王金星去一片枣林执行任务时，被一个汉奸瞅见了，汉奸随即向窦家据点的鬼子报了信。不多时，周围好几个据点炮楼里的鬼子汉奸一起包围了枣林。

敌人慢慢缩小包围圈，激战中，李清寿和王金星借助枣树的掩护，闪转腾挪，两人一个有腿上功夫，一个有手上功夫，可谓配合默契，相得益彰，在枣林里行走如飞，打得鬼子晕头转向。

这场枣林遭遇战，李清寿和王金星给追击的几个据点的鬼子以沉重打击。直到身上的子弹打光了，两人才退出枣林，安全撤离。

（于斌　刘明奎）

铮铮铁骨徐洪俊

银盘似的明月悬挂天际，蜿蜒曲折的金堤河，像一条沉睡的巨龙，静静地伏卧在鲁西大地。突然，河北岸传来的几声枪响划破了沉寂的夜空，聊城古云集徐庄陷入了一片恐怖之中。

原来，不打鬼子，专跟共产党作对的国民党顽军孟昭进暂编第一师，自打1940年春占据古云集以来，对远近闻名的“八路村”徐庄恨之入骨，曾多次派兵袭扰，妄图将共产党和游击队一网打尽。

一天晚上，党组织派武装委员徐洪俊、组织委员徐开先秘密回村，同村长徐兰功商议筹集粮食接济游击队的事情。不料，他们的行踪被窥视已久的特务发现，敌人调集兵力，突然包围了徐庄，挨家挨户地搜查。

此时，正在徐兰功家的徐洪俊听到枪声，吹熄油灯，翻身跳下炕来。随即，院里传来杂乱的脚步声和沉重的喘息声，敌人已冲进院子。

徐洪俊刚走到门口，哐当一声，门被踹开了，几把雪亮的刺刀顶住了他的胸口。就这样，没来得及撤离的徐洪俊被捕了。

偷袭村庄的敌人像疯狗一样，拉牛牵羊，赶猪抓鸡，全村乱成一团。

砰砰，子弹飞过村民的头顶，穷凶极恶的敌人开始镇压了。村民仍然无所畏惧地抗争着、怒骂着，但这都无济于事。徐洪俊、徐开先、徐兰香、王金香等18位同志，还是被敌人踢打推搡着带走了。

阴森恐怖、恶臭血腥的审讯室里，一盆猩红的炭火映照着几张狰狞的面孔，老虎凳、压人杠、火烙铁，褐黑色的血斑依稀可见。徐洪俊等18位同志被推了进来，小胡子军官走到徐洪俊跟前说：“你村是不是还有共产党？”

“不知道！”

小胡子暴跳如雷："来人呐，给我狠狠地打！"

几个匪兵扑上来，将徐洪俊捆在柱子上，蘸盐水的鞭子夹着风声呼呼作响，撕破了衣服、皮肉。徐洪俊紧咬牙关，一声不吭。

"给我上老虎凳！"小胡子咬牙切齿。

脚下垫起砖，一块、两块……腿骨发出咯吱声，徐洪俊大汗淋漓，嘴唇都咬破了，惨叫一声昏了过去。一桶冷水泼在身上，徐洪俊慢慢睁开眼睛。

"说不说，说不说！"

"不……不知道！"

辣椒面掺着煤油被灌进了徐洪俊嘴里，他痛苦地抽搐着，发出强烈的咳嗽声。

"这回该知道了吧！"小胡子凑到徐洪俊脸上。

徐洪俊一扬头，一口血水喷在他脸上，小胡子怪叫一声，闪到一边。匪兵们又恶狠狠地把两支竹签钉进了徐洪俊的指甲缝里。在一阵撕裂心肺的惨叫后，他又昏了过去。

"你们这帮畜生，快给我上刑吧，他们为大伙办事，我要替他们受罪！"长工出身的王金香老人再也按捺不住满腔愤怒，大步冲到小胡子跟前。

"你是共产党吗？"

"我没那个福分，我恨透了你们这些龟孙王八蛋！"老人指着小胡子额头，狠狠骂道。

大家看着眼前的情景，像示威一样，并肩站起，向前靠去。

两天后，敌人要将徐洪俊等5名同志活埋。就义前，几个匪兵上来要推徐洪俊，徐洪俊一晃膀子，大声喝道："不用伺候！"义无反顾地跳进深坑，高呼着"共产党万岁！""革命成功万岁！"其他4位同志也高呼着口号跟着跳了进去。这慷慨激昂的口号声，震撼着昏睡的沙滩，直冲万里长空……

（陈海林　刘云龙）

“活烈士”韩成山

1947 年，国民党军队疯狂向解放区进攻。沂蒙山区作为革命老区，自然受到了国民党军队的“格外照顾”，蒋介石派出了王牌 74 师进行围剿，企图一举消灭革命力量。

这年 4 月，按照上级指示，韩成山所在的华东野战军 8 纵 24 师 70 团 3 营 7 连负责从正面阻击敌 74 师，掩护部队和群众转移。

4 月 26 日凌晨，韩成山跟随部队急行军 20 里路，赶到黄崖山。我军刚把兵力布置好，74 师就“兵临山下”。敌军先是以四架飞机、两个炮兵营对黄崖山阵地进行狂轰滥炸，然后以一个营的兵力发起冲锋。

战斗异常惨烈，敌人一个营被打退了，再增加一个营，两个营被打退了，又以一个团从正面进攻。战斗从上午打到下午，镇守阵地的 7 连连续打退了敌人的七八次进攻。此时的 7 连战士伤亡过半，弹药将尽，情况十分危急。

这时，我 8 纵部队从蒙山安全转移，上级命令 7 连迅速撤出战斗。但是，此时坚守黄崖山主峰的 7 连 1 排被敌军死死包围。

黄崖山主峰西面是深 480 米的悬崖，北面是深沟，而此时成千的国民党士兵从东面的坡上蝗虫似的涌上来。

“同志们，人在阵地在，跟敌人拼到底！”排长朱际昌下了命令。不久，子弹、手榴弹都打光了，战士们抱起石头砸向敌人。

这时，韩成山听到距离阵地十多米的敌人高叫着：“抓活的！”朱排长将身上最后一枚手榴弹扔向敌人，随后就纵身跳下悬崖，韩成山也随着排长纵身一跃……

不知过了多久，韩成山醒了过来，而眼前是满天的繁星。“难道我还活着?”韩成山想站起来，但却感到钻心的疼痛。这时他发现右腿骨折了，右手拇指被打断了，浑身上下全是伤。此时，韩成山已一天两夜滴水未进，他又累又渴。

好不容易到了天亮，他突然发现有个头发花白的老农向他走来。“大爷，给我点水喝。”韩成山说。“你是什么人?”老农惊讶地问。“我是八路军。”一听韩成山是八路军，老农迅速将他背到一个大石洞里藏起来。

老农名叫石贞文，是蒙阴县垛庄镇东大洼村人。石贞文每天都给他送来煎饼和水，并采草药给他治病。当时食盐紧缺，石贞文把家里仅有的一点盐拿出来给他洗伤口。

一次，石贞文给韩成山送来了羊肉汤，一问才知道，老人将家里仅有的一只小羊宰了。跳崖时都没掉过一滴眼泪的韩成山，被感动得热泪直流。

在石贞文的精心照料下，韩成山先后转移了四个隐藏的地方，养伤 71 天，右腿和右手的骨折处基本愈合。而这时“还乡团”还在不断搜山，石贞文赶紧制作了一对拐杖，烙了一大包煎饼，趁黑夜将韩成山送下山。韩成山架着双拐，经过七夜的夜行，平安回到老家沂南县辛集镇招贤村。

后来，韩成山才知道，黄崖山一战，我军以一个连的兵力成功阻击了 74 师两个团的进攻，消灭了 600 多个敌人。韩成山所在的 7 连被授予“英雄连”的称号。战斗后不久，部队在沂水县隆重举行追悼大会，沉痛悼念在黄崖山阻击战中光荣牺牲的烈士，其中就包括韩成山，韩成山的名字被刻在了孟良崮烈士陵园的石壁上。

直到 1977 年，当年参加过黄崖山战役的机枪班班长刘楹厚在寻访战斗旧址时，偶然得知当年“牺牲”的烈士韩成山还活着，才把这位在家乡隐居 30 年的战斗英雄“挖”了出来。

（徐兴春）

地下党员张静源

1901年10月，张静源出生在博兴县阎坊乡高渡村一户小康家庭。1917年，16岁的张静源考入山东省立第一师范学校。

求学期间，适逢五四运动，满腔热血的张静源积极投身其中。师范毕业后，他返回原籍，当了一名教师。1927年，张静源被聘为青岛市沧口区宋哥庄小学校长。到任后，他便开始募集学校扩建经费、免费吸收贫苦儿童入学，提倡男女兼收并设立高级班，受到了当地百姓的赞扬，同时也引起了地下党组织的关注。

这年，蒋汪背叛革命，到处搜捕杀害共产党员，白色恐怖笼罩全国。在这紧急关头，张静源毅然加入了中国共产党。不久，他就担任了李哥庄学校党支部书记，领导大枣园、仙家寨、南渠、赵哥庄、李村等地的地下党工作。从此，他在党组织的直接领导下，以教学为掩护，积极投身到革命事业之中。

张静源像架革命的播种机，走到哪里就把革命的火种播在哪里。他经常利用假期和回乡探亲的机会，深入家乡群众中，传播革命真理，提倡办学堂，免费吸收贫苦子女入学。

1932年春末，日特经过明察暗访探明了张静源的身份，限令青岛市总警察局将他逮捕。国民党反动军警驱车包围了张静源所在的宋哥庄小学。由于张静源结交甚广，事前他已得到密报，在教职工的掩护下，张静源机智地脱离了险境。敌人在宋哥庄小学里翻箱倒柜，反复搜查，结果一无所获。当晚，张静源与几个党员在泊村西高地烧毁了全部文件，研究了以后的斗争策略。由于敌人的追捕日甚一日，经山东省委批准，张静源转到莱阳工作。

1933年正月，张静源回乡，名为省亲，实则向省委汇报工作。中共山东省委安排他到牟平工作，兼顾莱、海等地。张静源立即携妻李淑德到牟平县刘伶庄以教学为职业，继续在胶东开展党的工作。

在斗争中，张静源认识到建立革命武装的重要性，决心逐步壮大革命力量。他动员同志们买枪、募枪，收集散留民间的枪支。他要求党的干部配备短枪，注重学习军事，并派员到外地学习游击战争经验。1933 年 7 月，他在莱、海边区成立了 40 余人的武装游击队。这支革命武装，镇压恶霸地主，铲除叛徒密探，打击为非作歹的“地头蛇”，夜袭金口盐务局，缴获长短枪 60 余支。在半岛东部，选定牟平、海阳交界的小龙寺设立秘密机关，以饲养鸡、兔和蜜蜂为掩护，对外号称“鸡鸭公司”，在此密藏枪支弹药、党内文件和油印机等，各地的同志以买卖家禽为名前往联络。这里，实际上成了胶东特委的指挥机关和秘密联络站。

这年 8 月 20 日，张静源带着爱人李淑德和刚刚满月的儿子到了烟台，住在北大街一所临街的旧屋中，准备让李淑德以缝纫为掩护，建立党的秘密机关开展工作。在烟台仅仅住了五六天，张静源又接受党组织委派到莱阳进行党的秘密活动。谁知，这一去，竟成了张静源同亲人的永别。

10 月 12 日，张静源被叛徒杀害，为革命献出了年仅 32 岁的生命。

（孔庆珊）

小个子大英雄

抗日战争时期，在乐陵有一位身高只有一米二的抗日英雄，名叫李安甫。他与日本鬼子斗智斗勇的英雄故事，至今在当地人民群众中广为传颂。

1937 年，抗日战争全面爆发，同年 12 月，战火烧到了乐陵县。当时 14 岁正就读于县模范小学师范班的李安甫，亲眼目睹了日军的暴行，幼小心灵遭受了巨大创伤。

15 岁那年，李安甫约上伙伴王占全、卞秀兰，来到驻地八路军 115 师 343 旅抗日中队，表达了参军抗日的决心。李安甫因个子太小被拒绝。眼见王占全和卞秀兰穿上了军装，李安甫心急如焚。一天，他在街上碰到了驻军政治部主任符竹廷，一番毛遂自荐后，符竹廷破格接纳了他。

个子小，适合做什么？这个问题难住了司令员萧华。左右思忖之际，一抬头看到了挂在墙上的军号，便对李安甫说："只要你能吹响三个音，我就接收你。"接过军号的李安甫，熟练地吹了起来，号音连贯，清澈响亮。就这样，他当上了司号兵。

1939 年秋，1000 多个鬼子包围了住在宁家寨的国民党军官高树勋。萧华闻讯，带领官兵解救了高树勋。

战斗结束后，李安甫在寨边巡逻，突然听到晒麦子的场院里传来一声声痛苦的喊叫声，他顺着声音摸过去，看到草丛里露出一双皮靴、一支短枪、还有一把指挥刀。

李安甫看清是个受了伤的鬼子官后，便找了根大树枝，壮着胆子走上前，一脚踢飞了鬼子的指挥刀，再一把夺过那支短枪，开枪结束了鬼子的命。

李安甫打死的鬼子是一个联队长，为此他立了大功。之后，在一场短枪射击比赛中，李安甫的射击成绩是第一名，他缴获鬼子官的那支短枪就成了他的奖品。

李安甫是有名的神枪手，萧华给他起了个“野马”的绰号。“野马”凭借聪明伶俐和身材优势，成了刺杀鬼子的最佳人选。

日军驻乐陵第一任宪兵队长茨谷五雄，杀人放火，无恶不作。宁家寨村里200多名百姓，被他串着绑起来当活人靶子，刺死后推到井里，鲜血染红了井水。武工队决定伺机除掉茨谷五雄，为村民报仇。

那天一大早，事先打探好敌情的李安甫就藏进了胡同里，等着目标出现。没过多久，茨谷五雄果然来了，看着他越走越近，李安甫的心扑通扑通地直跳。待队长发出信号，他便稳住神向茨谷五雄迎上去。由于李安甫个子小，当两人走近时，李安甫还朝茨谷五雄鞠了一躬。茨谷五雄以为他是一名小学生，笑了起来，摸着李安甫的头冲他竖大拇指：“小朋友，大大的好！”李安甫笑眯眯地迎合他。就在擦肩而过时，李安甫迅速拔枪朝他心脏部位开了一枪，然后沿着事先侦察好的路线，一溜烟地跑回了家。也就一刻钟功夫，日军警报拉响，县城戒严，四门紧闭，日本人搜寻几天一无所获。谁都不会想到，是李安甫这个“小学生”杀死了茨谷五雄。

此外，他还刺杀了第三任宪兵队长小野田守、日军教官川岛谷川，还有几个臭名昭著的汉奸。每一次都是以迅雷不及掩耳之势，一枪毙敌，为苦难的乐陵人民报了仇。

1943年，在刺杀一个汉奸时，李安甫暴露了身份。他跑到曾读书的学校，跳进茅坑躲了起来。正值9月份，天气炎热，茅坑里恶臭味弥漫，蛆虫在脸上爬动。他将枪对准茅厕门口，想着24粒子弹，来一个打一个，最后留两粒给自己。

蹲厕期间，不时听到外面皮靴踏地的声音，却未见有人走进来。后来，没有了皮靴声，倒进来两个老师把李安甫从茅坑里拉了出来。他辗转联系到地下党组织，才知道有人叛变，导致刺杀失败。敌人未抓到李安甫，便把他父亲抓去砸断了腿，这更加激发了李安甫对敌人的仇恨。

抗日战争胜利后，李安甫先后参加了解放战争、抗美援朝战争。李安甫多次荣立战功，被授予“一级人民英雄”“全国战斗英雄”等荣誉称号，成为名扬百里的大英雄。

（林琳　孔庆珊）

爆炸模范董荣吉

董荣吉，博兴县陈户镇陈户村人。在抗日战争和解放战争中，他用地雷与日伪军开展了巧妙的斗争，给日伪军以沉重打击，被渤海军区授予“爆炸模范”光荣称号。

董荣吉的父亲董树德，有一手高超的熟皮、割皮技艺，从年轻时就在济南夏口街开办“皮货行”。1925 年 6 月，董荣吉就出生在这里。父亲的皮货行本小利微，一年拼死拼活的辛勤所得，还不够应付 8 口之家的糊口。为此，董荣吉从 6 岁起就学着洗皮、烧火，整天不离硝锅。有一次，因劳累过度，他晕倒在火堆上，落下满身伤疤。七七事变后，省城济南在日寇铁蹄下民不聊生。为了活命，董荣吉一家不得不弃家舍业逃出了夏口街。那时，董荣吉只有 12 岁。在从济南沿黄河向东逃难的途中，他亲眼目睹了侵略者到处烧杀、奸淫、无恶不作的暴行和国民党军队望风逃窜、丢盔弃甲的狼狈相。

经过几个月的颠沛流离，他们终于回到祖籍博兴县陈户店村。但是，在兵荒马乱的年代，有家有业的人家尚不好过，他们这上无片瓦、下无立足之地的 8 口之家更是难熬。后来，多亏乡亲们的资助，才逃荒来到垦区。

1941 年，垦区革命根据地建立，抗日民主政府在惠鲁村给他家安排了宅基、耕地，又给了种子和救济款。从此，董荣吉一家人才有了立足之地。

1943 年，董荣吉参加了民兵，不久又被选为民兵队长。1944 年 1 月，他正式参加了八路军。同年 3 月，光荣加入中国共产党。1945 年春，被选送到渤海军区轮训。他过去由于和火硝、硫黄接触较多，所以，一到轮训班，就要求学习爆炸技术，他说：“还是炸药包、地雷过瘾，一炸一大片。”由于基础好，短短一个月，他就学会了十几种爆炸技术。此后，董荣吉便与炸药、地雷结下不解之缘。

1945年2月的一天夜晚，鹅毛大雪铺天盖地。刚刚脱下棉衣准备休息的董荣吉，听说部队要组织远征爆炸队，他二话没说报了名。这是他第一次远征胶济铁路沿线，几天几夜的行军，爆炸队到达张店附近。为了熟悉情况，他连夜察看地形，观察敌火车出动规律。此时，寒冬未尽，积雪未融，铁道上的石块坚硬难凿，他们白天不能露面，全凭夜间行动。遇到敌人巡逻车，就滚到路沟里，一隐蔽就是一两个小时，手脚都冻得失去知觉。经过大半宿的忙活，两颗大型地雷埋设在铁道线上。第二天天刚亮，敌人一列满载军用物资的列车开来，突然轰轰两声巨响，那火车被炸开了花。

一天，爆炸队发现张店北门外的棉花坡村有个敌据点。董荣吉带领2名爆炸队员趁敌人的一个头目结婚，神不知鬼不觉地将几颗重型地雷埋到了炮楼底下，然后冲着据点打了几声冷枪，便隐蔽起来。敌人突然受惊，乱作一团，纷纷钻出炮楼，只听轰轰几声巨响，炮楼和敌人被炸得飞上了天。

1945年8月初，正是日寇撤退的时侯，胶济沿线的公路上，经常有满载日本侵略者的汽车出没。在张店以东的公路上，有一段漫斜坡，两条车辙被来往的汽车轧得溜光放亮。就在这斜坡上，董荣吉趁夜深人静，埋上了地雷，并伪装好。第二天早上，一辆满载日本兵的汽车，从西往东驶来，刚爬到那段斜坡上，就被炸上了天，日本兵死伤过半，剩下的鬼子仓皇而逃。

1947年夏，国民党发起了对山东解放区的重点进攻。一天夜里，董荣吉先在通往练兵场的路上埋好了子母雷，又在练兵场里埋上了弹簧雷。第二天一早，有一个班的敌人从张店城里出来，还没进入操练场，子母雷连声爆炸，7具尸体躺在了路上，另外4人炸成重伤。董荣吉的威名不胫而走，后来在解放潍县、益都、泰安、济南等战役中，董荣吉又多次立功受奖。

1951年，董荣吉因病复员，返家务农。1960年，他光荣地出席了全国民兵代表大会，受到党和国家领导人的亲切接见。

（杭启忠　马光俭）

虎胆英雄米国斌

出生于冠县县城北关村一个穷苦农民家庭的米国斌，抗战全面爆发后，在党组织的领导下，同县城周围的一些地下党员成立游击小组，送情报、贴传单、抗日锄奸，做了许多出色的秘密工作。

他地熟人更熟，县城四周都知道有个“米阎王”。特别是那些汉奸伪军们，每当提起他，个个都是心惊胆战。敌人惧怕他，群众喜欢他，党组织信任他。就这样，米国斌担任了县柏江（以已故党组织负责人柏江名字命名）队大队长。

1942 年 7 月，为了保卫和扩大抗日根据地，军分区决定，在同一时间内拔掉冠县城以西的唐寺、芦村、唐固、铺上等几个炮楼，米队长奉命接受了拔掉唐寺炮楼的任务。

唐寺炮楼位于城西 10 里的封锁线上，虽然这里面的伪军不足 30 人，但每人都持有清一色的“三八大盖”，并配有两挺机枪。炮楼共三层，每层都有岗哨，门很窄，上楼的梯子白天放下来，晚上提上去，炮楼四周有封锁沟，内沿修筑高墙，外沿设铁丝网。

晚上 11 点多，10 多个队员悄悄地摸到炮楼附近，隐蔽在青纱帐里，米队长和一名战士摇摇晃晃地出现在炮楼一侧。站岗的伪军发现后，高声吆喝:“什么人?”

“米国斌。”

在柏江队与敌人的多次较量中，老米成了传奇式的人物，伪军认为老米这次又是路过，害怕招惹麻烦便没敢再多问。

米队长坐在吊桥前假装喝醉酒的样子，哇哇地吐了一阵子，战士一面给他捶背，一面对哨兵说："他喝醉了，想弄点水喝。"

"不行，不行！"哨兵连声推辞，另一哨兵悄声说："伙计，他也许是真喝醉了。不然，他哪敢这个样？"这时，炮楼上传来了问话声："吵什么？"

"刘班长，老米喝醉了，想要点水喝。"

过了一会儿，炮楼上的人又说："放下吊桥，让他进来吧。"那名战士扶着米队长慢慢地走进了炮楼，吊桥立即又被吊到半空。战士朝上面吆喝道："刘班长，快弄点水，喝了水我们还要赶路呢。"

在冠县境内的炮楼中，不少班长以上的伪军头目以及一些小有名气的伪军，米队长都登门"拜访"过，一次又一次地给他们宣传抗日政策。所以，他们中的不少人已经与米国斌建立了地下联系，私下传递消息。现在老米又来"拜访"了，他们是不敢怠慢的。刘班长让哨兵放下梯子，米国斌便爬了上去。爬到第二层时，老米朝刘班长点头示意，又爬上了第三层。

米国斌推开虚掩的门，悄悄地进了屋。只见10多个伪军紧围着一张方桌，吆五喝六打着牌，脑袋都快挤在一起了。没有打牌的伪军早已进入梦乡，所有枪支都零乱地挂在墙上。进去后，伪军都没有在意，只见老米紧贴在门的一侧，猛然大喝一声："不许动！谁动就打死谁！"

炸雷似的喊声，吓得打牌的伪军目瞪口呆，手中的纸牌散落一地。熟睡的伪军也被这突如其来的喊声惊醒，有的想爬起来摸枪，但看到两只黑洞洞的枪口，全都被震慑住了，屋内鸦雀无声。

"梁成，我们的人都来了，你缴械投降吧！"米队长命令着伪军小队长。梁成没有动，两眼狐疑地望着他们，一个叫杨士河的亡命之徒像疯狗似的朝米队长扑了过来。只见米国斌闪身躲过，杨士河便扑了个空，还没来得及转身，就被米队长一拳击倒在门口，又上前猛踢一脚，便顺着楼梯滚了下去。

杨士河摔下楼后，下面的伪军把枪栓拉得哗哗直响，大声喊叫着："上去！""封住楼门，别让他们下来！"一直极力阻止哨兵行动的刘班长，高喊："弟兄们都不要动……听梁队长的！"

米国斌将门关上，冷笑了几声："梁成，真的不认识你米爷爷啦？"狡猾的梁成贼头贼脑地走向门口："好，我下去安排一下。"

米队长冷笑道："好，随你便！"说着伸手抓住梁成的后衣领，把门拉开一条缝，用力将他一推，正好卡住了他的脖子，头在门外，身子在门内。疼痛难忍的梁成对下面的人大声责骂："你们这些狗日的不想活了，谁再敢吱声我就毙了谁，赶快放下梯子迎接客人！"

伪军们面面相觑，不知所措，一个姓郭的伪军匆忙放下吊桥，重新竖起被岗哨撤掉的梯子，刘班长带头列队迎接，10 多名队员迅速爬上炮楼，收起所有枪支弹药，将 27 名伪军押下了炮楼。

（刘云龙　豆维杰）

坚守秘密的蒲文彩

1944年春天，我解放区战场开始了对日军的局部反攻。山东解放区抗日武装亦相继出击，加强了淄川炭矿的地下工作。

当时，淄川炭矿洪山发电厂装有日本芝浦式5000千瓦发电机组，担负着淄川、华坞等20余处矿井的供电任务，具有重要的军事、经济地位。为此，洪山地下党支部派党员蒲文彩打入该电厂搜集敌人情报。

蒲文彩进入了电厂后，在枢纽机关配电室工作。他一方面广泛接触工人，把一批热心抗日救国、具有进步思想的工人团结在自己周围；一方面每月两次向矿区工委汇报敌人的活动情况。

1945年8月13日，洪山地下党准备攻打洪山电厂，由于敌人防线设有多处暗堡，并有两层高压电网，夜间灯火明亮，是我军进攻的最大障碍。党组织要求蒲文彩破坏敌人电网，保护电厂机器设备。

8月25日当晚，行动开始。蒲文彩像往常一样到电厂上班，他先到各要害岗位安排自己的亲信保护机器，然后到配电室接了班。约11点多钟，东北方天空上突然升起了3颗红色信号弹，随即枪声大作。蒲文彩立刻冲进总电源室，拉下总电闸，整个洪山矿区顿时一片漆黑。

不一会儿，日本守备队深山带着几个荷枪实弹的矿警队员气势汹汹地跑进来："为什么停电？"蒲文彩说："总电源是自动落闸的，可能是外边线路上出了毛病，必须赶快检查线路！"深山信以为真，立刻到外边找人检查线路去了。

在矿区地下党组织的配合下，我军顺利解放洪山。

1945年9月中旬，蒋日伪合流，重占了淄博矿区。转移之前，蒲文彩组织电厂党员和工人骨干拆掉了发电机的励磁机，转移到淄东根据地的一个山洞里藏了起来。敌人重占电厂，没有励磁机就无法发电。

由于蒲文彩的身份在矿区已公开，敌人扬言要抓住蒲文彩，清除电厂地下党组织。一天，蒲文彩的弟弟和父亲出门后都被扣押，蒲文彩知道情况不妙，连忙藏进家里的地窖里，但还是被随后闯进家门的匪兵发现了。

蒲文彩被捕后，受尽了敌人的吊打、火焐、站桩等残酷刑罚的折磨。一天，土匪焦振海带着四五个国民党匪兵来到牢房，恶狠狠地说："姓蒲的，你不是嘴硬吗！今天老子要撬开你的嘴，叫你说话！"

说着几个匪兵用三道绳子把蒲文彩捆在凳子上，一人捏住他的鼻子，用铁火柱撬开他的牙，两人往嘴里灌肥皂水，接着又灌辣椒水。等灌满了肚子，两个匪兵用杠子往肚子上猛压，水从嘴里、鼻子里往外冒。蒲文彩忍着巨大痛苦，不呻吟，不叫喊，拒不回答焦振海的问话。

第二天，焦振海又对蒲文彩施加更残酷的刑罚。匪兵强迫他跪在砖上，用杠子压住双腿，一边一人拧他的胳膊，往嘴里塞上臭毛巾，然后用烧得通红的两条火锥，一齐烙他的两肋。蒲文彩疼得浑身抽搐，一次次昏死过去。当他被凉水泼醒时，敌人问他："姓蒲的，电厂里谁是共产党？"他仍坚定地说："不知道！"

敌人在蒲文彩身上用尽了酷刑，但蒲文彩宁死不屈，始终没有泄露党的机密。敌人无计可施，决定把蒲文彩处死。

1946 年 1 月中旬，我军第二次解放了淄博矿区，敌人如丧家之犬纷纷逃跑。这时，狱中的蒲文彩已被折磨得不成样子。他走出无人看管的牢房，没有回家，而是步履艰难地向电厂走去。他看着解放了的矿山，心潮激荡，潸然泪下。

1946 年 7 月，国民党军队再度占领矿区。党组织派人把蒲文彩送到黄河北野战军后勤医院治疗。1947 年 2 月，矿区第三次解放后，他回家乡休养。但他最终因受刑过重，伤病日益恶化，不幸于同年 4 月去世，终年只有 25 岁。

（孔庆珊　李振游）

跳崖英雄刘俊林

1942年是抗日战争最艰苦的时候，莱芜茶业区抗日根据地遭到敌人的反复“扫荡”，日寇的“三光”政策给人民带来了沉重灾难。9月21日上午，驻章丘日军300余人进犯茶业区抗日根据地，妄图歼灭驻扎在茶业区的泰山地委专署、《泰山时报》社等组织。为此，泰山地委、专署决定，对抢占王庄村的日寇实施袭扰，择机拔掉这颗毒牙。

泰山地委把扰敌任务交给了白杨村民兵联防大队。大队长刘俊林接令后，带领4名民兵向王庄村旁的火龙台奔去。路上，下茶业口村民兵李文富主动当向导。6人来到火龙台后，立刻进行了分工：刘均福、秦光昌在火龙台西侧制高点负责警戒，李文富在火龙台东侧制高点放哨，刘俊林、刘均圣和刘俊贤负责扰乱敌人。当时，民兵联防大队的武器弹药极度缺乏，执行任务时，民兵队长只配发3粒子弹，民兵只配发1粒子弹，单靠枪弹扰敌是不可能的。刘俊林、刘均圣和刘俊贤就用钢铁螺丝和黄炸药闹动静，把软枣状的黄炸药扪在钢铁螺丝杆上，再拧上螺丝帽，对准石板猛劲摔，“咣！咣！咣!”的爆炸声震耳欲聋。

不一会儿，黑云挡住了皎洁的月光，淅淅沥沥的小雨飘落下来。驻扎在王庄村的鬼子被断断续续的爆炸声搞得晕头转向，人心惶惶。当鬼子发现是“土八路”骚扰后，增派岗哨，照常休息。雨越下越大，火龙台上的爆炸声越来越响，一直持续到后半夜，搅得日寇心烦意乱，难以入睡。日军指挥官气得像热锅上的蚂蚁，在指挥室里踱来踱去。突然，他停住了脚步，怒不可遏地拔出指挥刀用力一挥，对勤务兵恶狠狠地吼道：“马上传达我的命令，全体出动，包围火龙台，活捉‘土八路’!”

敌人趁着大雾，以夜幕为掩护，悄悄地顺着火龙台发出爆炸声的方向包围过来。爆炸声中，刘俊林突然发现不远处有许多黑影在晃动，立即大声喊道："我们被敌人包围了，准备战斗！"说时迟那时快，伸手拿枪的刘俊贤、刘均圣还没来得及起身，就被冲上来的几个鬼子扑倒在地。

在火龙台西侧制高点警戒的刘均福、秦光昌发现敌人后，马上到火龙台报告敌情，但为时已晚，满山遍野的敌人已对扰敌小组形成了包围之势。他俩立即开枪打死两个日寇，随后二人顺着一块豆子地边跑边喊："鬼子来了！鬼子来了……"想以此引开敌人，掩护刘俊林撤离火龙台。日军穷追不舍，不断地朝他们射击。最后，刘均福、秦光昌钻进一片树林里幸免于难。

在火龙台东侧制高点放哨的李文富，开枪打死了 1 个鬼子，紧接着又用枪托猛击鬼子的头部，两个鬼子脑浆迸裂。他被敌人逼到了悬崖的最前沿，最后持枪纵身跳下悬崖，被悬崖峭壁上的树枝弹到了悬崖半空的平台上，摔得昏死过去，当他醒来时已是雨过天亮。

刘俊林动作敏捷，身高力大。几个鬼子一起向他扑来，他一个闪身，鬼子扑空倒地，他趁机开枪一连打死了 3 个鬼子。蜂拥而来的鬼子又围住了刘俊林，他一个扫荡腿扫倒 5 个鬼子后，一个箭步冲上前，用枪托砸死了两个鬼子，刘俊林扔掉被砸折的半截枪，顺手夺过鬼子手中的大盖子枪，对准鬼子拼命地射击，又有几个鬼子送了命。此时，10 多个鬼子同时扑向刘俊林，他一个鲤鱼打挺把一个鬼子掀翻在地，接着一个旱地拔葱跳到了悬崖边，与敌人拉开了距离。因鬼子要抓活的，他们端着枪步步紧逼，眼看着离悬崖越来越近。刘俊林突然冲向敌群，紧紧拖住走在最前面的一个鬼子，拖着滚下了 20 多米高的悬崖。鬼子气得牙痒，他们在山谷中找到刘俊林的尸体，狠狠地捅了 11 刺刀后，才气势汹汹地撤回了王庄村的宿营地。

刘俊林牺牲时年仅 21 岁。1944 年 8 月，泰山军分区、淄川县委将火龙台改名为"俊林山"，在刘俊林牺牲的火龙台山岩石壁上镌刻了"刘俊林烈士殉国处"。同时，在下茶业口村立起了"抗日民兵烈士纪念碑"。

（刘明奎　陶德合）

爆炸大王左太传

抗日战争和解放战争时期，在革命老区莱芜大地有一个威震敌胆的“飞行爆炸大王”左太传和他领导的“鲁中区飞行爆炸大王队”。战争的硝烟已飘过七十余载，但左太传的战斗故事仍在民间传颂。

左太传生于1923年，是现在济南市钢城区黄庄镇青冶行村人。1941年到鲁中军区学习地雷技术，后回家组建30多人的爆破队并任队长。他在巧妙用雷的基础上，研究发明了绝户雷、双皮子雷、明雷、暗雷、连环雷等等，只要是敌人活动的地方，他都可出其不意地布雷，给敌人以极大的杀伤。他机智勇敢，带领队员神出鬼没，新泰、莱芜、蒙阴、博山、沂源等地都留下了他战斗的足迹。

1947年1月底，蒋介石实施重点进攻山东解放区的“鲁南会战计划”。华东军区指示鲁中军区组织民兵群众在莱芜至明水、周村、博山的道路上埋设地雷，迟滞敌人南进。

冬天的早上，寒风嗖嗖，雪花飘飘。左太传突然接到鲁中军区的紧急命令，要求务必在10小时内赶到博山县接受任务。于是，左太传立即带上队伍，火速向博山开进。

左太传等人仅用了7个小时就到达了一百多里以外的目的地青石关村。领受任务后，左太传与副队长桑鲁观察了周围的地形，只见青石关两边的陡壁如刀削一般，只有一条山沟小道通往博山城。随后，左太传组织队员们研究战法，决定先派人到博山城查明敌情，再进行布雷行动。

当天下午3点，左太传穿上一件黑棉袄，头戴毡帽，挑着一担花生，随着一伙贩花生的小商贩下了博山城。考虑到国民党的大兵总是在酒馆、娱乐场所出入，晚饭后，他打算到戏院侦察敌情。他和店主交代了一下直奔戏院去了。入座不一会儿，见有一个头戴礼帽，身穿纺绸大褂的家伙叼着雪茄烟，带着一个身穿旗袍的女人摇头晃脑地走进来，人们见了都胆怯地让路，戏院的经理领着他俩在左太传的前排中间坐下。

左太传觉得这人不是一般人。戏正演到热闹处，戏台上挂出一个寻人招牌，上写着“闫队长速回队部”。那女人对男的说：“有人找你回去，明天还要到匪区。”那男的瞪了她一眼，等了一会儿才悄悄出了场。左太传紧随其后，见闫队长进了不远处的一个营房。

第二天一大早，左太传挑着花生来到营房门口，不一会儿见闫队长以商人装扮走出来，他就在人群中快步赶上来，上前和闫队长交谈，并做好了随时擒拿的准备。傍晚，当行至关道一半的时候，听到一阵拉动枪栓的声音，紧接着有人喊：“站住，不许动！”左太传听到是战友的声音，闫队长正要掏枪，左太传手疾眼快，照头就是一扁担将其打倒在地，紧接着一个箭步上去缴了他的枪。

再狡猾的狐狸也斗不过好猎手。当夜，经过严厉审问，闫队长最终将两个团的抢粮计划做了交代：“部队明天下午从博山城分三路出发，9 点到这里，夜晚由我在中路点火为号，全体行动。”

根据口供和在博山探听的消息，左太传决定兵分两路，来一个前后起火，一箭双雕。第二天，他请当地民兵配合，在敌人约定的三路会师点布设了一个地雷网，由部分队员和当地民兵把守，埋伏在周围，等敌人踏响地雷后，向敌人猛力射击，配合敌后行动。

左太传带领队伍乘虚而入，晚 8 点插进博山城西南水峪子村，闯进敌人的军需处大院，击毙军需处长，紧接着进入军需仓库收拾了一些轻便武器，把仓库点燃后迅速撤离。火越烧越旺，一会儿敌人的弹药库爆炸了，爆炸声像过年的爆竹一样响成一片，敌人像屎壳郎挨了一石头，到处乱滚乱爬，鬼哭狼嚎。

左太传小队撤出村子不远，又看到前面大火冲天而起，接着是震天动地的爆炸声以及敌人的惨叫声和民兵们射向敌人的密集枪声。

左太传斗智斗勇，和战友们又打了一次漂亮的伏击战。敌人死的死，窜的窜，而他们已带着战利品雄纠纠地返回了宿营地。

（徐勤国　刘明奎）

赤胆忠心董振彩

在日照市岚山区黄墩镇北面的烈士陵园里，安葬着一位革命烈士，他的名字叫董振彩。

1938 年初，抗日烽火席卷全省。8 月，中共鲁东南特委建立。当时，为了一致抗日，我军收编了许多杂牌军。这时，盘踞在黄墩一带，有着 200 多人的土匪头子朱信斋迫于形势，也为了给自己找一条生路，挖空心思找靠山，便提出投靠我军。特委遵照党中央、毛主席关于“对土匪武装总的方针是争取他们抗日”的指示，决定接受朱信斋的要求，将其部改编为八路军山东纵队二支队第四大队。为团结抗日，由朱信斋任大队长。

朱信斋被我军收编后，在八路军的帮助下，发展到三个连，一个便衣排，共 300 余人，并从各村自卫队中抽调了一部分人，成立了两个常备队，隶属独立营领导，朱信斋任营长，董振彩任营政委。

董振彩到独立营后，觉察到朱信斋明为人民军队，暗地里却与国民党反动派勾结在一起，与八路军离心离德。国民党 111 师顽固派孙焕彩，对朱信斋进行威胁利诱；日照县陈疃区（现日照市东港区陈疃镇）国民党的反动区长杨百福也与朱暗中勾结，秘密往来。

1941 年 3 月 2 日，朱信斋公然叛变。在这之前，朱信斋安排其长子朱德明将其罪恶行径做了部署。随后，朱信斋派其亲信去叫董振彩，当面却说“少营长（朱德明）有请”。董振彩听是“少营长”有请，便与往常一样，跟着来人到朱德明的住处。刚一进屋，突然从里边窜出几个匪徒下了董振彩的枪，并把他捆绑起来。同时，全营在朱信斋的一声密令下，凡是有抗日倾向的全部被抓捕关押，一夜之间，就逮捕了独立营和黄墩一带的中共党员、干部、战士 200

多人。

董振彩被捕后，立即被关押起来。一天，一个匪徒到关押董振彩的屋里说：“老营长有请。”董振彩冷笑了一声说：“又是一个请字！”就跟着那个匪徒稳步从容地走进审讯室。朱信斋假惺惺地急忙站起来，吩咐那个匪徒给董振彩松了绑，没等朱信斋让座，董振彩就满面怒容，毫不客气地坐到一把椅子上。朱信斋鬼脸一横，像陌生人一样，问董振彩：“你是共产党吗？”董振彩理直气壮地回答说：“我就是共产党派来的！”朱信斋阴阳怪气地奸笑着说：“我知道你是共产党，跟着共产党有什么好处？武器破烂，连军费、给养都供不上，叫弟兄们整天饿着肚子抗日，这样下去，早晚会被日本人消灭的。现在唯一的出路就是投靠中央军……”没等朱信斋说完，董振彩满腔怒火，拍案而起，大声说：“你这是打着抗日救国的招牌，玩弄反共反人民的花招，是绝对没有好下场的！”董振彩这一大义凛然的叱责，激怒了朱信斋，他呵斥道：“真是不识抬举！”然后又凶狠地问董振彩：“你跟我投靠中央军，行还是不行？不然，我就送你上西天！”董振彩怒不可遏，义正词严地揭露朱信斋的罪行：“你这个狼心狗肺的土匪，手上沾满人民的鲜血，人民绝对不会饶恕你的！”董振彩在被捕的四天里，被刑讯过六七次，虽已遍体伤痕，但他丝毫没有屈服。

3 月 6 日上午，朱信斋又一次审讯董振彩。董振彩怒视着这个杀人不眨眼的惯匪说：“抗日救国是民族大义，反共反人民是罪责难逃！”朱信斋怒吼一声说：“我要枪毙你！”并下令匪徒用 8 号铁丝穿透了董振彩的锁骨，顿时鲜血直流。他强忍着剧痛，厉声说：“共产党人，为了抗日，为了人民，死有什么可怕的！可你这个惯匪在杀人的账本上，又欠下了一笔人民的血债！”审讯后，十几个匪徒将董振彩及其余几位被捕的革命同志，押到黄墩西面的巴山西北角枪杀了。

董振彩牺牲时年仅 28 岁。当时，黄墩周围村庄的人民看到他被惨杀的情景，都流下了悲痛的眼泪，恨不得一下子把朱信斋抓住用刀子割了。1943 年 12 月，在石沟崖战斗中，八路军终于活捉了这个血债累累的土匪，并在文疃召开公审大会，对朱信斋就地正法，当地群众无不拍手称快。

（辛崇敢　曹树建）

侯登山舍身炸圩墙

位于垦利、广饶、博兴、蒲台（1956年3月并入博兴县）四县交界处的三里庄，虽然是个小村庄，却是进出垦区根据地的咽喉要地。

1940年，山东保安16旅3团团长成建基投靠日军后，将三里庄的100多位村民赶出村庄，把这里修建成了据点。

日伪军霸占三里庄后，经常在据点的围墙上向八路军开枪射击，甚至到处抓人，杀害抗日军民。有的乡亲被“点天灯”，有的儿童被活剥皮，有的抗日战士被“大卸八块”，手段极为残忍。

为了拔掉这颗钉子，1943年5月28日晚，清河军区直属团在夜色的掩护下发起了对三里庄的全面围攻。

战斗打响后，由军区爆破队配合2营5连炸开东面的圩墙，然后2营全部出动攻占据点。1营和3营则在其他三面佯攻，并负责打“出水”和增援。

战斗打到凌晨3时，主攻部队仍然被阻隔在据点外边。这时，东方的微光已开始穿破浓重的夜幕，可是据点的圩墙仍然没有炸开，5连的指战员个个心急如焚。在这紧急时刻，爆破队长侯登山抱起最后两个炸药包，一跃冲出阵地，做最后一次爆破。在侯登山爆破的同时，5连连长王子玉把全连的火力做了调配，最大限度地集中火力掩护侯登山前进。

此时，敌人的子弹、手榴弹狂风骤雨般的从圩墙上往下倾泄。侯登山在枪林弹雨中勇猛前进，子弹贴着他的耳朵，擦着他的发梢飞过，他挟着两包四五十斤重的炸药，一会儿卧倒，一会儿翻滚，逐渐靠近圩墙脚下。他卧倒在弹坑里，仔细观察了一下前几次爆破的情况，又向前爬去。他总结了前几次爆破失败的原因，发现爆破处是圩墙最厚的地方，但支撑杆太短，炸药包放得低，一包炸药根本不起作用。侯登山决定把两包炸药绑在一起，再尽量提高放置的高度。后面的战士加大火力掩护他，每个人的心都提到了嗓子眼。侯登山拔出刀子在墙上剜窝，一边剜，一边蹬着窝，挟着炸药包，身子贴着墙面奋力向上攀登。圩墙越往上坡度越小，炸药包又重，稍一紧张，就有可能跌下去。当他爬到三米多高的时候，敌人发现了他，有几挺机枪交叉着向他射击，又被5连的火力压了下去。侯登山受了伤，他好长时间没动一动。5连官兵全都屏住了呼吸，两眼直盯着在硝烟中的侯登山。不一会儿，他的右手又慢慢挥动起来，还是在墙上剜窝，窝太浅，他几次放炸药包都放不住。最后，他回头看了看同志们，毅然决然地把炸药包拉到胸前，用身子抵在圩墙上，一只手狠命地抠进圩墙的坑里，一只手拉着了导火索，火花在他胸前滋滋地冒着。他高呼："同志们，为了胜利，冲呀!"随着轰隆一声巨响，一股硝烟冲天而起，弥漫了半边天空……

就这样，三里庄圩墙炸开了，爆破英雄侯登山却英勇牺牲了!"为侯登山报仇，同志们，冲啊!"五连指导员程武志带领突击队一拥而上，沿着侯登山用自己身躯开辟的通道，迅速占领了突破口。

接着，连长王子玉带领全连战士也冲了进去，三里庄据点内的敌独立旅第2团大部被歼，伪团长成建基带领残兵败将狼狈逃窜。我军胜利占据了三里庄。

（杭启忠　刘明奎）

王德和孤身破敌堡

王德和1912年出生在福山县高疃肖家夼村一户贫苦农家，父亲去世得早，母亲拉扯着他们兄弟三人艰难度日。大哥王建春18岁被抓了壮丁，1933年，刚过二十岁的老二王德和，又被盘踞在栖霞的国民党抓去当了兵。王德和一直就有抗日保家的愿望，既入行伍，他相信国民党政府也是抗日的，于是卖力表现，每一仗都冲锋在前，很快被提升为排长。

1938年1月，日军沿烟青公路向胶东地区进犯，胶东大地很快沦陷。王德和对国民党军队彻底绝望了，便带着一名同乡投奔了中国共产党领导的抗日武装。经过三年的战火考验，王德和于1941年光荣加入中国共产党，并被提升为排长。

1941年3月中旬，中共胶东区委发起了大规模的反投降战役。3月18日，王德和所在的五支队负责攻打陈昱盘踞的观水据点。

观水据点，是陈昱苦心经营的一个大型堡垒，周围暗堡重重，易守难攻。战斗中，暗堡火力对战士进攻威胁很大。王德和率领全排战士冲在最前面，连克数座碉堡，在快接近中心据点时，一暗堡猛烈的机枪火力挡住了去路。这个火力点是建在一个向前突出的巨石上，爆破难度很大。王德和接连派出两个爆破组，都未能完成任务。怎么办？望着喷射火焰的暗堡，王德和急红了眼，他向身边战士吼道：加大火力，压住敌人！接着喝退战士的劝阻，孤身一人向暗堡扑去。

敌人的枪弹雨点般地射过来，王德和时而伏在地上一动不动，时而又飞快向前爬行，很快接近了暗堡。他从身后摸出手榴弹，瞄准枪眼投了进去。一声巨响，敌人的机枪顿时哑了，王德和也因距离太近，被震昏了过去。昏迷中，他被一阵刺耳的枪声惊醒，睁眼一看，敌人的机枪又疯狂地响了起来。

王德和盯着敌人的枪口，不顾一切地站起身来，双手一把抓住已经打红了的枪筒，猛地把机枪从暗堡中拽了出来！敌人的射手顺势被拖出半截身子，二人拼命地争夺起来。争夺中，暗堡中丢出一颗手榴弹，王德和抱着机枪倒在了血泊中，战士们趁机发起猛攻，拔除了这个暗堡。

此时，王德和已血肉模糊，气息全无。战士们悲痛地把他抬到了阵亡烈士集合处。

正准备装殓，王德和突然发出了轻微的呻吟声，大家非常惊喜，急忙把他抬到战地急救所，简单包扎后，火速送往后方医院抢救。就这样，王德和奇迹般地活了过来。

这次战斗，他身负重伤，腹部被弹片穿透，有些弹片因当时条件所限，没有取出来。因鼻骨被打断，从此落下一个“哈塌鼻子”的外号。

1942 年，伤愈后的王德和被借调到福山六区任区中队副队长，协助地方开展敌后工作。1945 年，福山县大队改编为福山独立营，王德和调任 2 连连长。

8 月 15 日，日本无条件投降。16 日，福山抗日民主政府向驻福山的日伪军发出最后通牒，限其于 18 日下午 3 时前交出武器，向我军投降。不甘心失败的敌人拒降，企图向烟台突围。

王德和率 2 连战士奉命坚守芝阳山阵地。刚进入阵地，他就一把夺过全连唯一的歪把子机枪，亲自担任危险性最大的机枪射手。当敌人进入射程后，王德和扣动机枪猛烈扫射，一下子撂倒了几十个日伪军。敌人迅速集中起五六挺重机枪疯狂反攻，子弹密集地向他射来。旁边的战士感到王连长太危险，拼命将他拖下来，准备替换，王德和大声喊道：“不要管我，快用手榴弹狠狠地砸。”

话刚说完，一颗罪恶的子弹射中了他的胸膛，王德和壮烈牺牲，倒在了胜利的前一刻。

（赵曙光）

最后一颗子弹

仲春时节，横卧在小山包后面的平阴县胡坡村，掩映在梧桐的疏影里。

在村中的公路旁，屹立着平阴县第一任县委书记熊善隆的故居。在这里，这位以血荐轩辕的共产主义战士，为民族独立、百姓幸福穿梭着、奔走着……

1911 年，熊善隆出生在胡坡村一个书香家庭。他的父亲熊宝哲是平阴东南乡品学皆为乡里称道的小学教师，家里只有一亩薄地，靠教书为生。

1918 年，全国兴起废私塾兴新学的潮流，平阴县进步人士孔宪海筹建了全县第一所女子学校，聘请熊宝哲当校长。学校里有位名叫朱正吾的教师，是熊宝哲的得力助手。后来，朱正吾知书达礼、相貌端庄的二女儿朱名莲也来到女子学校任教。恰好熊善隆也到了结婚的年龄，就这样，熊宝哲和朱正吾便为儿女定下了这门婚事。

结婚后的朱名莲惊奇地发现，丈夫文化程度不高。为此，朱名莲鼓励熊善隆上学深造。熊善隆于 1930 年底考入省立聊城第二中学，1934 年，又以优异的成绩考取位于曲阜的省立第二师范。

在曲阜，熊善隆的思想得到质的飞跃。他努力寻求革命真理，越发敬佩共产党和红军，具有强烈的革命要求。

1937 年，熊善隆到黄河北岸的牛角店高等小学任教，同年 12 月 27 日，日军占领济南，学校被迫解散，熊善隆只得回到老家。1938 年 6 月 28 日，日本侵略者侵占了平阴。

眼看着国难一步步加深，被鲁迅“我以我血荐轩辕”感染的熊善隆再也坐不住了。正当他酝酿抗日活动时，中共泰西特委和八路军山东纵队第六支队为开辟平阿山区抗日革命根据地，来到平阴县开展工作。可当时平阴县没有共产党员，泰西特委首长段君毅便与时任泰西特委宣传部部长万里商量，尽快发展党员，建立平阴县委。万里首先想到了他的同学熊善隆。

到达平阴的当天晚上，万里领着段君毅敲开了熊善隆的家门。昏暗的油灯下，他们与熊善隆彻夜长谈，这一夜，熊善隆的命运有了新的转折。

紧接着，经万里介绍，熊善隆进入农民自卫队训练班学习。其间，万里、袁振介绍熊善隆加入中国共产党，成为中共候补党员。1939 年 2 月 1 日，中共平阴县委正式成立，经 115 师政委兼鲁西军政委员会主任罗荣桓批准，熊善隆担任县委书记。

1940 年 7 月，时任八路军第一纵队司令员徐向前，从山东返回延安，途经平阴，在县委驻地王楼村听取了熊善隆对平阴抗战工作的汇报，并做了重要指示。1939 年 10 月，因形势需要，平阴县第一届抗日民主政府成立，熊善隆被选为县长。

抗日民主政府的成立，标志着平阴抗日根据地的形成。熊善隆这位坚定的革命开拓者，与八路军山东纵队六支队民运科科长张伯源紧密配合，在大寨村成立了六七十人的平阴基干大队，在各区建立武装队，在各村建立自卫队和游击小组，配合八路军打击日伪势力。

熊善隆还以石匠的身份做掩护，到黄河北邵庄一带，依靠抗日积极分子邵清刚发展抗日基干游击队 30 余人。到 1940 年底，平阿山区发展党员近 300 人，建立基层党支部和小组 90 多个，并先后在所辖 6 个区建立了区委。各区的农协会、青救会、妇救会、儿童团等群众组织，如雨后春笋般迅猛发展。

1942 年 3 月，日军推行第四次“治安强化运动”，实施所谓“治安肃正”“总力战”“囚笼政策”和“保甲制度”。为粉碎敌人“围剿”，建立联络站点，开展对敌斗争，10 月 7 日，熊善隆夜渡黄河。

熊善隆带领一区区长朱大全等 6 人将罪恶累累的安城乡伪乡长卢某处决后，准备到与肥城接壤的三台山隐藏。他们夜晚行军，数小时奔波十几公里，又累又乏的小分队决定到大官庄村大地主钱某家借宿。钱某表面殷勤，热情安排熊善隆一行去四周都是高屋的耿常山家居住。

安排好后，钱某即来到本村伪保长孙某家，挑拨说：“熊县长他们来了，今天在土寨打死了乡长，你要注意啊，晚上别把你也给打了！”孙某心里打鼓，就去找耿常山，吓唬他说：“你家窝藏八路军，如果让北山上据点里的人知道了，你吃得消吗?”耿常山内心害怕，就听取了孙某的主意——去北山据点把情况报告给汉奸队长马某。

第二天早晨，钱某“热心”地来给熊善隆等人送早饭，出门时却把门从外面挂上了。很快，日伪队长马某带领三四十个日伪军分两路包围了耿常山家，他们在外边喊话说:“快缴枪投降吧！不缴枪就开枪啦!”熊善隆等人马上反击，两次突围均未成功，形势非常不利。

在子弹即将打光、已陷入绝境的情况下，熊善隆和朱大全宁死不做俘虏。在逼仄的小屋中，他们用枪里仅存的最后一颗子弹，互相用枪指着对方的头颅，同时开枪，自杀殉国。

熊善隆等人的牺牲震动了整个平阴山区，给平阴县党的工作和整个抗日运动带来了难以弥补的损失。

1946 年，泰西地委、专署在平阴召开了隆重的追悼大会，熊善隆烈士遗骨被送回胡坡村安葬。

人民没有忘记熊县长。胡坡村东的熊善隆墓前，常年摆放着祭奠的鲜花……

（卢昱　张红　刘明奎）

傅氏父子智救小八路

在莱芜市茶业口镇龙堂村，流传着傅玉德父子智救小八路的故事。

1942 年初春，在淄川县茶业区龙堂村的栗子树沟内，村民傅玉德带着 9 岁的儿子傅洪银正在拾掇庄稼。忽然，不远处传来两声枪响，傅玉德急忙把儿子藏到一棵老栗子树洞里。

只见山坡上蹒跚着跑来一个十四五岁的孩子，裤腿上染满了血迹。少年跑到树旁，猛然发现傅玉德父子，愣了一下就要往山沟里跑，被傅玉德一把拉住："快藏进树洞，俺爷俩把他们引开。"

傅玉德父子走了没几步，觉得藏在树洞里不安全，急忙回头抱起少年向北山坡跑去，将他塞进灌木遮蔽的石堰里。刚回到地里，4 个汉奸、1 个鬼子便追过来："见到小八路没有，不说死啦死啦的。"傅玉德假装害怕，哆哆嗦嗦地回道："刚才听见两声枪响，有个人往东山跑了。"小鬼子跑到老栗子树跟前转了一圈，领着 4 个汉奸向东山追去。

等敌人走远，傅玉德急忙来到小八路藏身处，发现小八路右腿被子弹打穿。傅玉德急忙脱下内衣，撕成两半，将小八路的伤口包扎起来。

傅玉德对小八路说："你在这里等着，俺爷俩回村了解一下情况，顺便给你弄点吃的。"

父子俩刚进家门，几个汉奸就闯了进来："刚才还在山上，这么快就回家了，是不是把小八路藏在家里了？"

"借俺几个胆子也不敢，不信你们搜就是。"傅玉德不慌不忙地打开每个房门。鬼子离开后，他提上妻子熬的一瓦罐米粥和两个窝头急忙赶到了栗子树沟。

经询问得知，小八路叫王其舜，莱北县苗山区祝上坡村人。1940 年秋，13

岁的他参加了县青年抗日中队。这天中午，他执行任务时与同村的汉奸相遇，在躲避围捕中被鬼子打伤了右腿。

傅玉德看着受伤的王其舜，要背他回家养伤。“不行啊，大叔，估计明天鬼子汉奸还会来搜村，那样会连累你们的。”傅玉德只好回家给王其舜拿来被子和毡帽。

第二天中午，日伪军果然又来村里搜查。傅玉德暗暗佩服王其舜的判断，敌人走后，他又悄悄地给王其舜去送饭。

五天过后，敌人再也没来，傅玉德这才在夜里把王其舜背回家。王其舜的腿伤因没有及时救治，已经发炎。为了保密，傅玉德不敢请大夫医治，便上山采来一种草药煮水给王其舜清洗。持续几日不见好转，傅玉德便带上家里仅有的3块银元，去章丘明水城请老乡、中医传人吴掌柜上门诊疗。

晚上10点多，吴掌柜跟随傅玉德进了门，看到王其舜的伤口，吴掌柜吓了一跳：“再不治疗这条腿就完了。”他取出手术刀，用酒精棉擦了擦，在伤口四周划了几道儿，挤出紫黑的淤血，又挑开伤口周围充满淤血的肉，用手术刀将子弹头剜出来。尽管没用麻药，但王其舜咬着牙始终没吭一声。

转眼一个月过去了，王其舜的伤渐渐好起来。为保证王其舜在家里安全养伤，傅玉德一家人在院子里悄悄挖了一个地窖，若遇到鬼子“扫荡”，就把王其舜藏在地窖里。其间，敌人先后几次进村搜捕，还放火把全村的房子烧毁了。王其舜一直没有暴露。

三个月后，王其舜基本痊愈。归队的前一天晚上，王其舜拜傅玉德夫妻为干爹干娘，与傅洪银结成了兄弟。

为了确保王其舜的途中安全，傅玉德亲自护送，几经周折，终于在茶业区阁老村找到了原部队。

王其舜跟随四支队先后参加了莱芜、鲁南、淮海、孟良崮等十余次战役战斗，先后五次受伤，多次立功。新中国成立后，他频繁调动工作，最后从鞍山市政协副主席岗位上离休。

1991年，王其舜回到龙堂村看望恩人一家。在傅玉德的坟墓前，王其舜痛哭流涕，感伤不已。当年，傅玉德一家人的大爱深情，永久刻印在王其舜的心里……

（陈巨慧　陈业冰　刘明奎）

千余村民与一名八路军的生死情

1943 年秋天，商丘、兰考等地上万日伪军秘密部署，对鲁西南地区进行军事“扫荡”，曹县“红三村”是重点。

当时，25 岁的秦兴体任五分区根据地供给部保管股股长。按照上级要求，秦兴体将边区货币、缝纫机、棉花和布匹等物资就地妥当掩埋。这时，敌人已将刘岗村团团围住，秦兴体无法转移，换上农民衣服留了下来。

10 月 6 日拂晓，1500 多个日伪军把“红三村”包围起来，试图找到八路军后勤物资。秦兴体一边组织民兵阻击敌人，一边掩护群众突围。由于寡不敌众，敌人很快攻占了刘岗村，秦兴体与一千多名村民一起被赶到村外的寨海子里。

寨海子，是村民为防盗、防偷、防日寇在村围子外挖的水塘。日伪军将一千多名村民赶进冰冷的寨海子，在四周架起机枪。寨海子变成了一座大水牢。

日军翻译官喊道：“今天你们只要说出谁是共产党，谁是八路军，八路军的军用物资藏在哪里，皇军就会放了你们。不合作，统统拉出去枪毙！”

一千多名村民静默无声。

日军从水中拉出两个青年人，逼问：“谁是八路军？”

二人齐声回答：“不知道！”

日军指挥官一努嘴，日本兵立即开枪打死了他们。随后，日本兵又把一个青年拉出来吊在树上，挥舞着棍子猛打，一边打一边问：“谁是共产党？谁是八路军？”

“不知道！”

这位青年被活活打死。

日本翻译官指着三个青年人的尸体和鲜血，对村民说：“要是不说，你们统统是这个下场!”

15 岁的刘效民和父亲紧紧拉住秦兴体的手。目睹日军的暴行，秦兴体几次想冲出去和敌人拼命，都被刘效民父子和群众扯住。村民泡在水中，坚守着一个信念：一定要保护八路军的安全。

更加残酷的审讯开始了。敌人抬来一张刑床，从水坑里拉出一名村民捆在刑床上，严刑拷打，但不管怎么审讯，受刑的村民都一口咬定“不知道”。

“统统的死了的!”日军指挥官多喜成一恼羞成怒，挥舞着指挥刀向机枪手大声叫嚷。

眼看着一个个村民被活埋、被活活刺死，还有的被捆在树上开膛破肚，秦兴体心如刀绞，再也忍不住了，他不顾一切挣脱村民的手，猛然在水牢中高喊：“我是共产党！我是八路军!”

秦兴体挤出村民的保护圈，大义凛然地站到多喜成一面前。

“你们八路军的军用物资放在什么地方？说出来大大的奖赏!”

“你先把人都放了!”秦兴体坚定地说。

日军指挥官命令把村民从寨海子里赶出来，然后又凑到秦兴体身边：“八路的军用物资到底藏在哪里?”

秦兴体拍拍胸脯：“它全藏在这里，你们永远找不到!”

多喜成一嗖地把指挥刀架在秦兴体的脖子上，秦兴体泰然自若。日军指挥官用日语吼叫了一声，翻译官立刻带领几个汉奸，把秦兴体绑在刑床上，用皮鞭猛抽，并向他身上滴洒浓硫酸，秦兴体身上顿时烧起了许多血泡，疼得昏死过去。

日本兵往秦兴体头上泼了一盆冷水。待秦兴体苏醒过来以后，多喜成一又问道：“你说不说?”

秦兴体沉思了一会：“我说。”

翻译官喜出望外，立即让人把秦兴体放下来，年轻英俊的秦兴体满脸的血水，转过身来，大声说道：“乡亲们，抬起头来，不要伤心难过，中国人民是有骨气的！抗战一定会取得胜利！我们的大部队马上就要回来，他们会给死难的群众报仇！血债终要血来偿！我们要坚持到底，和日寇汉奸斗争到底……”

多喜成一被气得哆嗦着手，指着秦兴体大喊：“快！快！卡住他的喉咙!”

几个鬼子扑上来把秦兴体拖到墙根，用长钉把他钉在木板上，秦兴体大骂不止。

为了堵住他的嘴，日军用匕首从他身上割下肉，准备塞进秦兴体的嘴里。

秦兴体大声喊道："狗日的小鬼子，肉，你拿去吧，骨头是我的！"

日军把门板倒过来，下面生上火，对秦兴体用上了中国历史上最残忍的酷刑——凌迟，用刀一块一块切下他的肉……

村民忍无可忍，纷纷冲上去和敌人拼命，敌人的机枪开火了，一百多名村民倒在血泊中。

什么也没有得到，恼羞成怒的日军烧毁了全村房屋。

一千多名村民为了救一名八路军战士抛洒热血，一名八路军战士为了救一千多名群众献出了宝贵的生命。

这天正好是中国传统的九九重阳节，刘岗村的百姓没有一家生火做饭。他们用门板制了一副棺木，把烈士掩埋在刘岗村边上，秦兴体永远成了刘岗人。

红三村：位于菏泽市曹县西北 30 公里处有一座安陵固堆，固堆上就是鲁西南烈士陵园，在固堆脚下，有三个相距不过两三里的呈鼎足之势的村庄，名叫曹楼、伊庄、刘岗。抗日战争时期，这里曾是鲁西南革命斗争发源地、鲁西南抗日根据地的首府和中心。日军在地图上用红笔把三村圈在一起，并写了一个大大的"赤"字，此后人们称之为"红三村"。1977 年，"红三村"被列为山东省革命纪念重点保护单位。

（赵鲁亚　谷吉灿）

血溅芦苇荡

1940年深秋的一个黄昏，鲁西大地。

徒骇河的河水淙淙地流向远方，河畔茂密的芦苇荡一眼望不到边，萧瑟的秋风吹着鹅毛般的苇絮漫天飞舞……

“浔阳江头夜送客，枫叶荻花秋瑟瑟。”芦苇荡深处传来一阵聊城方言《琵琶行》的粗犷歌声。

这位歌者叫楚凤林，是中共鲁西区委一位优秀的秘密交通联络员。那天，是他心情最好的一天，因为他已正式宣誓加入了日思夜想的党组织，成为一名光荣的共产党员。

当时，聊城西南最大的土匪头子是刘德培。这家伙为人奸诈，杀人如麻。后来，日军攻陷聊城，刘德培放弃民族大义，率众投靠日军，做了一个铁杆汉奸。

中共鲁西区委很想铲除刘德培，采取了很多办法，包括暗杀，但都没有成功。中共地下党员楚凤林的神圣使命就是搜集这伙悍匪的情报。

楚凤林居住的村庄在土匪区，这里土匪猖獗，横行乡里，大大小小的土匪都可以随便枪毙老百姓。

但他每次走进解放区，看到沿途人民欢天喜地的样子，楚凤林好像走进了自己的家，心情格外得好。在这里，看不到穿军装的八路军，人人好像都是八路军。当时，八路军条件非常艰苦，武器装备差不说，军装也买不起，战士们都穿着和老百姓一样的衣服，这也客观上保护了八路军。曾经好几次，刘德培想偷袭河东解放区的八路军，可都找不到八路军的影子。

在解放区，大土匪刘德培培植了一批奸细。楚凤林向党组织汇报工作比较小心，基本都是在街上卖粮食、区委领导买粮食的方式。

楚凤林的工作辛勤而细致，给中共鲁西区委源源不断地传递情报，像土匪的布防、装备、活动规律等等，各类情报准确而详尽。土匪的一举一动都在中共鲁西区委的掌控之中，这为后来八路军消灭这伙土匪汉奸打下了坚实基础。

刘德培与八路军的几次战斗，都以失败而告终，他开始怀疑内部有奸细导致情报泄露，并开始大规模地寻找共产党的地下联络员。土匪奸细举报，楚凤林可能有重大嫌疑，狡猾的刘德培随即将楚凤林家监视起来。

那段时间，中共鲁西区委隐隐感觉到楚凤林面临着危险，做出决议要求楚凤林留在河东，同时派特工队秘密将家属接走。楚凤林坚决不同意上级的决定，认为自己的家在敌人圩子墙内，正受监视，让同志们去营救，风险太大，不能做无谓的牺牲。他坚信自己的工作没有漏洞，敌人找不到任何证据，暂时不会有危险，坚决要求留在河西。

1944 年 10 月 6 日清晨，38 岁的楚凤林像往常一样，早早起了床，给大青骡子饮水，梳毛挠痒，捆装好粮食。然后，走进屋里，抱起襁褓中的儿子亲了又亲，随后握住妻子的手，深情地望着她，要她看管好孩子。

上午 9 点，刘德培亲率一批人马突击搜查楚家，没有找到楚凤林。但刘德培萌生了宁可错杀，决不放过楚凤林的念头，并做好了杀害楚凤林的准备。

黄昏，楚凤林牵着大青骡子渡过徒骇河，走进芦苇荡。一群土匪一跃而出，将楚凤林抓住，直接拉向芦苇荡深处。就义前，楚凤林神色不变，从容坦然，高挺着胸膛，远眺一望无际的芦苇荡和滚滚而去的河水，高声呼喊："同志们！永别了，希望你们勇敢地战斗，未来的世界是属于我们的！"

楚凤林响亮的口号声在徒骇河畔久久回荡着。

（楚存侠　张虹）

英雄父子

邵长喜，又名邵建中，1905 年 5 月生，滕县岗头镇（今滕州市滨湖镇）稻屯村人，1938 年入党，先后在滕西、鱼台等地做党的地下工作。1944 年 10 月，凫山县（驻地在今滕州市大郚镇）成立，邵长喜任凫山县六区分委书记兼区长，1946 年 5 月，任凫山县公安局秘书股长。

1947 年 2 月，国民党军队大举向山东解放区进攻，先后占领滕县、邹县、南阳。中共凫山县委遵照上级党委指示，组织撤退。同时，为震慑土匪恶霸，凫山县委组织部长邱天乙带领县武工队侦查组配合太平区委在陶城镇压伪保长，在刘庙处决叛徒。龙岗区委书记赵舆箴，撤退前带领武工队在东龙岗、前王晁、前韩庄等地镇压了 20 多个恶霸、土匪，给敌人以很大震慑。

国民党占领凫山地区后，地主恶霸趁机组织“还乡团”疯狂报复，各区村武装遭受重大损失。1947 年 2 月中旬，凫山武工队 20 余人被占领邹县的国民党部队在小石墙包围，当场牺牲 4 人，9 人被俘，炊事员孙友贵突围后又被地主“还乡团”捉住活埋。2 月下旬，古村区基干武装 20 余人，在车路口被占领滕县的敌人包围，队员大多数牺牲或被捕。

3 月 10 日，留在敌占区开展工作的邵长喜带着 15 岁的儿子邵明申（儿童团团长）去南阳传送情报，行至盖村村西时被敌人发现，不幸落入魔掌。当晚，邵长喜父子就被关进了监狱。在审讯室里邵长喜父子大义凛然，痛骂国民党反动派不顾老百姓死活，悍然发动内战的野蛮行径。敌人为了得到凫山县党政机关的突围情况，先是对邵长喜父子许以高官厚禄，但他们不为所动，严词拒绝。

敌人见劝降不成，随即露出了他们的凶残本性，在昏暗潮湿的审讯室里，对邵长喜父子严刑拷打，压杠子、灌辣椒水、火烧脚心、竹签钉手指，甚至用上了旧县衙留下的刑具。邵长喜父子一次又一次昏死过去，但父子俩始终咬紧牙关，没向敌人吐露一点党的秘密。他们痛骂国民党特务："你们想要的情报我都有，但绝不会告诉你们，不要白费心思了，今天落到你们这群畜生手里，横竖一死，要杀要剐随便！"

软硬兼施无效，恼羞成怒的敌人终于耐不住性子了。

3 月 20 日，敌人用铁条穿透父子两人的锁骨，绑在椅子上，抬着到后屯、岗头、盖村等地"游街示众"。群众看到邵长喜父子血肉模糊的样子，无不伤心流泪。几经摧残折磨后，凶残的敌人要将邵长喜父子活埋。敌人在挖好的土坑旁边，对邵长喜父子吼道："你们招还是不招，不招就活埋你们，招了不但可以活，还分给你们耕牛和土地。"

邵长喜父子轻蔑地看着刽子手马连荣和张崇珏说："你见哪个真正的共产党人向你们屈服过，我们共产党人是绝不会被你们的屠刀吓倒的，要杀便杀，不必多言！"

随即，邵长喜父子从容地跳入坑内。二人高呼："毛主席万岁！中国共产党万岁！"

就义时，邵长喜 42 岁，邵明申年仅 15 岁。

（安宁宁　李凤娟）

父子智勇救书记

1942年深秋的一天上午，运西区委书记鲁光右手拿枪，左手捂着腰向河边跑来，日军队长龟川带领鬼子、汉奸穷追不舍。砰，前面的鬼子被打倒一个，他们惊慌地趴在地上。忽然，芦苇丛里闪出一个六十开外、两眼有神、满脸皱纹的老人，一把将鲁光拉了进去。“啊，运水伯。”鲁光惊喜地说。这老人常在河上摆渡，是我党地下交通员，同志们都亲切地称呼他运水伯。今天他和儿子小虎就是奉命来接区委书记鲁光的。

运水伯指了指岸边的小石屋向鲁光示意，鲁光略一迟疑就闪了进去。“看你哪里跑！”汉奸队长吴二坏在屋外大声叫唤着。小屋里鲁光贴墙站着，腰部伤口疼得厉害。他直视门外，朝着张牙舞爪的龟川一枪打去。“八路的厉害，烧死的干活。”龟川摸着被打烂的耳朵嚎道。紧接着，吴二坏叫汉奸弄来柴草朝小屋里扔火把。

危急时刻，运水伯拨开芦苇，悄悄来到芦苇丛密处，急忙扒开草皮，掀开一块石板钻进洞去，走到尽头用手拨开草苫。运水伯探出身招呼道：“鲁书记，快来！”鲁光跟着下了洞。出了洞口，被运水伯和虎子架着拐进了河湾芦苇丛中。

待小屋燃烧殆尽时，龟川带人钻进小屋，里面除了灰烬和未烧完的柴枝啥也没有。忽然，一个汉奸惊叫起来：“这里有个洞。”龟川和吴二坏一伙人也顺着洞口跑下去，不一会儿来到另一头，钻出一看，周围全是芦苇。吴二坏问：“这小屋是干什么的？”“是运水摆渡住的。”“鲁光的没有，村里大大的有。”龟川用手比画个“八”字，吴二坏望着龟川：“太君，鲁光可能叫运水救走了。”龟川鬼子和汉奸向村里追去。

在村里家中，运水伯正给鲁光包扎伤口。汪汪，村里传来狗叫声。正在放哨的虎子急忙从树上跳下来，进屋告诉父亲："鬼子来了。"危急关头，运水伯将鲁光迅速藏在了夹墙里。随后，他们父子也迅速隐藏了起来。由于对村里地形不熟，鬼子们在村里折腾了一个下午，也没有发现任何蛛丝马迹。吴二坏恶狠狠地说："只要他在运西，就跑不了。"龟川对吴二坏说："统统封锁，岸上你的巡逻，水上我的船的巡逻。"

半夜时分，运水伯背着鲁光，小虎拿着抹了桐油的圆形箩筐，朝河边跑去。跑着跑着，后面响了两枪，有人喊："前面有人，快追。"吴二坏又带着汉奸来巡逻了。运水伯急忙放下鲁光："虎子，快把敌人引开。"说罢就拉鲁光趴在草丛里。小虎略一停顿，运水伯用手一推，让他快跑。"朝东跑了。"汉奸们追了过去。

运水伯背起鲁光，一只手拿着箩筐，急跑一阵下了岸，将箩筐放在水里让鲁光蹲好。为了吸引敌人，鲁光望着东面掏出枪就要打，运水伯急忙抓住鲁光说："别开枪，你的命要紧。"运水伯推着箩筐向西岸驶去。

不一会儿，东面传来汉奸的叫喊声："跑不了啦。"借着月光远远望去，虎子和吴二坏一同掉进运河里，接着敌人向河里开枪扫射。鲁光看着老人说："大伯，虎子他?"运水伯没说话，只是用力地摆动手臂推着箩筐费劲地向西游去。

坐船巡逻的龟川听到枪声，立即向西驶来，见河流中一个箩筐漂上漂下向西漂移，龟川大叫："船快快的，射击!"两个汉奸紧摇木浆，船离箩筐越来越近，子弹噗噗地打在水面上，运水伯快速地摆动着胳膊拼命向西划去，当碰到激浪打过来，运水伯就钻进水里，双手托着箩筐冲过激流。鲁光眼含热泪大声说："大伯，让我下去。"运水伯着急地说："快蹲好。"运水伯趁鲁光开枪反击的瞬间，伸手顺势抓住芦苇，猛地一拽冲过河心，把箩筐推进芦苇丛中很快靠了岸。

"追，鲁光的捉住大大的有赏。"就在鬼子的船快到岸边时，前来接应的民兵联防队向敌人开了火，经过一阵激烈的战斗，龟川身负重伤狼狈逃回了东岸的炮楼。

（杨俊生　刘云龙）

孟氏母子救八路

1943 年秋，日军调集一万余人，在飞机、坦克的配合下，对湖西抗日根据地进行“扫荡”，湖西大地炮火连天，硝烟弥漫。敌人采取“一拉二合三追”的战术，妄图将湖西根据地抗日军民一举消灭。湖西地区抗日军民吸取历次反“扫荡”的经验教训，在日伪军合围湖西中心区张寨、王庄地区时，八路军主力提前转移，让敌人扑了个空。丧心病狂的敌人对没有来得及撤退的老百姓进行了大肆屠杀，本是一派丰收景象的湖西平原，在日寇的铁蹄践踏下，生灵涂炭，断壁残垣。这劫后的惨景被年仅 17 岁的孟宪文看在眼里，恨在心头。

孟宪文家住杨楼村，他的父亲几年前就参加了抗日县大队，家里只剩下他们母子二人。为了躲避敌人的大“扫荡”，他家的小羊已经好几天没有吃到青草了。这一天，孟宪文趁天黑前到地里割草。

他来到村西一片高粱地里。高粱已经成熟，或许是主人忙于逃避战乱顾不上收割，或许主人在这次大“扫荡”中被杀害……高粱东倒西歪，杂草丛生。孟宪文一边飞快地割着青草，一边叹息着被敌人破坏的年景。割着割着，突然从高粱地深处传来一阵轻微的呻吟声。“是谁？什么人？”他一边问着，一边轻轻地分开高粱杆循着呻吟声走去，发现在高粱地里躺着两个血肉模糊的八路军。他急忙走上前去，弯下身推了推他们。两个人见有人来，警觉地睁开眼睛，搂紧了压在身下的枪。孟宪文亲切地问道：“同志，你们是哪一部分的？”个头小点的战士看到站在他们面前的是一个朴实的小伙子，就如实回答说：“10 团的，在掩护主力部队突围时负伤，在这里已经两天两夜了。”孟宪文看着两个八路军伤员，想到他们已经两天两夜滴水未进，心里说不出的难受。他二话不说，乘着夜色的掩护将他们先后背到了自己家里。

孟宪文的家在村西头，土打的院墙圈着两间低矮的草房。母子二人七手八脚将两个伤员安置好，孟妈妈先给两个伤员烧了汤喂他们喝下，又用盐水擦洗伤口。半个多月的时间里，孟宪文到处求药，孟妈妈精心护理着伤员。在孟家母子的精心护理下，两名战士的伤势逐渐好转。

一天，战士李大义对孟妈妈说："大娘，我们的伤已经好了许多，可以慢慢地活动了，得赶紧归队，不能再给您添麻烦了。"孟妈妈和儿子宪文商量：为了伤员安全到部队医院治疗，得赶快转移才是。

不料，第二天天不亮，四面八方传来了枪声，村里群众潮涌般的拖儿带女东奔西藏，日伪军又一次对杨楼村进行"扫荡"了。

情况危急，伤员还不能走路，怎么办？渐渐逼近的枪炮声撕人心肺，宪文和母亲急得团团转。两个八路军战士见此情景，忙说："大娘，您和宪文快走，不要管我们，要是敌人来了，我们就跟他们拼了。"说着两个伤员提起枪艰难地向屋外移动。

"不行！孩子，你们不能走，也别这样说。大娘是抗日根据地的人，没有不管你们的道理。"孟妈妈一把拉住伤员，斩钉截铁地说。

"宪文，快去找你村长大叔来。"孟妈妈急切地命令儿子。孟宪文找到正在指挥群众转移的村长，把他拉到家里。了解到情况后，村长二话没说，立即安排 4 个年轻人背着伤员同孟家母子一起向村外跑去。

他们几个躲在村北一片高粱地里，地的南边紧靠一条大道，道两旁挖有一米多深的抗日沟。4 个年轻人负责转移伤员，孟妈妈负责护理照顾伤员，孟宪文趁机到村里或其他地方弄点水和找点吃的。连续三天，他们从东转移到西，从西转移到东，从高粱地躲进抗日沟，同敌人捉迷藏，冒着生命危险，保护了伤员的安全，躲过了敌人的"扫荡"。

敌人走后，他们回到被敌人糟蹋得不成样子的村里。孟妈妈的两间茅草屋被烧了一大半，仅剩下的一只小羊也被敌人宰着吃了。两个伤员见状，难过地流下了眼泪，哽咽着说："大娘，我们俩把您老人家连累了，房子烧了，以后该怎么住呢？"

“孩子，不要难过，房子烧了我们还可以再盖，保住了你们就是保住了胜利，只有咱八路军才能打鬼子。”孟妈妈安慰伤员说。

不久，经村长同区里联系，区里将伤员安全转移到了部队医院继续接受治疗，两个生龙活虎的八路军战士又活跃在了抗日的战场上。

（谷吉灿）

许婚动员参军

在美丽的莒南县洙溪河畔，有一个秀丽的村庄——洙边村。抗战时期，这里是闻名全国的抗日根据地，共产党领导下的第一个军区——山东军区就在这里诞生，美丽大方的梁怀玉就出生在这里。1944 年，她与带头报名参军的青年刘玉明联姻的佳话，至今还在蒙山沂水间流传着。

梁怀玉，是洙边四邻八疃有名的好姑娘，不仅人长得漂亮，而且思想进步、工作积极。18 岁时，她因表现突出当上了识字班队长。

1944 年初，大动员参军的任务从县里下来了，区政府希望洙边村有更多的人参军。但是连年动员参军，符合条件的青壮年基本都已经上前线了，而且不断有战斗中牺牲的烈士通知传回村中，这对动员参军有很大影响。

村干部思来想去，觉得姑娘们心细，动员参军有优势，就要求识字班带头挨家挨户动员。作为识字班队长，梁怀玉的父亲年迈，弟弟幼小，又没有其他亲人，自己无法起带头作用，单纯依靠“口头保证”帮扶困难、代耕代种等方式实难奏效。她考虑再三，最后决定：为了抗日，奉献自己的爱情和婚姻。

动员参军大会上，村干部做完动员讲话后，刚刚当上识字班队长不久的她就第一个走到台上，勇敢地喊出了：“谁第一个报名当八路军，俺就嫁给谁!”

话语不多，掷地有声。会场里顿时热闹起来，有人为她鼓掌，有封建思想的老人觉得她有伤风俗。在她的带动下，识字班另 3 名女青年也在会上表了态。这时，村里有个叫刘玉明的青年，年龄大梁怀玉许多，平日里靠在村里炸油条为生。听了梁怀玉的话，他第一个报了名。在他的带动下，全村先后有 12 个青年报了名。

刘玉明不仅个子矮小，家中还十分贫困，父亲双目失明，母亲患气管炎、痨病，常年不能起床，还有一个 15 岁的小妹，家里穷得叮当响。父亲说啥也不愿让她嫁到刘家。

说出去的话，泼出去的水。但真的要嫁给刘玉明，梁怀玉思想斗争也很激烈。思前想后，她觉得党是咱的救命恩人，为了党的工作，个人怎么都行。她做通父亲的工作，决心嫁给刘玉明。

正月十五这天，梁怀玉亲手给刘玉明戴上大红花，和姑娘们一起扭着秧歌，唱着送郎参军的小调，一直把 12 名新战士送到驻地。为了刘玉明能在部队安心打仗，她就和刘玉明在区中队集训期间完了婚。结婚 12 天，刘玉明就随部队上了前线。

过门后，刘家的担子落到了梁怀玉的肩上。后来，国民党军队到处抓共产党军属和干部，一家人不能在村里住，她就和小姑子一起领着公公、扶着婆婆，东躲西藏。敌人闯进她家，抓不到人，就在她家的屋墙上写上："梁怀玉，把当共军的丈夫叫回来！"以此威吓她。

敌人的威吓，她并不害怕。她除了干好家务活，还坚持参加革命活动，各项工作她样样都跑在前。

1947 年，国民党反动派重点进攻山东时，形势非常紧张，她带领 20 多个识字班队员秘密挖窖子，藏军粮，受到领导的表扬。她的事迹还上了当时的《滨海日报》。

一天夜里，他们村接到上级命令，要求他们紧急出动人力到王庄去抢运粮食。王庄离驻扎在板泉的国民党新编 83 师某营很近，任务非常危险，但她毫不犹豫地带领 100 多名识字班队员和民兵连一起抢运粮食，趁着夜幕从敌人的眼皮底下疾行上百里路，在天明前把粮食及时交给了部队。

在梁怀玉的支持下，刘玉明多次立功受奖，还担任了坦克部队的一名连长。1955 年，刘玉明转业到临朐县公安部门工作，直到 1980 年离休回乡。

1992 年 3 月，梁怀玉被山东省妇联、省民政厅、省军区政治部评为"山东红嫂"，并授予省"三八红旗手"荣誉称号。

（田中琰　李亮亭　周通）

永远的新娘

1945年4月，蒙阴县蒙阴镇李家保德村的李凤兰刚满17岁，父母亲就为她定下了终身大事，男方是蒙阴县城东关村的王德玉。王德玉兄弟俩，父亲已去世，母亲身体多病。

第二年，双方老人就为他们选了一个良辰吉日，定在农历十月十九结婚。可在七月的一天，王德玉却参加八路军打鬼子去了！

这下急怀了李凤兰的父母。小伙子一走，这婚还结不结？再说，出去当兵，枪子不长眼，万一有个三长两短，闺女以后咋办？思前想后，李凤兰的父母决定毁约退婚！

从来都是以父母为大的李凤兰，第一次向父母说出了自己的想法：忠孝不能两全，婚约不能毁，到了日子俺就嫁过去！

婚礼如期举行。按当地风俗，本家嫂子头戴礼帽，怀抱公鸡，和新娘成亲。在拜堂的时候，李凤兰看着那只大公鸡，心里七上八下不是滋味。鞭炮每每炸响，她都觉得那是自己的男人在战场上向敌人射击的枪声！

结婚的第二天，婆婆拿来了一张纸，白纸黑字，她一个也不认识。婆婆说，这是分家的立单，分家所得的财产，不是什么金银珠宝，而是整整5亩土地！

没过多久，就听说解放军要过来，村里要求妇女做军鞋。李凤兰除了干地里的活，做军鞋几乎成了她生活的全部内容。每天做完上交的任务后，不管多晚，她总要在准备送给丈夫的鞋上缝几针。

李凤兰缝制这双鞋格外倾注情感。那时，鞋帮全是黑布料，没有办法更改。鞋里子的选料，李凤兰费了心思。李凤兰觉得，这是她给丈夫做的第一双鞋，应该喜庆一些，红色最喜庆。于是，她把结婚时母亲送给她的红头巾剪成了鞋里子。

1947 年 1 月 25 日，丈夫部队恰巧路过村子，不巧李凤兰回了娘家，婆婆马上派人去叫。为了看看从未见过面的丈夫，李凤兰颠着小脚，使出了全身的力气，在山里飞跑。一路上，李凤兰摔倒好几次，腿伤了，手破了，肩上背的小包袱也被划了个窟窿。

“回来了，俺回来了。”可她看到自己的新房里，只有婆婆一人在擦泪。婆婆望着满头大汗、上气不接下气的儿媳时，止住滚落的泪水：“德玉家的，你晚来一步，德玉前脚刚走，你这后脚就进来了，咋就那么巧呢!”

李凤兰瘫坐在门槛上，心里有说不出的惆怅。

丈夫只留下一封信，上面有句话让她记了一辈子：胜利了，俺再和你拜堂，战死了，那是光荣的事，你不用难过，速速改嫁!

日复一日年复一年，李凤兰苦苦等待着丈夫归来。直到 1958 年的一天，蒙阴县民政局送来了烈士证书。原来，王德玉早在莱芜战役中牺牲了，由于当时部队南征北战，又加上通信不方便，未能及时通知当地政府。

十多年，耕种的土地没有变，土地上的孤单劳作没有变，等待中的相思没有变，左邻右舍众乡亲对她“新媳妇”的称呼没有变。只是她那缕缕青丝中，有了些许白发，光润的前额上添了浅浅的皱纹。

后来，婆婆多次劝她改嫁。可当她看着白发人送黑发人的婆婆，她不忍心离去：没能和丈夫相濡以沫，那就同婆婆相依为命。

几年后，她先后抱养了一个女儿、一个儿子。在给儿女取名时，她不忘丈夫留给她信里的话：胜利了，俺再和你拜堂；战死了，那是光荣的事。她给女儿取名叫“胜利”，给儿子取名叫“光荣”!

2008 年 4 月，李凤兰老人安详地走了。但李凤兰的故事没有走，人们还是从心里称呼她——永远的新娘!

（黄立宇　黄玉雨）

三英烈之父刘永良

1891 年，刘永良出生在沂蒙山区的莒南县坊前镇聚将台村一个贫苦的农民家庭。

在那个土匪横行、军阀混战的年代，刘永良靠打长工维持生计，常常是衣不遮体，食不果腹。为了生计，他学会了吹长号，富人家办红白喜事，他就去给人家当吹鼓手，挣点钱养家糊口，勉强度日。

1933 年夏天，因土匪栽赃陷害，刘永良坐了半年监狱。失去了顶梁柱的家庭更是一贫如洗，不知是否还有出头之日的妻子，在丈夫被抓之后，撇下丈夫、孩子服毒自杀。

出狱后的刘永良，看透了国民党政府的腐败，更加痛恨黑暗社会。1934 年，刘永良接受了在该村进行革命活动的共产党员曹明楼的教育，懂得了许多革命道理。1937 年，日本鬼子的铁蹄踏上了中国的土地，莒南成为沦陷区，处于水深火热中的刘永良更加坚定了革命的信念。1938 年，村里成立了党支部，他积极参加抗日活动，带头加入农救会组织，任农救会长。1940 年，八路军 115 师挺进沂蒙山区，莒南县成为中国共产党领导下的红色抗日根据地。刘永良带头参加党组织的抗日活动，积极向群众宣传革命道理，组织群众参军。

1940 年春天，八路军组织群众召开参军动员会。刘永良第一个走上主席台，声音洪亮地说："国家兴亡匹夫有责，国难当头，我们每一个中国人都应该为国出力。我们做父母的都要学习岳母为岳飞刺字的精神——'精忠报国'，把自己的儿子送上前线，杀敌立功。今天，我作为农救会长，在这里带头为大儿子报名参军。"

于是，19 岁的大儿子刘福林告别了年轻的妻子和亲人们，奔赴抗日战场。

1942年，抗日战争进入了最艰苦的阶段。看着自己刚满17岁的二儿子，刘永良就盘算着让他为抗战做点事。这天，他亲自带着二儿子刘孟林来到了区中队，当着队长的面，他嘱咐儿子："不把日本鬼子赶走，你就别回家！"

两个儿子在前线打鬼子，刘永良在家带头从事农救会工作，在他的带动下，两个儿媳妇也都成了妇救会积极分子，积极为八路军推磨、碾米、做军衣，支援前线。

1946年，内战全面爆发，莒南县开展了大规模的参军参战运动。3月，中共莒南县壮岗区委在驻地桃花峪村召开参军动员报名大会，刘永良在会上动情地说："1942年我送二儿子参军时，就曾说过一定要抗战到底的话，今天为了全中国的解放，我决定再把最后一个儿子刘洪林送上前线。"

1947年和1948年，刘永良的大儿子和二儿子先后牺牲在解放战争的战场上。1950年，他的三儿子刘洪林在抗美援朝中壮烈牺牲，把热血洒在了异国他乡。噩耗接连不断，刘永良悲痛欲绝，他心中的苦楚是常人难以想象的，但他挺了过来，他对前来安慰他的领导说："只要党需要，我还有孙子，再让他报效国家。"

在受封建思想束缚了几千年的旧中国，妇女改嫁是件见不得人的事。然而，刘永良老人却勇敢挑战旧习俗。三个儿子牺牲后，他强忍悲痛，劝儿媳妇改嫁，像陪送亲闺女一样，先后将三个儿媳妇嫁了出去。

为了表彰刘永良老人忠诚爱国、热爱集体的壮举，1953年10月1日，莒南县人民政府赠送给老人一块"为人民牺牲光荣"的牌匾。

一门三烈士，刘永良老人从不居功自傲。在世时，他只享受国家规定的烈属补助，而把分到他名下的救济粮款等无私地让给别人。1963年，他当选为莒南县第五届人民代表大会代表、山东省第三届人民代表大会代表。1976年，刘永良老人病逝。2005年，抗战胜利60周年，中共山东省委原书记苏毅然欣然为刘永良题词"一门三烈刘永良"，并为由刘永良之孙刘炳茂编著的《三英烈之父刘永良》一书题写了书名。

（李亮亭　黄永仓）

母亲送我当八路

我的家在文登县（现已撤县设市）大水泊镇西南台村，父亲是一位私塾先生，母亲是一位普普通通的农家妇女。

1937 年 7 月，日寇发动全面侵华战争，我的家乡成了胶东地区最早的八路军根据地。从那时起，八路军在我家乡开展的抗日救亡宣传活动热火朝天，“当八路，打鬼子”，在我的家乡蔚然成风。

1938 年 2 月，村里来了八路军，其中有两位英姿飒爽的女八路，一位姓刘，另一位姓乔。她们的到来，立刻吸引了村里的女青年，年龄稍大的姐姐和她的同伴几乎每天都要去找八路军女战士攀谈，聆听抗日救国的革命道理。

四五天后，两位八路军女战士随部队开拔了，姐姐于宜嘉、堂姐于福嘉以及同村的于佩珍和于菊英也同时“失踪”。

那天晚上，姐姐走前，送给我一张小手帕，再三叮嘱：千万不要泄密。堂姐于福嘉走前，她母亲正犯“心口痛”病，她留下了一封信，表示“尽忠不能尽孝，尽孝不能尽忠”，并立下了掷地有声的铿锵誓言：“我们宁可死在抗日的战场上，决不死在家里的炕头上！”

姐姐的不辞而别，急坏了母亲。由于整日泪水涟涟，母亲的双眼发炎了，肿得像两个小馍馍。后来，有关姐姐的消息逐渐多了起来，母亲的态度也悄悄地发生了变化。她不再为“女儿跟人家跑了”感到丢人、痛苦，相反，却为女儿当了八路军，自己成为“抗属”而自豪。她不再催促父亲去找姐姐，而是千方百计地托人给姐姐捎去衣物。八路军来往路过，只要被村里安排到家里吃，母亲总是尽最大的努力给他们做好吃的。

一年多后，母亲的心平静了，我的心却悬了起来，一心想学姐姐当八路军，却又怕惹母亲伤心，欲言又止，左右为难。一天，我找了一个机会终于向母亲袒露了心迹。果然，母亲轻言细语的劝阻立刻随着那忧虑的眼神传递了过来："你今年不到13岁，还小啊！"随即一串串滚烫的泪珠又跌落下来。

捅破了"要当八路"这层"窗户纸"后，我索性据理力争："八路军也有小兵，去年冬天住在我们村里的八路军有一位叫吕木兰的小女孩，和我年龄差不多。"听了我的话，母亲低下头，沉默了。

母亲虽然没有应允我的请求，但我却发现了母亲的变化。母亲打那天起，开始默默地为女儿做着出征前的准备。她一针一线地为我缝制了一双结结实实的猪皮底布鞋，缝补了几双袜子，改制了姐姐留下的一套衣服。母亲常常一边飞针走线，一边暗自抹泪，仿佛每一针都扎在了自己的心头上。

1939年7月，一连几日，母亲一有空就把我搂在怀里，不时地还背着两个妹妹给我煮个鸡蛋吃。出发的日子到了，母亲特意为我包了饺子。当热腾腾的饺子端上饭桌，我和妹妹都欢腾起来的时候，母亲却独自一人躲在一旁抹起了眼泪。

午夜时分，母亲悄悄喊醒了我，给我换上一套干净的衣服，又亲手给我洗脸、梳头。然后，用筷子夹起一个个油煎饺子喂我吃下，一边喂一边哽咽地叮嘱道："到部队上，要注意身体，常给家里写信，想法子找到你姐姐。"

吃完油煎饺子，母亲又把我送到村头的小河边，我接过母亲准备好的包袱，斜背肩上，安慰母亲："别想我，等赶走了日本鬼子，我就回家。"

月儿弯弯，星光闪闪。我们一行10余人告别亲人，借着星月的微光，义无反顾地踏上了抗日救国的艰难征程。

（于恒嘉口述　孔庆珊整理）

三青年易名抗日

1938 年 1 月，徂徕山抗日武装起义后，大汶口一带的刘培一、刘锡德、王荣泰三名青年，报名参加了徂徕山起义队伍。

徂徕山位于泰安城东南 30 公里，距大汶口东侧的大吴村 15 公里。刘培一是东大吴村人，抗战全面爆发时才 17 岁，正在省立兖州第四师范学校读书。1937 年秋末，日军攻进山东，刘培一怀着一颗火热的爱国心，回到家乡参加抗日救亡活动。徂徕山起义前几天，大汶口镇几个爱国青年准备去徂徕山参加起义，刘培一闻讯后也随同前往，但因个子小，还没步枪高，组织没有接收他。

与刘培一同村的刘锡德，抗战全面爆发时刚满 19 岁，正在大汶口诊所学医。面对日寇的侵略，他无心学徒，决心奔赴抗日前线报效祖国。当时，泰安的地下工作人员在大汶口宣传抗日，刘锡德在党组织的领导下，与青年学生一起，以诊所为掩护，积极做地下抗日工作。此时，大汶口镇的其他一批热血青年也积极与抗日队伍联系，开展抗日救亡工作。

日寇占领泰安城当天，大汶口镇也落入日寇手中。在泰安城，日寇屠杀爱国志士 200 多人；在大汶口，日军飞机炸死炸伤群众数十人。面对日寇的暴行，刘培一、刘锡德等一批爱国青年义愤填膺，更加坚定了抗日的决心。

这时，既是地下党员也是八路军联络员的李正育在大汶口一带秘密开展联络工作，他看到刘培一等三名青年积极要求抗日，感到他们是抗日队伍的好材料，便向部队领导推荐他们三人参军。

1938 年 3 月的一天，春意融融，晚霞满天。李正育悄悄回到大汶口，通知三名青年参加抗日游击队第四支队。三名青年得知消息后，立即赶到联络点，跟随李正育踏上了革命的征程。

当天晚上，他们异常兴奋，怎么也睡不着。刘培一忽然坐起来对大家说："咱们明天就成为八路军战士了，是为打鬼子报效祖国出来的，我看咱三个都改个名字，一来表达决心，二来也避免家人受到牵连，你们看怎么样?"他的这个想法，得到大家的一致赞同，李正育也点头支持。可是改个什么名字好呢？大家陷入了思考。刘培一年纪虽小却念过几年书，他沉吟片刻，胸有成竹地说："民国腐败，人民遭殃，咱们去当八路军，为的是打日寇救中国，使国家兴旺，人民富强，我看咱们就一起叫'振兴中华'吧。"大家异口同声地叫好。相互礼让一番后，刘培一郑重宣布："那我就改名叫刘振华吧。"接着王荣泰、刘锡德也都各自选好了自己的名字：王荣泰改名王振兴，刘锡德改名芦振中。

第二天东方破晓，他们终于在泰山东麓的黄前镇找到了八路军抗日游击队第四支队，受到了支队首长和同志们的欢迎。从此，在第四支队司令部特务连的花名册上，正式写上了新战士王振兴、芦振中、刘振华三位爱国青年的名字。

大汶口三位爱国青年易名明志，参加抗日的举动，在徂徕山一带被传为美谈。

（李耀德　刘德超）

雪夜奔上抗日路

抗日战争爆发后，泰安党组织积极开展抗日救亡宣传，发动群众抗日。从济南女子中学毕业、家住泰安东门里的进步女青年汪瑜，毫不犹豫地投入到抗日救亡运动中。起初，她刻钢版油印抗日宣传品，后来参加了泰安县委成立的抗日救亡剧团和泰安县人民抗敌自卫团，并向党组织递交了入党志愿书。

汪瑜一心想着抗日打鬼子，却遭到父母的坚决反对。他们把汪瑜骗回家，哭骂阻拦，还让汪瑜的表姐、表妹一天到晚地看着她。

汪瑜日夜想着脱身的办法，装着不走了，在家里叫干什么就干什么，大人们逐渐麻痹起来，放松了对她的看管。她趁机做表姐张维涵的工作，经常给她讲抗日救国的道理，表姐受她的启发和影响，决定和她一起去抗日。

1938 年 1 月 1 日，山东省委在徂徕山法华寺举行誓师大会，成立了八路军山东人民抗日游击队第四支队，部队发展到三四百人。县委领导见汪瑜走后一直未归，意识到可能出了问题。一天，县委书记夏天庚来到颜张村，通过张维涵把汪瑜叫了出来，一听果真出了状况，又听张维涵也决心参加抗战很高兴。夏天庚对汪瑜说："不要着急，找个适当时机，让你们的表哥马树梅来接你俩。我看你们出走时女扮男装为好，要不还有可能被抓回来。"听了夏天庚的话，汪瑜心里热乎乎的。

夏天庚走后，汪瑜把弟弟的衣帽找出来藏好，也让张维涵准备了女扮男装的衣服。汪瑜知道，从自己家走是不行的。她急中生智，让表姐装病，然后给母亲说，表姐需要照顾，晚上要到她那里去休息。母亲同意后，晚上汪瑜就去表姐家，白天回家。过了几天，母亲见没事，也就放松了监视。在表姐家，她们看好了她家门前的一个小草屋，里面放了些干草和农具，到时她俩可以藏在小屋里，表哥来接她们时，从这里一起走。

1月27日，马树梅来到张维涵家，她们商量好第二天夜里走。28日晚上，汪瑜和平常一样装作去陪伴表姐休息，偷偷带上了弟弟的衣服，来到那间小草屋等表姐。当时是寒冬腊月，大雪纷飞，寒冷难耐，汪瑜拱到草堆里坚持着。张维涵一直等到她母亲睡着了，才偷偷出门来到小草屋，马树梅也按时来到。两人换上男装，随马树梅匆忙离开了村子。

汪瑜和表姐出走的这天，是腊月二十七，马上就到家家户户过团圆年的日子，而她俩却离开了自己的亲人，奔向了抗日救国的征程。

是夜，北风呼啸，积雪没膝，他们深一脚浅一脚，艰难前行，终于在第二天下午赶到徂徕山脚下的寨山前村，找到了四支队。

汪瑜参加革命后，一直战斗在泰沂山区，解放战争时期又转战渤海地区。新中国成立后，她曾任江苏省省直机关委员会副书记兼纪委书记，其丈夫廖容标曾任泰山军分区司令员，离休前为南京军区副司令员。

（言实　刘德超）

书信劝夫

“我要向你告辞了。我去后，望你不要伤心！丧胆！用你理智的头脑，静心努力，奔你的前程！自今日起，请你同我赛跑，看谁前谁后，千万再不要听信那些流氓式人的诱惑，不跑正路，致有危险，成白头之叹。我乃金玉良言，望你采纳……”这是一封妻子写给丈夫的信，妻子决绝地离开，只给丈夫留下了谆谆劝谏，这究竟是怎样一回事呢？

写信的女子名叫林治惠，文登人。她出身于封建地主家庭，11 岁进小学读书，16 岁高小毕业，1934 年考入文登中学。

她虽然是个富家女，却丝毫没有娇气和骄气。在中学读书期间，她开始阅读进步书籍，与思想进步的同学接触，具有了强烈的反封建思想。成年后，父亲为她包办了一场婚姻，但她坚决反对。“爹，你真是欺贫爱富，现在不兴包办婚姻了，我要自己找与我志同道合的丈夫。”林治惠坚定地对父亲说。她的言行惹怒了父亲，遭到父亲的痛骂。因逼她出嫁不成，父亲便断绝了供她求学的费用，中止了她的学业。

1937 年 1 月，势单力薄的林治惠还是不敌父亲的威逼，被迫与富家子弟毕务滋结了婚。

婚虽然结了，可林治惠根本不死心。婚后不到一个月，她就离开了婆家，到南马村做了一名小学教师。在学校里，林治惠受到了马克思和共产主义思想的熏陶，一心向往着奔赴革命队伍。

1937 年底，胶东党组织领导的天福山起义爆发后，林治惠从南马村回到了文登。1938 年 2 月，她逃离家乡，步行 40 多里赶到大水泊村，参加了中共胶东特委领导的山东人民抗日救国军第三军。

林治惠随三军曾先后在文登、荣成、牟平、黄县、掖县一带开展工作。为了发动妇女抗日支前，她长期深入农村，组织妇救会，发动妇女走出家门，参加抗日救亡运动。1939 年下半年，林治惠调到胶东区党校学习。1939 年 12 月 10 日，胶东党校和大众报社的 200 余人奉命转移，行至掖县河南村时被日军包围。林治惠临危不惧，用尽全力和敌人搏斗，后被凶残的敌人用刺刀刺破腹部，英勇就义。

林治惠参加革命的时间是短暂的，但她的精神和意志却深深地激励着她的亲友走上了革命道路。

林治惠参加革命不久，便给丈夫毕务滋写信，告诉他自己已投身革命事业，早把生死置之度外，要他择妻另娶。信中除了文中开头的话，还写道："务滋，还有一句要紧的话望你答应我！国家被残害到如此地步，不停地被骚扰，知他何时太平？并且此事最危险不过，生死存亡难，怎等待我的归来呢？与君相约，倘我一年不归，你当急选良缘匹配，以接香火。将来生死归否亦没有关系，此话你觉得对吧？此种举动，请你千万不要见疑，要知道，我不能为小节而忘大义，为图个人安逸，而丢掉爱国心。我相信你若承认，你自己也系国家一分子，并是个现代有血性的青年，定能谅我心，必不以此为非理，或认为是轻率狂动之辈。而祖母与父亲前，也全仗你大力周旋。"

妻子的信令毕务滋感慨万分，也激发起了他的革命之心。1938 年 10 月，毕务滋抛弃了舒适的生活，参加了抗日游击队，入伍半年后不幸壮烈牺牲。

1944 年 8 月，林治惠的三妹林治华为了继承姐姐的遗志，参加了八路军。1946 年，解放战争刚开始，林治惠的二妹林治桂也参加了革命。

（孔庆珊）

军中花木兰

“唧唧复唧唧，木兰当户织。不闻机杼声，唯闻女叹息。问女何所思，问女何所忆。女亦无所思，女亦无所忆。昨夜见军帖，可汗大点兵，军书十二卷，卷卷有爷名。阿爷无大儿，木兰无长兄，愿为市鞍马，从此替爷征……”

这首南北朝时期的民歌《木兰辞》，描写了代父从军的传奇女子花木兰的故事。在中国人民解放军的部队中，也有一位女扮男装的“花木兰”，她叫郭富，原名郭俊卿，是某部机炮连副指导员，也是我军历史上唯一的女特级战斗英雄。

1945 年，部队到郭俊卿的家乡征兵。因为不征女兵，14 岁的郭俊卿女扮男装去应征，但因为她个子还没有步枪高，部队不收她。郭俊卿是个认准了理、撞了南墙也不回头的姑娘，她决心参加革命，那就谁也改变不了。征兵的部队不要她，她就像跟屁虫一样跟在部队后面，人家宿营她住下，人家吃饭她啃干粮。她还很勤快，帮着部队打扫卫生什么的。就这样一直跟了 200 里，部队领导被感动了，把她收了下来。登记的时候问她叫什么名字，她顺口起了一个男人的名字“郭富”。从此，郭俊卿开始了她五年的军中花木兰生涯。

“万里赴戎机，关山度若飞。朔气传金柝，寒光照铁衣。”郭俊卿与当年的花木兰一样，在战斗连队，先后当过通讯员、警卫员、班长、文书和副指导员，和男兵们一起训练、作战，多次立功。

一次，上级让她在 4 个小时之内，把一份命令送到 30 公里外的部队。天黑路险，她骑着快马在大山沟里奔跑，提前完成了任务。可是，在返回的路上，战马累死，她就背着马鞍走了十几公里回到驻地。她担任 3 连 4 班班长的时候，平泉战斗打响，4 班作为突击班，担负着夺取城东第二道山梁的重任。当时全班只有十几支老式步枪和几十颗手榴弹，战士大多是初上战场的新兵。他们面对的却是装备精良训练有素的60多个敌人。战斗开始后，郭俊卿摇着红旗冲在最前面，带头冲上山梁。敌人发起了反冲锋，她和战友们同敌人展开了白刃格斗。几个敌人欺她个子小，端着刺刀朝她冲过来，没想到郭俊卿抢先出手，刺死了一个敌人，其余的敌人吓得四处逃散。他们攻下了阵地，并牢牢地守住了阵地。战斗结束后，郭俊卿带领的4班被评为“战斗模范班”。

不久，辽沈战役开始，郭俊卿和她所在的部队从东北一直打到广东，征战了大半个中国，训练、行军、作战，她从来没有落在人后。

“雄兔脚扑朔，雌兔眼迷离；双兔傍地走，安能辨我是雄雌?”这只是文人的比喻，成年累月和男战友们生活、战斗在一起，有时候她自己都忘了自己是女儿身，但是战友们还是发现了他们的班长、他们的副指导员和他们不一样。五年之中，没有人看她睡觉的时候脱过衣服，也没有人和她一块儿上过厕所、洗过澡。一天，一个战友和郭俊卿开玩笑，抱住了她，郭俊卿突然哭了，抄起马刀要和这个战友拼命。

1950年4月，郭俊卿患了严重的妇科病住进医院，但是她坚决不让医生检查。部队领导赶来，才知道这个骁勇善战的钢铁战士原来是女儿身。于是，郭俊卿的履历表上，“郭富”变回了“郭俊卿”，“男性”变回了“女性”。同年9月，她作为中国人民解放军第四野战军的代表，出席了“全国战斗英雄代表会议”，在北京怀仁堂，受到了毛泽东和朱德的接见，被中央军委授予“全国女战斗英雄”“现代花木兰”的称号，荣获“模范奖章”“勇敢奖章”和“毛泽东奖章”各1枚。1956年她转业到地方工作，曾任济南市历城县工业局副局长、青岛市第一服装厂副厂长。1965年底调任曹县工业局副局长，后任民政局副局长。

（张西庭）

血战雷神庙

1937 年 12 月 24 日，理琪率胶东特委在文登天福山举行武装起义，取得了胜利，并建立了山东人民抗日救国军第三军。短短几个月的时间，三军的大旗漫卷胶东大地。

1938 年 2 月 3 日，日本海军陆战队在烟台登陆，第三天就占领了牟平城，成立了伪政府。2 月 13 日拂晓，理琪率领第三军第一大队攻打牟平城，守城的伪军迅速土崩瓦解，四散溃逃，伪县长被活捉。攻打牟平城胜利后，三军战士来到雷神庙休整。

上午 10 点钟，理琪正在庙里开会，讨论下一步的行动计划，突然听到了汽车的轰鸣声。原来，驻守烟台的日军得知牟平失守的消息后，立即发动海军陆战队 100 多人、分乘 4 辆汽车奔袭牟平城。事发突然，当时在城西担任警戒的小分队，因来不及报告，致使日军偷偷包围了雷神庙。

情况万分危急。当时庙里只有 20 多人，面对一百多敌人，理琪沉着冷静，迅速指挥战士封死正门，然后大家分散到正殿、东西厢房、南厅，占据有利位置。鬼子发现正门不好进攻，就从西北面小侧门进行攻击。因敌人搞不清楚庙内我军的兵力分布，就用机枪疯狂扫射。

敌人用机枪封锁着庙的大门，四合院的正殿、南厅和东西两厢之间，互相无法联络。为了指挥作战，理琪不顾危险，在枪林弹雨间穿行，当他跑到庙内的照壁旁时，从侧门射过来一排子弹，打中了他的腹部。理琪痛苦地捂着肚子扑倒在地。

看到理琪倒下了，张玉华和宋澄赶紧冲过去将他背起，转移到后院的菜窖中，用玉米秸秆将他掩盖住。理琪的伤势十分严重，肠子都流出来了，他颤抖着嘱咐大家："要坚守阵地……节省……子弹，等到黄昏的时候再突围。"

理琪负伤后，林一山接着指挥战斗。他的手腕还有大腿都中弹了，鲜血从身上流到了鞋里。几番较量下来，鬼子一直没有摸清我军详情。企图从后花园翻墙进来的鬼子，刚刚爬上墙头，就被张玉华、宋澄击毙。

为吸引敌人火力，杜梓林爬上西南角的院墙向敌人射击，他把仅有的一枚手榴弹扔出了墙外，但手榴弹没有炸响。当他起身射击时，不幸被敌人的子弹击中头部，壮烈牺牲。

战斗仍激烈地进行着，不少同志受了伤，但每个人只要有一口气，就继续坚持战斗。敌人几次冲锋冲不进来，恼羞成怒，以密集的火力发起了猛攻。对面的屋顶上，整齐地冒出了十几个敌人的脑袋，一齐朝院里开火。这时，接到命令的神枪手胡老头立刻向敌人射击，一枪一个，发发命中。剩下的敌人一看性命难保，都溜下去了。

激烈的战斗一直持续了8个多小时，从上午打到黄昏，鬼子始终没能冲进雷神庙，最后，气急败坏的鬼子决定采取火攻，霎时，整个南厅燃起了熊熊大火。越烧越旺的大火，倒成了我军的一道防线，敌人不敢冒火向里冲，我们的同志乘机撤出了南厅。

黄昏时分，天空飘起了雪花。此时，枪声逐渐稀疏了，敌人只是用机枪胡乱地向门窗扫射。虽然带光的子弹嗖嗖地飞来，但苍茫的暮色掩护着我军都在安全的地方隐蔽起来了。晚上9时许，牟平城东北方向突然响起枪声，原来，驻扎在龙泉的友军赶来了。伤亡惨重、无心恋战的鬼子，仓惶而逃。随后，两名战士背起理琪，冲出雷神庙，向杨岚村方向转移。理琪终因伤势过重、流血过多，牺牲在转移的路上。

雷神庙战斗，极大地增强了胶东军民抗战必胜的决心和信心。随后，抗日的烽火迅速燃遍了胶东大地。从此，胶东军民在中共胶东特委的领导下，开始了武装抗日的新阶段。

（林琳　孔庆珊　周振彦）

血战渊子崖

渊子崖村坐落在沂蒙山区的沭河东岸，今属莒南县板泉镇。抗日战争时期，沭河以西的临沂县境是日寇占领区，到处据点密布；沭河以东的莒南是滨海抗日根据地。渊子崖村正处在敌我交错的拉锯地区，日伪军经常来这一带“扫荡”，残杀村民，抢掠财物，奸淫妇女。河西小梁家据点的伪军常来要粮逼款，横征暴敛，穷苦百姓度日如年。

1940 年 10 月，渊子崖村建立了秘密党支部和共产党领导下的第一个民主选举出来的村级政权。由于有了党组织，村里的群众工作开展得轰轰烈烈。1941 年 5 月，山东省战工会组织八路军 115 师战士剧社等八大剧团在渊子崖村举行了长达 10 天的联合汇演，中共山东分局书记朱瑞和 115 师政治部主任萧华也到这里同群众见了面，村民受到很大教育。随后，群众的抗日热情更加高涨，许多男女青年参加了八路军。村里在抗日自卫队的基础上，又成立了 9 个民兵队，平时轮流值夜岗，战时分头把守各段围墙。敌人恨透了渊子崖，多次前来夜袭，结果都被民兵队打跑。

1941 年 12 月 17 日，盘踞沭河西岸小梁家的伪军汉奸 150 余人，在队长梁化轩的带领下包围了渊子崖村，要村民交出猪肉、白面和 1000 块大洋“慰劳”日本鬼子。村民们恨死了这些日本鬼子的走狗，借助村里的围墙的掩护，用土枪、土炮打跑了他们。狼狈逃回据点的伪军汉奸，为了报复，伺机勾结鬼子血洗渊子崖村。

12 月 20 日凌晨，恰好到沂蒙山区进行“铁壁合围”的 1000 多个日本鬼子，经过渊子崖附近，准备返回新浦据点。小梁家村据点的汉奸看见后，前去报告，谎称渊子崖村驻有八路军。一听说有八路军，日本鬼子便由汉奸带路，奔袭渊子崖。

装备精良的日本鬼子迅速包围了渊子崖村。面对高大坚固的围墙，他们首先在村北架炮进攻。全村 312 名自卫队员和老幼妇孺惊闻被日本鬼子包围后，在村长林凡义的带领下同仇敌忾，利用村子的围墙，拿起土枪、土炮、铁锨、铡刀英勇抗击敌人的进攻。

敌人凭借优势兵力，迅速从西北方向的深沟里迂回包抄上来，情况万分危急。林凡义临危不惧，对乡亲们说："咱渊子崖人是有血性骨气的，宁死不能当孬种，咱们同狗日的鬼子拼啦！"村民们纷纷响应。

进攻开始了。日本鬼子先是用密集的炮弹轰炸围墙和村庄，轻重机枪的子弹也像雨点一样射向围墙，炮火的硝烟迅速在村子周围升起，村里浓烟滚滚，被炮弹击中的房屋顿时成为一堆瓦砾。

敌人在外炮击，村民们用土炮从围墙炮眼里向敌人还击。见赚不到便宜，敌人选择了相对易攻的东北围墙。猛攻发起后，密集而凶猛的炮弹把围墙炸开了一个缺口。村民林崇周被炮弹炸伤了肚子，肠子都流了出来，但他用破布一扎，坚持参加战斗。许多村民冒着弹雨，用门板、石块把缺口垒上。有的村民从家里把烧饭锅端来砸碎，把铁耙钉砸下来，用来做土炮的砂子，向敌人猛轰。

激战持续了一上午，装备精良的日本鬼子仍然没能攻破围墙。午后，气急败坏的敌人再一次发动强攻，刚垒起的东北围墙缺口又被敌人的炮火摧毁。凶狠的日本鬼子号叫着向缺口处扑来。身材高大的村民林九兰抡着一把雪亮的铡刀，傲然坚守在缺口旁，一连砍死了 7 个鬼子。第八个鬼子冲上来时，精疲力尽的林九兰刚举起铡刀，就被敌人的刺刀刺穿了胸膛，他怒睁着双眼倒了下去。

鬼子进村了，村民们边打边撤，用笊钩、铁锨、菜刀、锄头同敌人展开了惨烈的巷战、肉搏战。年轻的自卫队员林端五用铡刀将冲上来的鬼子砍死，自己也中弹牺牲。林端五的父亲林九宣眼看着儿子死在了敌人的枪口下，不顾一切地迎着敌人冲了上去，用长矛捅死了一个日本鬼子，老人也不幸被敌人刺中。村长林凡义边指挥乡亲们战斗，边与村民林九乾一起，挥舞着大刀同多名日本鬼子肉搏血战。林九乾牺牲了，日本鬼子的刺刀眼看着就要刺中林凡义的头部，林九乾的妻子怒吼着冲上去，用镢头将鬼子的脑袋砸开了花。

肉搏战在大街小巷激烈地进行，村子里到处都是惨叫声、怒骂声、砍杀声……有的夫妻双双在院子里同鬼子拼杀，有的父子在巷口阻击敌人，有的母女合力同兽兵撕打在一起。几名鬼子包围了林庆海，他点燃火药罐扔向敌人，自己也被烧成了火人。17 岁的林庆宝赤手空拳同敌人夺枪，死后，双手被刀刺割得血肉模糊。林清义、林九星等十几个会武功的老人，同鬼子拼杀在一起，不幸全部中弹牺牲。王彦治被鬼子包围后，果断拉响了腰间的手榴弹，与敌人同归于尽。林九臣战死后，50 多岁的妻子手举菜刀，砍死了一个冲进院子的鬼子，另外两个鬼子的刺刀同时刺向了她。林凡义和林清洁赶过来，杀死了敌人。林庆念、林荣册被鬼子捉住后投进了火场被烧死。

夕阳西下的时候，板泉区区长冯干三、区委书记刘新一、区委宣传委员赵同和八路军的一个连闻讯赶来增援。敌人见有八路军增援，便撤出了村子，在村东北的小岭上，同八路军展开激战。

战斗中，冯干三、刘新一、赵同和 40 多名战士壮烈牺牲。此战以牺牲 147 人的代价歼灭日伪军 100 余人。

渊子崖保卫战发生后，延安《解放日报》专门发表社论，给予高度评价，毛泽东高度评价该村是“村自为战的典范”，渊子崖村被誉为“中华抗日第一村”。

（田中琰　李亮亭　黄永仓）

地雷威震大泽山

1941年6月，为组织各村民兵联合作战，西海武委会将平度的所里头、东高家、韭园、南台、北台5个村的民兵组织起来，成立了民兵联防指挥部，由高禄云任指挥、周维绪任副指挥，统一布置站岗放哨，统一指挥信号。

一天，西海武委会的王赢周主任手托着一个铁蛋蛋走进联防指挥部，高兴地对大家说："同志们，这回咱们有对付敌人的家伙了。"大伙一听，急忙围了上去，询问这家伙叫什么名字，怎么使用。王主任说："这叫地雷，我也不太懂，咱就来个现蒸热卖，把上级对我讲的，再原封不动地告诉大家。"于是，他将地雷的构造、性能及埋设方法，一五一十地向大家讲了一遍。

鬼子进山"扫荡"了。一个多小时后，只见一杆膏药旗从远至近移动着。当时，这一带的鬼子没尝到铁西瓜的味道，只顾大摇大摆地向前走。

"到了!"周维绪的话音未落，只听轰的一声巨响，就见两个鬼子坐着"土飞机"上了天。剩下的百余鬼子汉奸，像炸了窝的马蜂，四下逃窜。紧接着，又是轰轰两声巨响，又有6个鬼子汉奸到阎王爷那儿报到去了。鬼子小队长指挥刀一挥，伊里哇啦叫了一阵，调头原路回去了。敌人还没走多远，周维绪就哈哈大笑起来，大声喊着："地雷的有，大大的厉害!"

首战告捷，鼓舞了民兵的士气。开始，上级发给民兵地雷，但数量很少。后来，西海军分区修械所迁到了高家村东北的梧桐涧，民兵们在修械工人的指导下，到各村收集生铁，自己动手铸雷壳、造炸药。从此，地雷成了大泽山民兵打击日寇的重要武器。

屡遭雷轰的鬼子，每次"扫荡"总让汉奸走在前头，并用上了探雷器。民兵埋的地雷有不少被他们排掉了，而制地雷的生铁也不多啦。怎么办？大家召开“诸葛亮会”，一个民兵拍着屁股下的石头说：“要是你能炸就好了。”他这样一提，大家顿时来了兴致，都说：“怎么不能炸？咱石匠打石头不就炸得石头满天飞吗?”

民兵们将第一个石炮，凿在了紧靠大道的响山北侧石壁上。在炮眼里放上炸药后，再用一节苇子装上花药当引信。

一天，鬼子又进山了，民兵们早早就埋伏在一边。发现了鬼子后，心急的民兵就把引信给点上了。只听轰隆一声，顿时烟雾弥漫，飞沙走石，虽然没炸着鬼子，可也将他们吓掉了魂，扭头鼠窜而去。

没炸着鬼子，大伙并没有灰心。根据雪地扣麻雀的办法，试制了拉雷；根据下地枪打兔子的办法，发明了绊雷、连环雷、子母雷、胶皮雷；后来又发明了水雷、滚雷、吊雷、竹筲雷、夹子雷、前踏后响雷等 40 余种。连河里的石头、门前的石墩、屋中的锅台、田间的地崖，都凿上口小肚大的眼。

1942 年春，日伪军纠集了夏丘、肖水庄、花埠、高望山等据点兵力共一千余人，“扫荡”大泽山革命根据地。联防民兵得到内线情报后，连夜布下了石雷阵。第二天天刚亮，联防民兵就疏散到各个山头上，待奶子山头的烟火一起，就将石雷挂上了弦，静待日伪军光临。

上午 10 点多钟，鬼子“扫荡”的队伍沿大路涌了进来。领头的鬼子手拿探雷器，小心翼翼地走着。

“不好，鬼子走的是大路。”一个民兵说。

联防指挥高禄云说：“不怕，咱来指挥他。”立即命麻雀组的民兵向公路上打排枪。枪一响，敌人立时乱了营，纷纷向田里、河滩里跑。

只听轰轰声响，顿时硝烟弥漫，石片犹如群燕掠食，到处横飞。日伪军有的被炸上半空，有的中石丧生，有的掉了胳膊丢了腿满地乱滚，有的趴在地下哭爹叫娘，死伤 50 多人。鬼子指挥官气红了眼，命令伪军进村找门板抬人。可被炸怕了的伪军哪有那个胆，只好背着伤员，拖着死尸，像一群丧家之犬，逃回了据点。

民兵们看完了这场好戏，心里痛快极了。民兵高中英唱起了顺口溜：“铁西瓜，威力大；石西瓜，也不差；鬼子一吃一个饱，管饱打发回老家。”

（李扬　陈涛）

郭庄兵民浴血战日寇

1943 年 3 月 11 日，日本侵略军调集驻金乡、单县、成武三县的日伪军共一千余人到成武县白浮图一带“扫荡”。早晨，天阴沉沉的，“扫荡”的日伪军行进至贾庄，受到白浮图联防队朱秀松等十几名队员的阻击。一个日本军官挥着东洋刀骄横地命令：“巴嘎雅鲁，土八路的枪响，统统的消灭……”朱秀松带领联防队边打边沿河道向郭庄西门方向转移。郭庄的民团在韩玉兰带领下从郭庄村北的河边向敌人开火，权楼、丁庄等村的几十名民团队员也向郭庄聚集。几路民团在郭庄村汇合后，经过简短商议，决定依靠郭庄的有利地势和坚固寨墙给敌人以沉重打击。联防队分头占领寨墙，做好了战斗准备。

9 点钟左右，日军从郭庄北边的柏树林和庄南的坟地向村里进攻，在机枪掩护下逼近村寨，对郭庄形成了包围。联防队员们在寨墙上瞄准敌人射击，随着队员们的枪响，一些日伪军应声倒下，凶残的日军恼羞成怒，频频向郭庄发起进攻。当时只有 40 户人家不足 200 人的郭庄，有 60 多人投入了战斗，不少老人和妇女也拿起了武器。由于联防队与村民的顽强抵抗，日伪军耗时两个小时，冲锋多次，也没能攻入村内。

战斗持续到 11 点，天下起了雨，联防队的土枪土炮因火药受潮，给战斗增加了困难。但是，联防队和村民众志成城，边观察边还击，弹无虚发。躲在郭庄村东北角盐土崮堆后面指挥进攻的一个日军指挥官刚一抬头瞭望，就被联防队员朱启军叭的一枪打倒在地。穷凶极恶的鬼子看到他们的指挥官被击毙，像发疯的野兽歇斯底里地狂叫：“郭庄，八路军的大大的有，统统的死了死了的……”日军从鸡黍调来了大炮，向村里猛轰。刹时间村内几处房子被轰塌着了火，小小的郭庄村弥漫在炮火的硝烟之中。敌人的炮火虽猛，但联防队员和村民没有怯懦，他们沉着应战。防守在寨墙里的韩玉兰找到敌人的炮位，接连击中了两名炮手，日军指挥官慌了手脚，气急败坏地命令将大炮转移到离村较远的柏树林里。日军连续向村里开炮，村内 3 座较突出的土楼被轰塌，村东北角的寨墙出现了几处缺口。

下午 1 点多，日军在炮火掩护下攻进了村里。进了村的日军像杀红了眼的魔王，见人就杀，是房就烧。火焰首先从村东头燃起，霎时火光冲天，日军狰狞地狂叫："踏平郭庄!"联防队决定向西门撤离，但西门被日军的机枪严密封锁了，部分队员撤到村当中的一座土楼上继续战斗。日军很快包围了这座土楼，不停地向楼上射击，并释放瓦斯。一些联防队队员受伤或被瓦斯熏倒，有防毒知识的孟庆永叫大伙尿湿毛巾和衣襟捂住鼻子防止中毒。联防队员和村民在枪毁弹绝的情况下，以墙头、柴垛作掩护，利用棍棒、菜刀同敌人搏斗。村民邢成章腰部受伤后，一只胳膊又被敌人打断，仍然不屈不挠；白浮图联防队队长朱秀松身负重伤，仍利用郭庄西南角一处矮墙作掩护还击敌人，直至再次被敌人击中，倒在墙外坑沿处的血泊中。联防队的土枪土炮和村民的棍棒菜刀，终究没能抵过敌人的洋枪洋炮。

没了抵抗的日军在村内大肆烧杀，烧毁房屋 300 多间，联防队员与村民 80 多人战死战伤，没能逃出和躲藏不及的村民多被杀害。小小郭庄村横尸遍野，血流成河，整个村庄变成了一片焦土。村民李衍才的妻子被日军捆住手脚扔进火里活活烧死；一位 60 多岁的老人和一个六七岁的孩子及在家的 3 口人全被日军用刺刀捅死；躲藏在牲口房里的 18 名妇女被日军封门放火，17 人被烧死，只有一名幸存者还落下了终身残疾；几名村民躲在井里，被日军发现了，用机枪扫射后又丢进炸弹，全部遇难，井水变成了血水。下午 5 点左右，日军撤离郭庄。遍体鳞伤的李怀成、刘景顺、李衍才等 8 名联防队员和村民被日军用铁丝穿透锁骨带到金乡，捆绑在大街上。之后，日军以挖眼、割舌、割鼻等残忍方式，将他们杀害。

（谷吉灿）

刁屯义士杀日寇

菏泽城西南30里处，有一个不足300人的小村庄——刁屯村。这村子虽小，却远近闻名，热闹非凡。因为这里每月有3个集日，方圆百里的百姓都来此买卖贸易。1939年秋，日本鬼子第二次侵占菏泽后，以刁屯村为中心，南北相距七八里处各修筑一座炮楼，并派出一个中队的兵力驻守，以加强对这一带的统治。

1940年春，日寇自城北抓来100多名青壮年，将菏泽城楼拆下的砖用小推车运到村里。又在附近抓了20余人，逼迫他们将张堂村新盖的一座天爷庙拆掉，将拆下的砖瓦用于修筑炮楼。

是年夏，被抓来的100多名民工冒着酷暑，在村内修筑炮楼。日寇视民工性命如草芥，民工稍有怠慢，便遭一顿毒打，饭也不让吃饱。

6月17日，一个民工因饥饿和劳累病倒，惨无人道的鬼子竟诬蔑这个民工偷懒，下令集合所有民工，当众把他扔进坑里活埋。同村一个姓赵的民工说情，也惨遭活埋。日寇又把一个叫三忠和一个叫孙钢炮的民工从人群中拉出来，随着一声口哨声，19条狼狗扑了上来，把他们活活咬死。灭绝人性的鬼子兵听到两个人被狗撕咬的惨叫声，笑得前仰后合。

面对日军的暴行，许多民工敢怒不敢言。民工中一个高个子壮汉，牙齿咬得吱吱响，自言自语地说："狗日的小日本，早晚有一天非收拾你们这帮杂种不可。"说话人叫李文会，是刁屯村出名的"二杆子"。

一天夜晚，李文会不堪日本鬼子的折磨侥幸逃了出来。一进家门就惊呆了，全家在油灯下哭泣，母亲说他表姐被日本鬼子杀害了。

李文会的表姐王玉春，那天正在做午饭，十几个鬼子兵冲进家中乱翻，搞得一片狼藉。这时，一个小个子鬼子兵一把抓住玉春的头发，嘴里咕噜着，一边用手比比画画，一边拍打着她的屁股。王玉春以为这个鬼子兵要找厕所，便把他领了进去，不料这家伙大吼一声，端起刺刀从王玉春背后一下捅到前胸。就这样，王玉春惨死在厕所里。李文会听后，怒目圆睁，二话没说迈出家门，连夜将同村的好友李明贵、杨进才、李俊于喊起来，秘密商量，杀几个鬼子，为民除害。

8月6日深夜，他们四人手提菜刀、斧头悄悄走出村子，来到日伪据点李王屯村的三角炮楼前。昏暗的马灯下，一个鬼子兵正在大缸里洗澡。李文会借助水声，猫腰靠近水缸，双手举起斧头，用尽全身力气朝鬼子的头部猛劈下去，这家伙没哼一声就倒在水缸里。

打死一个鬼子后，他们四人兴高采烈，发誓保守秘密，决心再杀死几个鬼子，为乡亲们报仇。

8月9日中午，李文会四人隐藏在村西一片枣树林里。外面烈日当空，树林里一丝风透不进去，正等得不耐烦时，一群鬼子从远处走来。走在前头的鬼子牵着一头毛驴，驴背上驮着两个鼓囊囊的大包袱，这是驻万乾村的鬼子来给李王屯炮楼送东西的。鬼子越来越近了，他们数了一下，竟有十多个。看来硬拼是不行了，四个人眼睁睁地望着这群恶狼却无从下手，急得汗珠滚落下来。

这时，该村一名年轻村妇周玉兰从村里走出来，她是去叫干农活的丈夫回家吃饭的。她快步跨上大路，匆匆走着，猛一抬头，看到前面走来一群鬼子兵，周玉兰吓得大叫一声，撒腿就往回跑。鬼子看到是一名年轻女子，一阵狂笑，牵驴的矮胖子咕噜了几句，把缰绳递给另一个鬼子，示意他们先走，他飞快地走下大路，朝玉兰追去。玉兰吓得两腿不听使唤，脸色煞白，气喘吁吁。鬼子很快赶了上来将她死死抓住，一把撕烂了玉兰的衣服，把她按倒在地，欲行奸污。早已等候在树林中的李文会四人见机会来了，飞奔上前，抡起菜刀、斧头，一阵猛砍乱砸，那鬼子尖叫一声，当即毙命。他们七手八脚将鬼子的尸体掩埋在破庙后的地窖内。一个小时后，鬼子进村找人，挨户搜查，没发现任何蛛丝马迹，便顺手抢走了几只鸡和羊，气急败坏地离开了村子。

“打死日本兵，他们不会善罢甘休的，还是外出躲躲吧。”在乡亲们的劝说下，李文会四人告别了家乡，加入了八路军第二纵队独立团，走上了抗日救国的道路。

（刘汉敏　谷吉灿）

三关庙抗日

1944 年 9 月的一天，从泗水县金庄镇中峪村通往戈山村弯曲的山径上，有一支抗日队伍急匆匆地行进着，走在前面的是队长赵协海。早晨他们得到侦察员报告，日伪军在凌晨突然包围了戈山村，队长赵协海决定火速救援，痛击日寇。

这已是敌人第三次进攻戈山村了，由于前两次他们被英勇的戈山人民打得惨败，这次是来疯狂报复的。他们调集了驻兖州的日军和泗水伪军三四百人，又一次向戈山村进攻。

队伍经过急行军，在凌晨八点到达戈山神泉一带。这时，戈山人民与日伪军的战斗已到了白热化程度。戈山村北围墙已被敌人炸开三次，戈山民兵一面集中火力射击靠近的敌人，一面组织群众砍树头、抬门板、堵缺口。民兵陈长德看到日军从缺口进入围墙，子弹已失去作用，只好短兵相接，和日军展开了白刃战。张从山端起机枪，向后边的日军猛扫，民兵队长李汉柱连投 3 颗手榴弹，把日军赶了出去。戈山村除了年幼的孩子，全上阵了。青壮年都上了寨墙内板架，老人、儿童大汗淋漓地往墙根搬石头，给板架上的人运石头，妇女们忙活着送水送饭。如果援兵再晚到一会儿，后果不堪设想。

在这危急关头，赵队长马上向队伍下达命令，第一小队从村东进攻，第二小队从村南进攻，第三小队留作预备队。顿时，戈山周围喊杀声、枪声、手榴弹爆炸声响成一片。村北、村东以及村西的敌人不了解我军的虚实，慌忙撤退，而村南之敌在我军民的强大攻势下，退至三关庙，逃进钟楼，拼命抵抗。赵队长马上指挥队伍包围了三关庙，并爬上邻近的房子，居高临下向屋里的敌人射击。一个日本鬼子狗急跳墙，从屋子里冲出来，一名队员举枪射击，子弹擦着鬼子身边飞过，打在门边的石墙上，鬼子又缩了回去。队员们望着队长问：“怎么办？”赵队长眉毛一扬，果断地下达命令：“把他们轰出去！”队员们立刻掏出手榴弹，对准钟楼扔了过去，轰隆一阵巨响，炸得鬼子狂喊乱叫。

日本鬼子气急败坏，要做垂死挣扎，从屋子里跑了出来，一面跑，一面打着枪。有一个鬼子逃出了包围圈，民兵史新朋发现后，跃身向鬼子追去，顺手摸起石头向鬼子头上猛砸，结束了鬼子罪恶的性命。然而就在史新朋刚要捡起敌人的枪时，被身后射来的子弹打中了。史新朋怀着对日本鬼子的刻骨仇恨倒下了，为保卫家乡献出了年轻的生命。

队员们和民兵看到自己的同志牺牲了，更加奋不顾身，向钟楼猛攻。日军的小队长右臀中弹，忙命令手下向外逃窜，再次逃窜未逞，又缩了回去。我突击队乘机上房，挑穿屋顶，队员们连续向屋内猛投手榴弹。最后，日军见逃跑无望，只好乖乖投降了。

这次战斗全歼日军一个小队，击毙23个鬼子和伪军，戈山村成了远近闻名的抗日堡垒村。

（麻修奎）

刘家庄保卫战

抗日战争时期，刘家庄地处诸莒边抗日根据地东端边沿区，分东西两庄，共100多户人家。由于老百姓经常遭受日伪军骚扰，于是在中共诸莒边县荆山区委的领导下，成立了护村队和自卫团。

刘家庄的群众有习武打猎的习惯，他们很快凑集了140余支鸟枪、土炮和大抬杆子枪，并自制了大量土炸药和石雷，还加固了围墙。刘家庄像颗钉子，牢牢地钉在诸莒边抗日根据地的最东边，他们不但多次抗击日伪军的“扫荡”，而且还寻找机会主动袭击敌人的据点。敌人气急败坏，扬言要“血洗刘家庄”。

1945年3月17日拂晓，日本鬼子200余人、伪军1500余人，偷偷包围了刘家庄。随着花园岭上敌人一声枪响，激烈的战斗开始了。日本鬼子在炮火的掩护下，向东刘家庄冲来。

面对数倍于己的日伪军，刘家庄人民毫无惧色。当小鬼子攻到离村庄不远的乱石堆时，自卫队员刘世明等拉响了石雷，“轰！轰！”几声巨响，十几个鬼子被炸翻在地。紧接着土炮、抬枪一齐怒吼，火舌裹着铁砂愤怒地向敌群射去。日本鬼子见势不妙，连忙用大炮轰击。上午8时许，围墙上的3个炮楼均被炸塌，联防大队长刘校亭指挥自卫队员掩护妇女老幼全部撤到了西刘家庄。

西庄的围墙高大而坚固，日本鬼子拖来大炮，猛烈轰击，轻重机枪也同时响了起来。密集的火力，使围墙上的自卫队员不能抬头，只好在围墙上挖枪眼射击。敌人的炮弹炸碎了东围墙的南门，六七个鬼子顺着河底窜到门口。守门的自卫队员抖抖身上的灰土，瞄准鬼子猛烈射击，把日本鬼子死死地封锁在门外。

敌人又向东围墙的中门冲去，守在这里的是自卫队长刘德洪等12人，看到一群鬼子从河里露出头来，他们举起手中枪一齐射击，小鬼子立刻龟缩了回去。突然，一颗炮弹爆炸，将门扇打开了一个窟窿。不多时，3 个小鬼子从窟窿口匍匐着往门里爬，当圆圆的钢盔刚钻进门洞时，鸟枪一响，两个小鬼子被打死在门洞里。剩下的一个在慌忙逃命时，被刘德洪一枪打死在门前。

战斗从早晨一直打到下午，枪炮声响成一团，弹片在村子的各个角落里飞溅，硝烟笼罩着整个村庄的上空。全村的老人、妇女也投入到战斗之中。妇女们冒着敌人的炮火，给队员们装枪药，土炮打不响了，她们就拔下簪针捅炮台，用勺子装药不跟趟，就用双手大把大把地往枪筒里抓。刘德煜壮烈牺牲了，他的妻子擦了擦眼泪，拿了苫子盖上丈夫的遗体，继续为自卫队员们往土枪里装药。刘世官牺牲了，他的妻子含着眼泪，从家里准备了饭菜，送到围墙下，叫队员们吃饱喝足狠狠地打鬼子。药铺的鞠大嫂，主动拿出药来给伤员敷药包扎。全村男女老幼英勇抗战，决心与鬼子伪军血战到底。

正在这紧急的时刻，诸莒独立营闻讯赶来增援。他们强攻荆山，打击敌军侧翼，以减轻刘家庄的压力。霎时间，荆山上杀声四起，将伪军王金铭营攻下山头，伪军四散溃逃。日本鬼子见势不利，一面调兵拦击我军的反复冲锋，一面集中炮火向刘家庄猛轰，并在南围墙外烧着了江海家的房屋。这时，正值西南风大作，大火扑向村里，顷刻间全村一片火海。滚滚浓烟使自卫队员难以看清敌人的动向，日本鬼子趁机扒开南围墙，冲进村里。此后，巷战和白刃战开始了。

自卫团长刘德洪脱掉棉袄，光着膀子，抡起大刀，一刀将一个小鬼子的膀子劈了下来。队员刘世山手持二齿钩子，从墙角冲了出来，小鬼子翻墙逃跑不及，被刘世山劈头抓死。一个鬼子头顶盆子，爬上屋顶向北射击，刘世坤手起枪响，鬼子掉在刘尔顺家的水缸里，被刘尔顺的母亲顺手抄起铁锨捣死在水缸里。

在刘家庄等村人民和诸莒独立营的英勇反击下，敌人不敢恋战，于下午 4 时许仓皇撤离。这次战斗，共击毙日本鬼子 38 人，歼灭伪军 102 人；抗日军民壮烈牺牲 106 人，其中刘家庄有 86 人。

（李海涛　刘名顺　黄永仓）

东流村保卫战

1938 年 4 月 21 日，临沂城沦陷，日寇屠杀百姓 3000 多人，制造了骇人听闻的惨案。

消息传到费县新庄镇东流村后，村民们义愤填膺，个个摩拳擦掌，纷纷表示要为死去的同胞报仇雪恨。

东流村自古尚武，村民过去就根据地形建成前后两个寨子，寨子四周是高 4 米、宽 1 米的围墙；两寨各设东西南北四门，木质门板厚达二指；四门及重要位置高筑 19 个炮楼，分别摆放着土炮。村民成立了以吴恩庆为首的大刀会。东流村地处临沂至滕州的要道，大刀会断定日本鬼子必经此地。为此，他们准备了各类枪支 50 余支、大刀 60 把、自制手榴弹 800 枚、土药 500 斤，在村外修筑据点、机关 20 多处。

1939 年 1 月 30 日早上 8 点多，一个鬼子指挥官骑着高头大马，带着 200 余名鬼子兵大摇大摆地出现在村民的视线里。

当第一道防线上的孙开芹看清了鬼子的脸时，他扣动了扳机。一声枪响，鬼子指挥官应声落马。其他鬼子迅速卧倒，判断这是军用枪支，怀疑对面有一支正规部队。很快，鬼子摆成战斗队形，占领了村子南北两面的制高点。

随即枪声大作，大炮轰鸣，鬼子攻破第一、二道防线。逼近寨子时，东门的洋枪土炮向鬼子发出复仇的怒吼，成片的鬼子被打死打伤。“神枪手”吴恩庆依靠防御工事，居高临下，一枪打死一个鬼子，连续干掉了 17 个。

战损严重的鬼子恼羞成怒，用钢炮对着前寨东门的圩墙和炮楼猛轰。在炮楼上坚持战斗的吴廷保被炮弹击中，与坍塌的炮楼一起倒下。随后，前寨的南门、北门也被鬼子的炮弹炸塌。中午时分，前寨失守。为了掩护村民们撤退至后寨，吴广信、吴保进奋力阻击，中弹身亡；深受重伤的吴保贵弹尽之际，与试图保护他的妻子陈氏一起被鬼子刺死；吴保仁手持大刀与鬼子展开肉搏，终因寡不敌众殉难。前寨的房子全部被鬼子点燃，尚未逃出的村民被鬼子杀死，前寨一时变成人间地狱。

东流村外，100 多个鬼子带着三门钢炮赶来增援，向着本就经炮火多次覆盖岌岌可危的后寨进行了半个多小时的炮击。在敌人猛烈的炮击下，一个个炮楼和圩墙纷纷坍塌，鬼子从四面向村内发起攻击。村民们与鬼子展开了激烈的巷战。

北门被鬼子攻破后，与鬼子捉迷藏的“掌中雷”吴相勇扔出的土手雷让鬼子吃尽苦头。当手里只剩下一枚手雷时，看到围上来的鬼子，吴相勇拉响手雷与敌人同归于尽。

东门，孙义时与吴恩堂死战不退，掩护村民转移。鬼子冲进来时，孙义时手起刀落砍翻两个鬼子。

孙开相的妻子身怀六甲，被一个鬼子用刺刀挑破了大肚子，吴恩堂目睹这一切，怒不可遏，从断墙后跳出来，刀如闪电，将这个鬼子罪恶的手臂砍断，随后从头劈下。后面追来的三个鬼子朝他一起开枪，他双刀拄地，怒目圆睁，直到生命的最后一刻。

鬼子搜查一处住户时，“尖枪”沈文胜手持长矛捅向鬼子的后心，围上来的 5 个鬼子趁机开枪，沈文胜身中数弹壮烈牺牲。

吴恩庆的祖母刘氏被日寇枪杀，怒火中烧的吴恩庆端着一把三八大盖，沿着断壁残垣一路追杀，将几个鬼子追杀殆尽。

涌入东流村的鬼子越来越多，大刀会 20 余人大多战死。眼见事不可为，吴恩庆带着尚未撤走的 200 多名老弱病残村民向西门转移。刚打开西门，对面的机枪响起，原来狡猾的鬼子早在西门外布好了口袋，冲在最前面的村民倒在了血泊中。

危急时刻，吴恩庆大喝一声:“有枪的跟我往前冲!”率先向鬼子机枪手发起冲锋，吴恩庆身中数弹倒下了。大多数村民借着他们短短的还击吸引敌人火力的间隙，顺利逃出西门，进入崇山峻岭中。

经过 8 个多小时血战，东流村以牺牲 80 余人的代价，打死鬼子 78 人、伪军 21 人。战后，吴庆余等人参加了八路军，投入到艰苦卓绝的抗日战争之中。

（黄永仓　闵令文）

放牛娃智送“鸡毛信”

1927 年，董成森出生在平度南村镇前双丘村的一个贫苦农民家庭。6 岁时，他的母亲和弟弟被土匪掳走，父亲讨说法时被打成重伤，董成森小小年纪便挑起了家庭的重担。

1938 年 1 月，日军占领青岛。正随父亲在青岛靠做苦力度日的董成森，平静的生活再起波澜。日军规定：在青岛，小男孩到了 12 岁就得上日本学校，毕业后去当日本兵。

“这不行，中国人咋能当日本兵！”父亲坚决反对，便卷起铺盖带着他连夜返回平度老家。

这样一来，父子俩生活没有了着落。无奈，11 岁的董成森只好去给地主家放牛。

那时候，日军在平度占领了大片土地，修建了许多炮楼，给这一带从事地下武装工作的胶东军区南海军分区带来了很大麻烦。从小仇恨日本鬼子的董成森，便利用放牛的机会给八路军传递情报，当起了交通员。每次给八路军传递情报时，董成森不是把信藏在割草的篓子里，就是把信放在牛背搭子夹层内。因为是放牛的小孩，敌人不怎么怀疑，董成森每次都能顺利通过关卡，圆满完成送信任务。

传递情报的次数多了，董成森也渐渐积累了与日伪军斗争的经验。

一天傍晚，交通员将一封信交给董成森，并再三叮嘱，一定要在晚饭前送到南村鬼子据点附近的后斜子村，如果遇到紧急情况，这封信千万不能落到敌人手里。

董成森明白，八路军肯定又有重大军事行动了。这次，他把信搓成长条，小心翼翼地藏在赶牛鞭子里出发了。

这时，正值夕阳西下，秋日的胶东半岛上笼罩着金色的寂静，远处的山峦披上晚霞的彩衣，那天边牛乳般洁白的云朵，也变得火一般鲜红。董成森来不及欣赏这如画的美景，他把鞭子插在腰上，只顾疾步行走。

快到后斜子村时，恰巧碰上一股伪军从外边回来，准备进鬼子据点。

在等待放吊桥的间隙，一名伪军走到董成森面前，左瞅右瞧，突然揪起董成森的领子问道："小孩，你是哪个村的，干什么去？"

董成森抬头看了伪军一眼，镇定地回答道："我是前双丘村的，去后斜子村姥姥家。"

刁钻的伪军没有轻易放过他，翻遍董成森全身，也没得到自己想要的东西。伪军看到董成森别在腰上的牛鞭子不错，一把夺了过去，说："小孩，你的鞭子挺好的，给我玩两天。"说着抢了过去。

"鞭子里藏着重要情报，决不能落在敌人手里。"想到这，董成森冲上去欲夺回鞭子。谁知，伪军将鞭子高高地举起，董成森个子矮，踮起脚尖也够不着。这时，董成森灵机一动，抓起伪军的胳膊，狠狠地咬了一口，只听"哎呀"一声，伪军一甩手，把董成森摔倒在地。

"小孩，你属狗的，咋还咬人！"恼羞成怒的伪军将鞭杆一折两段，恶狠狠地扔在地上，那封信也露了出来。

千钧一发之际，董成森一个翻滚压住鞭子，号啕大哭，两只脚交替蹬起浮土，大声地嚷道："你们赔我鞭子，赔我鞭子……"惹得伪军哈哈大笑。

这时，吊桥缓缓放下，伪军见状，不再与董成森计较，在一阵哄笑中走进据点。董成森趁机把情报塞进衣兜，过了关卡，顺利地完成了任务。

在与八路军的多次接触中，董成森渐渐地懂得了革命道理。15 岁那年，他申请加入八路军，正式成为一名抗日战士，在此后参加的战斗中多次立功受奖，并有幸参加了 1949 年国庆大阅兵，受到了毛泽东主席的检阅。

（武景生）

针线包藏着大情报

1941年冬天的一个夜晚，在鲁西南定陶县城北5公里游集村一处破败的院子外，随着一阵急促的敲门声，女主人朱文起打开院门，迎进来丈夫的亲侄子游文斋。

进屋后，时任中共定陶特支书记的游文斋，向他的四婶朱文起详细介绍了我党情报工作面临的严峻形势：屡屡遭敌人破坏，情报交通员不是被捕了，就是牺牲了，定陶特支的情报工作一时陷于瘫痪状态。

朱文起听后问："我能做什么？"

"想请四婶出任地下交通员！"

朱文起一听，犹豫了片刻说："我斗大的字不识一箩筐，行吗？"

"行！只是这个工作挺危险的……"

"你们年轻人都不怕，我还怕啥？我也看准了，不把鬼子赶走，就没有咱老百姓的好日子过。文斋，你说咋办吧，婶婶听你的！"

接着，游文斋将朱文起的情况向鲁西南地委作了汇报，经地委批准后，朱文起就以讨饭和卖针线为掩护，正式挑起了定陶特支地下交通员的重任。

一天，朱文起挎起篮子外出讨饭了。不过，篮子中还有一样东西——针线包，别小看了它，定陶报送鲁西南地委的一份秘密情报就藏在其中。

过日伪军岗楼时，朱文起想起游文斋的嘱咐：一定不能紧张，不少交通员就是因为紧张被看出破绽的。她稳了稳神，继续往前走，一伪军斜着眼睛瞅了她一眼，她马上瞪起眼珠子"回敬"了过去。当那小子问她针线包里装有什么东西时，朱文起从中快速拈出几根明晃晃的纳鞋底大针来，朝那小子眼前一晃，那家伙吓得往后直退，不耐烦地摆摆手让她走了。

后来，她又接连在特支和地委之间传送了几次情报，均出色圆满地完成了任务。1941 年底，定陶特支根据朱文起的表现，批准她加入中国共产党，她的工作干劲儿更足了。

1942 年春，中共定陶县委成立后，朱文起继续负责和地委、地委敌工部的联络工作。当年 5 月，定陶抗日县政府武装科成立了，她又担负起武装科及县大队和鲁西南军分区的联系。她昼夜奔波于根据地和敌伪统治区之间，每天跋涉五六十公里是家常便饭。

1943 年夏，游文斋交给朱文起一份紧急情报，要她务必在天黑前把情报送到地委。这次，因为情报纸页多，针线包放不下，朱文起便把情报折叠整齐后藏在贴身内裤的口袋里，装扮成乞丐上了路。在经过定陶与菏泽交界处的一个敌岗楼时，她和行人被 4 个伪军挨个盘查搜身，破竹篮也被翻了个底朝天。

敌人不死心，又把她带到炮楼内盘问。原来，朱文起频繁出入这条路，早已引起他们的怀疑，并威胁说要把她送交日军宪兵队。朱文起就一把鼻涕一把泪地大哭起来："你们有种上战场上杀敌去，欺负我一个要饭的算什么本事。"哭闹了一阵，敌人也没发现什么破绽，只得把她放了。

1943 年 6 月 24 日下午，我方得到一份日伪军一个中队次日要去田集区"扫荡"的情报，派朱文起连夜将情报送到田集区游击队。朱文起一路攀越了三道封锁沟，闯过了两道敌哨岗，终于在天亮前将情报送达了目的地。一大早，游击队在日伪军的必经之地早早埋下地雷和伏兵，消灭日伪军 18 人。

日伪高庄据点是位于定陶城西南的一个大据点。1944 年 2 月 20 日下午，朱文起从军分区取来重要情报，内容是驻菏泽日伪军 1000 余人当天一早去北边 100 公里外的梁山县"扫荡"了。定陶县委和县大队决定抓住这一时机，拔掉高庄据点这颗"钉子"。当天晚上，定陶县大队经过大半夜激战，终于端掉了这个敌据点。次日上午，等大队日伪军从梁山赶回高庄据点时，看到的只是一片废墟……

随后，鲁西南地委、军分区召开庆功大会，给朱文起记特等功一次。

（王贞勤　谷吉灿）

藏在伤口里的密信

革命烈士王壮基，商河县人，抗战初期在为打通冀鲁边区与清河区的联系时壮烈牺牲。

1940 年 10 月，山东分局和 115 师做出重要指示：开辟鲁北东部，打通与清河区的联系，使两个根据地连成一片。

面对复杂困难的局面，区党委和旅党委研究决定：集中全旅兵力，从正面向惠民、滨县、阳信一带挺进，开辟抗日游击根据地，控制黄河沿岸地区。同时决定，出兵之前给清河区送封信，以取得他们的配合，送信的任务落到了秘密交通员王壮基身上。

行前，王壮基做了精心准备。他打扮成商人模样，把密信藏在夹袄的棉絮里，巧妙地躲过了日伪军的一道道关卡，顺利地把信送到了清河区驻地军区司令员杨国夫手中。十多天后，杨国夫司令员派一支小部队护送王壮基过了小清河，并带回了清河区的复信。旅党委研究了复信，决定派王壮基再渡黄河，把电报密码送到清河区，以便通讯联络。

这天，王壮基将密码机智地送到了清河区，空中联络终于打通。王壮基告别了杨国夫司令员，又带着复信离开了清河区，来到黄河大堤前。

“从什么地方来?”一个伪军把大枪背在肩上，动手搜查。

王壮基发现有些不妙，但神色十分镇静。

敌人的魔爪摸到了缎棉袍的衣襟，王壮基的心跳到了喉咙眼，但他一时也想不出摆脱的办法。

这个伪军脸上露出得意的狞笑：“棉花里藏了什么，拿出来看看。”

王壮基见事已至此，只好先下手为强。他朝伪军的鼻梁猛击一拳，伪军踉踉跄跄地后退了几步，一屁股坐在地上，接着，他又飞起一脚，踢翻了另一个伪军。王壮基趁机顺着大堤，拔腿就朝东北方向猛跑。

伪军边喊边开枪，惊动了黄河大堤上岗楼里的日伪军，岗楼里的机枪朝着王壮基疯狂扫射。

正在奔跑的王壮基大腿上被机枪打穿了两个洞，鲜血顺着裤管汩汩往外流，染红了一大片雪地。

“把信毁掉!”王壮基迅速从棉袍衣襟里抽出信纸撕碎，塞进嘴里，由于口干舌燥，粗糙的信纸怎么也咽不下去。

怎么办呢？他用手使劲在地上刨了几下，但黄土冻得硬梆梆的，也刨不出个坑来。

危急中的王壮基突然看到信纸上殷红的血迹，顿时眼睛一亮：腿上的伤口有两个枪眼，子弹穿出去时炸开的那个枪眼，足有鸡蛋般大，可以藏纳那封信。

他背对着只距离十几步远的敌人，屈起右腿，将纸团狠命朝伤口里塞。纸团深深地藏进了大腿，王壮基也痛得昏迷过去……

等到王壮基苏醒的时候，他已经被敌人关了起来。

王壮基连续遭受了两天两夜的严刑审讯，四肢全被打断，仍然守口如瓶。敌人无计可施，最后对其下了毒手。王壮基临刑前，将他的被捕经过告诉了同狱的一位战友，要他设法将他的情况转告党组织。

后来这位战友逃脱魔爪，在黄河岸边找到了王壮基烈士的遗体，信纸仍旧深深地藏在烈士遗体的大腿里，字迹已被血液浸透。

为了保守党的机密，坚强的革命战士王壮基献出了年轻的生命!

（于斌　刘明奎）

小小情报员

张书太是电视连续剧《小小飞虎队》中小队员的原型之一。1938 年 3 月，枣庄铁道大队队员秦明道、张文生、孙茂生在张书太的家乡发动群众抗日，张书太跟随他们学唱抗日歌曲，和小伙伴们一起站岗放哨，逐渐成长为儿童团的中坚力量。

1939 年 10 月，临城（今枣庄市薛城区）情报站被摧毁，站长张文生躲在张书太的家乡滕县渐庄。受他影响，张书太萌生了参加情报站的想法。张文生看他年龄小，考验他说："鬼子快来'扫荡'了，你们留点神，一旦发现敌情，就跑去砸王云鹏家房后的大石头报信。"

回家后的张书太一连几天都睡不踏实。这天，母亲睡着后，张书太披上母亲的破棉袄，偷偷地溜出家门，蹲在村头一个磨盘下放哨。当时，正值寒冬腊月，他被冻得浑身发抖，紧紧地裹着那件破棉袄不知不觉地睡着了。天微明时，张书太被冻醒，定神一看，发现远处黑压压的一群日本鬼子，正向渐庄围来。他飞速跑到王云鹏家屋后，狠砸那块大石头。张文生听到后，迅速带上手枪与手榴弹，跳到院墙外干涸的河沟里，向西跑去，把情况及时报告给了铁道大队。

日本鬼子把渐庄围得水泄不通，挨家挨户地搜查铁道队员。但由于报信及时，鬼子折腾了一天还是一无所获。

当天夜里，铁道大队短枪队长孙茂生带领队员赶到渐庄。为了避免伤及无辜群众，他们在渐庄外扔了几颗手榴弹。鬼子发现铁道大队来了，因不明情况，又怕被包了饺子，不敢贸然进攻，打了一阵枪后，就慌忙撤走了。

第二天，村里人得知是张书太报的信，直夸他是个勇敢、机灵的好孩子。就这样，9 岁的张书太加入了铁道大队。

1942 年，张书太作为地下情报员，多次出入驻有日军重兵的临城搜集、传送情报。当时临城戒备森严，仅在东门一带，就有 200 多人被鬼子怀疑为地下情报员而惨遭杀害，成年情报人员出入城门风险极大。张书太虽然 12 岁，但个头较小，像个八九岁的顽童。他挎个小粪杈，穿着裤衩赤着背，假装进城捡破烂，几乎天天出入城门，都没有引起敌人的注意。他获取的重要情报，当日即可传到大队领导手中。

1945 年 10 月的一天，铁道大队接到护送陈毅过铁路的通知。大队长刘金山向陈毅汇报说："近期国民党军队从徐州沿津浦铁路向北推进，对铁路严密封锁，禁止行人通过。请首长休息半天，我们查清铁路两侧敌情后，再决定是否立即过路。"

为确保万无一失，刘金山亲自带短枪队到铁路附近侦察敌情。由于国民党军队对津浦铁路的封锁，铁道大队无法越过铁路侦察路东敌情，于是派张书太化装侦察。张书太跨过铁路后，跑到茶棚村，从铁道大队政委杜季伟的岳父张老头那里得知，铁路以东没有国民党驻军。他又跑到沙沟车站，发现候车室内外躺着满满的国民党兵。经打听得知，这些国民党兵是从韩庄车站步行过来的，走了几十里路，累得躺在地上走不动了。

返回后，张书太向大队领导汇报了情况，建议马上护送首长过路。刘金山立即组织短枪队，护送陈毅安全通过了津浦铁路。

（安宁宁）

神取“关东5号”

1943年，时任中共掖县沿海党委书记的张德昌，受西海地委之命，再次深入初燃抗日星火的砣矶岛，组建海上游击队——渔民大队。这个连级规模的武装力量，是以西海军分区的一个班为基础组建的，大队长是吴道金，张德昌任大队指导员。

为进一步扩大党的影响，巩固胜利成果，张德昌以他首次进岛建立党组织和开展统战工作的有利条件，准备摸一下老虎的屁股——日本海上运输船“关东5号”。

砣矶岛，是海上运输的要冲。日寇一手发动惨无人道的侵华战争，一手肆无忌惮地进行海盗行径。眼看着我国东北、华北的大批物资一船船地被盗运东去，渔民恨不得拔掉这海上的眼中钉。当时，侵华的日本海盗为防止英美潜艇的袭击和飞机的轰炸，粉饰其抢劫和武力的面孔，施行了伪装的伎俩，专制了许多大木排子，侵吞我国的财富。这种大木排子，有的具备自动力，有的依附拖轮拖运。排子载重量大，吃货多，易装、易卸，并伴装了五六根高大的桅杆。他们披着渔贸的外衣，干着掩耳盗铃的勾当。当地渔民称这种外国贼船为“国际大个儿”。

1943年11月24日，渔民大队得知砣矶岛大口塘外海域泊着一条“关东5号”，决心闯一次海上的“威虎山”。这天上午，由张德昌、吴道金带队，挑选4名精干的战士组成尖刀班，划着舢板，乔装钓鱼，神不知鬼不觉地接近了贼船。同时，岸上随时做好接应和俘获后的工作。

时值正午，太阳被涌动的波浪折出刺眼的光亮。战士们歇人不歇马，轮班摇橹使棹，6双冒火的眼睛死死地盯住“大个儿”和周围的动静。大约经过半个小时，舢板“兵临城下”。敌船体高大，载量很重，船首斜着45°角的锚缆直撅撅地插在海底，这是一条机械动力船。吴道金与张德昌耳语：“干掉它容易，截获它如老虎吃天。”张德昌点头示意，要想毁灭它，只用捆绑的手榴弹投向机舱，即可叫它有翅难展。可想到船上的物资，岂能以小失大。

舢板藏身“大个儿”的身下，十分隐蔽。众人观察了半天，总觉得无“路”可攀。正当大家为难之时，吴道金急中生智，他顺沿着锚缆，如演杂技似的，首先爬上了敌船。当他侦察到船上敌人正在午休时，立即用绳索把5名战友一个个拉上船。吴道金拔出手枪，推上子弹，猫腰轻步带着大家沿船舷一侧迅速地迂回到驾驶台附近。当一颗手榴弹发出震耳的爆响后，战士们几步冲上驾驶台，正欲持枪顽抗的大副和司舵被当场击毙。面对突如其来的神兵天将，27个敌人乖乖地缴械投降。

这一仗打得神速、主动，干净利落，十几分钟结束战斗，缴获长短枪25支、子弹数千发、粮食25 000余公斤，还有其他各种物资。船和俘虏由吴道金等押送至西海军分区，粮食分发给岛上食不饱肚的贫苦渔民。

缴获日本军“关东5号”运输船的胜利，极大地鼓舞了岛内群众的抗日热情。同年年底，有39名青年渔民奔赴西海区，参加了八路军。海上游击队的威力，不仅震慑了长山岛的日伪军，也为开展党的地下、海上工作创造了有利条件。

（刘文权）

沙沟受降

1945年8月15日，日本宣布无条件投降，但临枣一带的日军并没有放下武器。他们以铁路为中心集结以后，等待国民党军队的到来，拒不向共产党领导的抗日武装投降。

按照朱德总司令“在敌人未放下武器前，要寸土必争、积极作战”的命令，鲁南抗日军民立即行动起来，迫使日军投降。

时任鲁南铁道大队政委的郑惕，作为我方代表在临城（今枣庄薛城区）附近姬庄村一个农户家，与日军代表小林谈判。日军态度非常顽固，声称：“蒋、日双方有协定，只向国民党部队投降，不向共产党缴械。”在谈判的同时，驻临城的日本铁道警备大队和铁甲列车大队有2000多个鬼子，加上随军的妇女和儿童共有3000多人。他们想趁黑夜从临城乘火车逃向徐州，向驻徐州的国民党军队投降。

鲁南铁道大队早就看出了日本鬼子的诡计，提前把通向徐州的铁路毁坏了。鬼子无法前进，便试图退回临城。鲁南铁道大队事先埋下的炸药又炸断了鬼子回临城的铁路，将孤立无援的日本鬼子困在沙沟火车站。

当时，临城沙沟镇还驻有一个伪军团。要想使日军投降，必须先消灭这支伪军。但沙沟火车站被日军占领，如果铁甲列车开到沙沟站，将会给新四军解放沙沟增加更多困难。为此，鲁南军区派出鲁南铁道大队队长刘金山前去沙沟，同鬼子铁甲列车大队长谈判；政委郑惕前往姬庄与鬼子联队长官谈判，不准干涉新四军剿灭伪军的行动。

刘金山穿着一身崭新的八路军军装来到沙沟火车站，向鬼子军官太田表明身份后说："你们应立即向我军缴械投降。"太田狡黠地笑道："我接到的命令是向驻徐州的国民党军队缴械，不是向你们投降。"刘金山说道："你在鲁南几年了？国民党跟你打过仗吗？是我们战胜了你们，你们应立即向我们缴械。"太田红着脸，支支吾吾地说不出话来。接着，刘金山又说道："沙沟的伪军在你们占领期间，以你们为靠山，屠杀共产党人，危害人民群众，我军区决定严惩这些汉奸。我军行动时，不准你们支援。否则，一切后果由你们负责。"

当夜，经过两个多小时的战斗，新四军生俘伪军百余人，解放了沙沟镇。

沙沟解放以后，狡猾的太田还是不答应缴械，提出要见鲁南军区的高级领导人。了解这一情况后，鲁南军区司令员张光中指令铁道大队大队长刘金山前去和太田交涉，并要尽可能说服他们无条件缴械投降。经过几番谈判后，刘金山告诉太田："凡是八路军、新四军，不管是哪个部队开的路条子，在全国都能行得通，请你们不要为人身安全担心，但是，你们不缴枪是不能走的。"太田无奈，只好答应在晚上 9 点缴械。当晚，日军缴出重炮两门、重机枪 8 挺、轻机枪 130 多挺、步枪 1400 多支、手枪数十箱、炮弹 40 吨、子弹两车皮。

实际上，不甘心失败的日军并没有把武器全部交出。鲁南铁道大队将这一情况向鲁南军区司令员张光中汇报后，张光中亲自同太田谈判。张光中严厉地对太田说："我军谈判的目的非常明确，那就是你们必须把全部武器无条件地交给与你们交战多年的铁道大队，如果你们仍执迷不悟，我军将用武力解决。"太田听后，态度立即软了下来，无可奈何地表示："我愿意把全部武器交给贵军。"

缴械前一晚，张光中从军区警卫营抽调了两个连，化装成鲁南铁道大队前去助威。

第二天，太田走到刘金山面前冷笑道："大队长，我的枪可只交给铁道大队，不交给别的部队。"太田说这话的意思很明显，他知道鲁南铁道大队人数不多，今天很可能有正规的八路军或新四军来协助受降。所以，他限定只向铁道大队投降，企图打乱受降计划，拖延缴械时间。刘金山微笑着拍了拍太田的肩膀，太田顺着刘金山手指的方向一看，只见约有一个营的身穿灰粗布军服的队伍，整齐地向车站行进，这些战士的军帽上没有小纽扣，胳膊上没有袖章，不像八路军，也不像新四军，完全像地方的“土八路”。太田无言以对，他和小林分别将自己的指挥刀交给郑惕和刘金山。然后，日军依次以小队为单位缴械，一直持续到黄昏才缴械完毕。

沙沟受降，是日军唯一一次向中国共产党领导的地方武装缴械投降。

（安宁宁）

“国际列车”覆灭记

1939年4月1日，日军占领下的津浦铁路正式全线通车。日本侵略者一时被冲昏了头脑，向全世界大肆吹嘘：“支那被征服了！”“南北通车即可征服中国！”气焰十分嚣张。

4月下旬，我特工人员自北平获悉一条重要情报：“日寇为向国际宣传，谓中国沿海各省均已被征服，故自北平开南京列车一列，邀请国际人士参观以瞩其盛。”原来，日军前些日子不惜血本，在“南满铁道株式会社”制造了一列最新式、最阔绰、最漂亮的列车，美其名曰“国际列车”。行驶的时候，车头上插的一面崭新的膏药旗随风哗哗作响，耀武扬威。此次“国际列车”南下，满载着外国记者和护卫的日军，目的是沿途搜集“新闻”，欺骗世界舆论，以炫耀他们的“赫赫战绩”。

素有爆破列车经验的淄博铁路工人抗日武装——张博铁道大队，接受了4月30日晚在泰安附近炸毁“国际列车”的艰巨任务。副大队长张文亭带领30多名队员，连夜从驻地鲁村出发，经过长途跋涉，于4月30日傍晚赶到了津浦线上的东北堡车站以北地区并隐蔽起来。

过了一会儿，隐隐约约传来轰隆轰隆的声响。有经验的队员们听得出，这是敌人的装甲车出来“压道”了。原来，日本侵略者早已被我抗日军民的爆破战术吓破了胆，他们在“国际列车”前面，先派出个乌龟壳“压道”。在确信没有危险之后，那插着膏药旗的“国际列车”再开过来。

这时，敌人的装甲车轰隆轰隆驶过来，探照灯粗大的光柱，不住地向前方和左右两侧照射着。队员们伏卧在刚能藏住人的麦田里，静静等待。

装甲车终于开走了。是时候了！张文亭手臂一挥，队员们一跃而起上了铁路。迅速扒开铁轨下撒满石灰面的石块，挖出一个坑来，把炸药包埋进去，安好了导火索。又把事先准备好的石灰粉撒上，一切又恢复了原有的模样，然后撤到远处隐蔽起来。埋雷的全过程只用了4分多钟。

一眨眼功夫，“国际列车”从远方开过来，雪亮的灯光照耀着前方的绿树和原野。在快要驶到埋雷地点时，“国际列车”突然刹车。一队荷枪实弹的日本兵跳下车来，端着刺刀拿着手电筒开始检查，还时不时停下拨拉着石块进行重点检查。

“难道被敌人发现了？”队员们紧张得大气都不敢喘，心一下跳到嗓子眼，下意识地勾住了扳机。

快要走到埋雷点了，日本兵又掉头向列车走去。看来只是一般安全检查，并未发现什么可疑痕迹。

呼哧——呼哧——“国际列车”又继续向前爬动了。火车头就要驶过埋雷点了，队员们兴奋地盼望着那一振奋人心的时刻。然而，眼睁睁地看着车头驶过了埋雷点，却没有炸响。

糟糕！是炸药还是导火索出了毛病？怎么办？冲上去和敌人拼了？

一串念头刚刚闪过，只听轰隆一声巨响，一片火光映红了半边天空——炸药让过了火车头，却在前部车厢开了花，把三节车厢重重掀倒在地，巨大的惯性又把后面的几节狠狠地甩到前面车厢上。一时间，乒乒乓乓响起一片刺耳的声音，随即是鬼哭狼嚎般的惨叫。

“国际列车”车头侥幸没有挨炸，它如同一只惊弓之鸟，甩下被炸的车厢，只顾拼命往前逃窜，却忘记了替它“开路”的装甲车就停在前边车站上。等到了跟前反应过来，已经来不及刹车！两个铁家伙重重地撞在一起，随即焦头烂额地瘫在铁轨一旁。

“冲啊！”瞅准时机，张博铁道大队的勇士们冲了上去，朝着躲在歪歪扭扭的车厢里负隅顽抗的日军一顿痛打。一颗颗手榴弹朝碎了玻璃的车厢里甩了进去，“轰！轰！轰！”把敌人炸得血肉横飞。

那些得意了好几天的外国记者们，吓得魂飞魄散，两腿筛糠似的抖作一团。铁道队员们把早已准备好的抗日传单分发到他们手上，然后迅速撤离了。

（孔庆珊　李振游）

夜端四座敌炮楼

1941年春节刚过，淄博矿区响起一声惊雷。淄博矿区工会特务队一夜间拔掉日伪的四座矿井炮楼，打死日军1人，俘虏伪军32人，缴获大枪32支，特务队无一伤亡。

特务队，是这年年初为了粉碎日军的“治安强化运动”和“以战养战”的计划创建的。特务队有队员20余人，人员虽少战斗力却很强。

一次，特务队了解到日伪鲁大公司北斜坑炮楼产销警务队班长姚沛一的父亲被日军抓去毒打了一顿，就决定借此机会把姚沛一争取过来。

一天午夜，特务队副队长翟干臣派人将姚沛一召来面谈。开始，姚沛一惶恐不安，但见翟干臣说话和气，对他十分热情，加上平时他对翟干臣抗日斗争事迹早有所闻，一直十分敬佩，疑虑顿时打消。在翟干臣的开导和教育下，姚沛一幡然醒悟，当即要求特务队帮他跳出火坑，上前线打鬼子。翟干臣说：“你这个想法很好，不过从当前形势看，你继续留在产销队，对抗日更加有利！”姚沛一觉得有道理，便回到炮楼秘密开展策反工作。

春节后的一天夜晚，翟干臣和姚沛一谋划了端掉日伪军炮楼的行动方案。在一个寒风刺骨的晚上，翟干臣率20余名队员从淄西根据地出发，一路急行军来到北斜坑附近隐蔽起来。

第二天晚上，队员们集合向北斜坑炮楼出发了。这时，在北斜坑矿山里，姚沛一按计划率3名反正的伪军来回巡逻着。规定的时间已到，姚沛一令一人警戒，他与另一伪军把炮楼北侧的铁丝网撑起一道大口子，为特务队开辟通路。

午夜时分，姚沛一走出炮楼，四周观察了一遍，见日军和产销队伪军都已酣然大睡，便上了炮楼顶。在炮楼顶上，他和反正的伪军一面监视“敌情”，一面掏出手电筒，向北墙外发出了绿光信号。立时，墙外大沟处发回了红光信号。姚沛一知道特务队已兵临“城下”，就留下一人在炮楼顶上继续监视，他与另一伪军下炮楼接应特务队。

在他们的指引下，左臂系白毛巾的特务队员陆续跃过围墙，从铁丝网口爬进，向炮楼处奔去。姚沛一立即迎上前去，将当晚的口令“共荣”告诉了翟干臣。翟干臣决定由4人去打沈马庄六坑炮楼，4人去破桥坑炮楼，其余跟翟干臣留下行动。

在翟干臣的指挥下，留下的十几名特务队员悄无声息地闯进斜坑炮楼的东屋，把枪架上伪军的枪支全部收了起来。接着冲进屋里，大声喊道：“我们是八路军，你们被俘虏了，快穿衣服跟我们走！”

伪军从睡梦中被惊醒，看进来这么多人，个个手持短枪，吓得赶紧从被窝里爬起来，慌里慌张地穿上衣服，举着双手，依次出了炮楼。

端掉北斜坑炮楼后，3名特务队员又在姚沛一的带领下，奔向北斜坑南风井炮楼。站岗的伪军大声问：“谁？口令！”“‘共荣’，是我！”姚沛一不慌不忙地回答。伪军见是姚班长，就与他套起了近乎。答话之际，特务队的3名战士一个箭步冲上去，掏出手枪，对准站岗的伪军命令说：“不许动，动就打死你！”

姚沛一说：“这3位是八路军，你快缴枪吧，反抗是没有好处的。”队员一伸手缴了他的枪。队员们押着他走进炮楼，先把竖在墙跟的3条枪收起来，然后叫那个伪军喊话。正在蒙头大睡的3名伪军从梦中惊醒，见特务队员们荷枪实弹对着他们，姚沛一也站在一旁，知道情况不妙，于是乖乖地举手投降。

不一会儿，沈马庄六坑、破桥坑的伪军炮楼也被特务队干净利落地干掉了。特务队员们押着俘虏返回了北斜坑炮楼。翟干臣又率领3名队员包围了日军住的房间，房中一个日军士兵正在呼呼大睡。他们顺手从窗口塞进了两颗手榴弹，又朝里放了几枪，这个日军稀里糊涂就见了阎王。

驻鲁大公司大本营北大楼的日军守备队听到枪声，慌忙爬上汽车，在车上架起机枪，由摩托车带路，没命地向北斜坑驶去。可惜晚了一步，他们看到的只有一具残缺不全的同伙的尸体。

（李振游）

学生军伏击日寇

七七事变发生后，日本侵略者长驱直入，祖国半壁山河沦入敌手。在这国家和民族存亡的危急时刻，临淄县立西关小学120名青年学生自发组成抗日志愿军训团，走向抗日第一线。

1938年1月4日夜，临淄青年学生抗日军训团领导人李人凤得到鬼子由张店东犯的情报后，迅速率领军训团100余名战士，在临淄东南矮槐树与合顺店两村之间的胶济铁路南侧埋伏下来，准备对来势凶猛的鬼子进行伏击。

初次临敌，大家不但没有紧张和恐惧，反而有说不清的神秘和兴奋。早晨七八点钟的时候，在临淄西侧的路轨上，出现了第一辆日本鬼子的摇车子（在路轨上用手摇前进的小车），接着，第二、第三、第四辆从后面跟了上来。

阳光清晰地映照出车上高高架着的机关枪和后面抱着步枪的鬼子兵。敌人的身影越来越近了，四百米、三百米、二百米……当敌人进入伏击圈时，李人凤一声令下："打！"正面迎击的40支"汉阳造"一齐开火，前边两车的鬼子顿时死伤半数，埋伏在铁路南侧的军训团战士迅速向鬼子侧背猛烈开火。

突然受到猛烈打击，鬼子顿时乱作一团。活着的鬼子兵跌跌撞撞地躲到铁路北坡，军训团的战士们又灵活地穿过铁路，向其猛烈攻击。鬼子一边放枪还击，一边向西撤退，直到午后，残敌才在援军的接应下回到老巢。这次后来被命为"矮槐树伏击战"的战斗，初出茅庐的"学生军"不但打死打伤鬼子兵10多个，而且还击毙了鬼子分队长吉田藤太郎，缴获枪支、弹药、指挥刀等一大批战利品。这是日寇沿胶济铁路东犯以来所受到的第一次打击。被载入抗日战争光辉史册的临淄"学生军"，就这样打响了清河平原抗日的第一枪。

这次战斗以后，这支“学生军”在胶济线上扒铁轨、炸火车、打汽车、搞桥梁，时而出没在青纱帐，时而驰骋在铁路旁，打出了威风，打出了名气。在他们的影响下，竞相参军参战的青年学生越来越多，绵延数百里清河地区的抗日队伍迅速发展壮大。

（孔庆珊　周游）